魔王

新装版

伊坂幸太郎

講談社

目次

「とにかく時代は変りつつある」

『時代は変る』ボブ・ディラン

「時代は少しも変らないと思う。一種の、あほらしい感じである」

『苦悩の年鑑』太宰 治

魔王

新装版

魔王

腰の曲がった男だった。頬はたるみ、瞼《まぶた》が腫《は》れ、額に染みがある。薄くなった白髪を後ろへ撫でつけていた。手すりを握った彼は、地下鉄が揺れるたびに棒切れのような脚を震わせ、今にも倒れそうだったが、列車の速度が安定したところで歯茎を剝《む》き出しにした。「偉そうに座ってんじゃねえぞ、てめえは王様かっつうの。ばーか」

乾燥した果物のような皺《しわ》だらけの老人が、威勢の良い台詞《せりふ》を大声で発したものだから、俺はしばらく動けなかった。

1

二十分前、俺は、ＪＲの東京駅構内と連結した美術館を出た後で、雑踏を掻き分け、地下鉄の改札をくぐり、ホームに進入してきた丸ノ内線に飛び乗った。

空席を見つけて腰を下ろし、目でも瞑《つぶ》ろうかと思った時に、「安藤じゃないか」と声をかけられ、顔を上げた。前に立っているのが大学の友人だと分かった。卒業以来であるから、せいぜい五年ぶりのはずだったが、彼の髪の毛が見違えるように短くなっていて、だから、すぐには彼と分からなかった。「島か」

午後の一時、車内は混雑しているわけではなかった。それでも、吊り革を持つ客が、各車両に数人いる。俺の隣の席がたまたま空《あ》いていたので、島は当然のようにそこへ座った。

「犯罪者？」俺は言う。

「どういう挨拶《あいさつ》だよ」

「だって、髪」と俺は視線で指す。「短くなってるから、犯罪でもやって、逃げるために切ったのかと思ったんだ」

学生の時の島は、周囲から、「短い髪のほうが似合うって」と誘導されても、「見苦しいから切りなさい切りなさい」と突つかれても、頑《がん》として長髪のままだった。理由を訊《たず》ねると、「自分の身体の一部を、そう簡単に切れるものか」と嘯《うそぶ》いた。そのくせ、爪に関しては、いつも深爪にしていたのだから一貫性がない。

車両が左へと傾き、速度が増す。走行音が高くなる。興奮した男の血圧がぐんぐんと上がり、血流が悲鳴を発するような、そんな甲高い音だ。

「二年くらい前に切ったんだ」島はあっさりと言った。「やっぱり現実的にさ、営業まわりをするのに長髪はつらい」

「営業先で嫌がられるのか？」

「いや、暑いんだ」

五年前の彼が聞いたら、落胆のあまり髪を切ったかもしれない。「今年の夏はいつにも増して、暑いしな」

「じりじりっていうか、ぎらぎらっていうか、ひでえよ」

「爛《ただ》れているんだ」実際、七月の陽射しで街のビルや路面が焼け爛れているように見える。そのうちに、焼き魚の皮さながらに、表面がめくれてもおかしくない。

「温暖化だよな、これ」島がぼんやりと呟《つぶや》き、それから、車内吊りの週刊誌広告に目をやった。「衆議院解散！　衆参同時選挙へ」という見出しがある。

「俺さ、自慢じゃないけどよ、今まで選挙に行ったことねえんだよな」島がポスターを見やったまま、言った。

「『自慢じゃないが』と言わずに、『恥ずかしながら』と言うべきだ」

「でもよ、俺が投票したところで何も変わるわけがねえって思うじゃねえか」

「みんながそう思ってるから、変わらないんだ」

「でも、今度は行こうと思ってんだぜ。初、だよ、初。初選挙。二十歳に戻れるような気分だ」

「どうして急に」

「あの犬養《いぬかい》って面白えじゃんか」

やっぱりそうか、と反射的に言いそうになるのをこらえた。島が口にしたのは、野党、未来党の党首の名前だった。

「犬養なら、アメリカにもびしっと言ってくれそうじゃねえか。びしっとさ」島がとうとうと続ける。「温暖化ってのは、二酸化炭素が原因なんだろ？　ＣＯ、ＣＯ」

「CO_2だろ」

「そのくせアメリカは二酸化炭素を減らそうとしねえんだからよ、絶対おかしいって」

「確かに、アメリカは、二酸化炭素の削減に前向きではないらしいけど」

「アメリカに誰かが言ってやらねえと駄目なんだ。おまえ、いい気になってんじゃねえぞ、ってさ。だろ？　今の佐藤に言えるかよ」と島は唾《つば》を飛ばしながら、今の与党総裁、すなわち内閣総理大臣を呼び捨てにした。「無理だろ。あいつ、恰好つけてっけど、口だけだ。口だけ総理」

「でも、いくら何でも、未来党が与党になるってことはないだろうに」

未来党は野党の第一党でもない。まだ、二十人ほどの議員を抱えるだけの、小さな党だった。

だが、とそこで俺の中で声がする。だが、ヒトラーの国家社会主義ドイツ労働者党も誕生時には一割の得票率も得られず、イタリアのファシスト党も最初は選挙で惨敗をしたのだ。

おい、それがどうかしたか？　自分自身に問い質《ただ》すが、答えはない。

「駄目もとだよ、駄目もと。とりあえずよ、五年も佐藤に任せて、結局、景気なんて良くなってねえんだし。さすがに与党をびびらせたほうがいいじゃねえか。だから俺も、未来党に投票してみようってな、思ったわけよ」

レールの上を走る震動が、尻を小刻みに揺らす。

「犬養は三十九歳だ。知ってるか?」俺の声は、俺が思っている以上に、大きかった。

「若いってのか? いいじゃねえか、若くて」島はそう言った。「未来のない老体が未来を考えられるか? 未来のことを考えるのはいつだって若い人間なんだよ。政治家にしてみればよ、未来イコール老後でしかねえよ」

島の台詞が妙に滑らかで、しかも、どこか思わせぶりだったので、おや、と感じた。

「覚えてるか? これ、学生の時に安藤が言っていた台詞だぜ。『未来を考えるのは、若者なんだ』って、おまえが言ってただろ。『未来は政治家の老後か?』って。俺たちが飲み屋で、女とスキーの話ばっかりしている中で、安藤だけが冷めた顔で、『考えろ』とうるさかった。何かというと、考えろ、考えろ、だったよな」

「確かに」それは今も変わっていない。俺は、考察するのが好きだった。好き、というよりも、生きることは考察することだ、と大袈裟《おおげさ》に言えばそう信じてもいる。

「昔、子供の時に観たテレビドラマで、『マクガイバー』っていうアメリカのやつがあったんだ」

「安藤にもそういう時代があったわけか」

「『冒険野郎マクガイバー』だよ。マクガイバーはさ、身近な物を武器にして戦うんだ。まあ、工夫が得意なんだな。で、その主人公がよく困難にぶつかると、自分に言うんだ」

「何て」

「『考えろ考えろ』ってさ。よし、考えろマクガイバー。自分に言い聞かせるわけだ」

「妙に、内省的な冒険野郎だな、そいつ」

「粗筋《あらすじ》はまったく覚えていないのに、あの、主人公の台詞はよく思い出すんだ。考えろ考えろ」

「それで思い出した。学生の時によ、安藤は考察好きの考察魔だ、ってクラスの女に言ったんだよ。そうしたら、絞め殺すほうの絞殺だと思われたみたいでさ」

「あ」俺はそこで頓狂《とんきよう》な声を上げてしまった。右を向いて、まじまじと島の顔を見た。「それでか」

「それでか？」

「あの頃、急に、学部の女たちに遠ざけられるようになったんだ。気のせいかと思っていたけれど、俺のことを絞殺魔だと思っていたからなのか？」

「いいじゃねえか、それくらい」島は軽快に言った。「俺なんてよ、巨乳好きだとか、女子高生好きだとか言われて、女には嫌な顔されたんだから。散々だ」

「それは事実じゃないか」

「とにかく俺が言いたいのは、俺は、考察ばかりしているおまえが嫌いではなかったってことだ。安藤の考察に、影響を受けていると言ってもいいし、俺は、おまえのあの思想が嫌いじゃないんだぜ」

「どの思想？」

「でたらめでもいいから、自分の考えを信じて、対決していけば」

「いけば？」

「そうすりゃ、世界が変わる。おまえが言ってたんじゃねえか。青臭いって、その時の俺たちは馬鹿にしてたけどよ、今から思えば、悪くないな。世界を変えてやる、くらいの意気込みがなければ、生きてる意味なんてねえよな」

「そう言っていた俺が、今や、ばりばりのサラリーマンだ」

「俺なんか、よれよれのサラリーマンだし」

地下鉄が駅に停車した。空気が勢い良く漏《も》れ出す音がして、扉が開く。降りる客はいなかったが、左の扉から腰の曲がった老人が乗車してきた。座る場所はなく、物欲しげに車内を見渡したが、結局、手すりにつかまった。

「島、さっきの話だが、俺は別に犬養が若いって言ってるわけじゃない」

「さっきから俺たち、妙に、グレードの高い話をしてるよな。政治とか未来とかよ。久しぶりに会ったたって言うのに」島はすでに話を聞く気はなさそうだった。けれど俺はわざわざ、「三十九歳は、ムッソリーニが政権を取った年齢なんだ」と説明する。

「ムッソリーニ」島がきょとんとした。地下鉄の車内、学生時代の友人と喋《しゃべ》っている時に、唐突にそんな固有名詞が飛び出すとは想像もしていなかっただろう。「イタリアにいた、独裁者の？」

「犬養は、ムッソリーニに似ている」

ははあ、と島が若干演出がかった声を出した。得心《とくしん》がいったという目になる。「もしかして安藤、おまえ、不安なんだろ？」

「不安ってどういうことだ」

「野党が選挙で大勝して、それでもってどういうわけか犬養の人気が上がって、この国がファシズムに向かうかも、なんて思ってんだろ？　違うか？　そんなことになるわけねえじゃんか」

る。

「やっぱ、そう思ってんだ」島はしばらく笑っていた。「なるわけねえって」島はそこで勢いをつけ、立った。列車が減速をはじめ、駅に到着する準備をはじめる。

「じゃあな」彼は首だけで振り向き、肩のところで手をひらひらとやった。「電話するよ」と開いた扉へ歩き出している。「まだ、あのアパートに住んでるんだろ」おい、とっくに引っ越しているって、と言いたくても、島の姿はすでに消えている。

2

島が去った座席を狙って、三人の男たちが近寄ってきた。一人は、今、乗車してきたばかりの会社員で、営業まわりの最中なのか大きなアタッシェケースのようなものを抱え、ハンカチで汗を拭いていた。もう一人は、派手な柄の入った開襟《かいきん》シャツを着た若者で、ガムをくちゃりくちゃりとやっている。三人目は、先ほど乗ってきた、足元の覚束《おぼつか》ない老人だ。

座ったのは、営業社員風の男だった。腰を下ろすと同時に、「あちー」と軽薄な嘆きを発し、アタッシェケースを膝に載せ、忙《せわ》しげに書類を引っ張り出しはじめる。ガムの金髪男は席を取られたことに舌打ちし、身体を反転させると、扉の横に立った。老人はと言えば、転びそうになりながらも、手すりにつかまった。俺が席を譲るにしても、距離が離れすぎていた。

正面に座る婦人が、新聞の朝刊を開いている。一面の見出しに目をやると、「世論調査、与党支持率低下」とあった。横には、「失業率史上最悪を更新」という記事もある。

一時期、底を打ったと言われた不景気だったが、最近は明らかにまた、悪化しはじめている。中東で起きた紛争が長引き、原油価格が高騰《こうとう》したことも原因の一つだが、輸入している野菜に未知の病原菌が発見され、そのために、食品業界や外食産業が大打撃を受けたことも影響していた。安全性が確認できるまでは輸入をしない、と政府が方針を打ち出したが、輸出している相手国は、つまりアメリカは、中国は、それを許さなかった。根拠のない輸入制限は、賠償にも値する、と言っているらしい。

景気が浮上しはじめていた時期だけに、ショックは大きい。誰が、というわけではないが、俺たちを含めこの国の人間全員が、意気消沈した。上がりかけた株価は下がり、下がりはじめていた失業率がまた上昇する。出鼻を挫《くじ》かれた、というか、やる気を削《そ》がれた、というか、「今から頑張ろうと思っていたのに」と口を尖らせたくなる状態だった。「やっぱり駄目じゃんか」

　そのせいか、諦観が国中を占めはじめている。溜め息の充満だ。諦観と溜め息の先に何がやって来るのか、と俺は最近、そればかり考え、そして暗い気持ちを持て余している。

　駅が近づいてくる。窓の外を過ぎる壁がだんだんと、速度を落とした。興奮気味だった男が、次第に落ち着きを取り戻す、そんな具合に、列車の音も低くなる。

　ホームが見えた。停車し、空気の噴射音が鳴り、扉が開く。開いて閉じ、発進する。また、ちょっとした入れ替えが起きた。降りる客が七、八人、席を立つ。入ってきたばかりの人間がそこを埋める。

　例の老人の間近の席も空いたのだが、すぐに別の男が腰を下ろしてしまった。

　金髪のガム男だ。座れなかった老人に対し、「残念」と無念の声を吐き出したくなる。けれどそこで、ガムの若者の隣にいた会社員がおもむろに立ち上がった。

　ガムを嚙む、粘り気のある音が癇《かん》に障《さわ》ったのか、それとも老人を差し置いて座っていることに良心の呵責《かしゃく》を感じたのか、とにかくその場から去った。

　これで老人も席に座れる、と安堵した。が、その期待は、またもや破られた。

ガムの若者が足を大股に開き、ふんぞり返るようにして、席を横取りしたからだ。二人分のところを一人で使用するという、非常識としか言いようのない、座り方だった。

腰の曲がった老人は手すりを握ったまま、危なげに立っている。

発車した地下鉄は速度を上げ、アナウンスが次の停車駅を伝える。誰も聞き取れない、呪文に近い声だ。目が自然と、老人の背中に行った。俺はじっとそちらを見つめ、席に座ったガムの若者を観察した。

老人よ怒る時だ。俺がそう思ったのは、隣の会社員がハンカチをまた取り出し、「あちー」と言ったのとほぼ同時だった。よろけながらどうにか立っているあの老人には、ガムの男に反撃する権利があるように思えた。

「もし俺があの老人だったら」と無意識に、想像を巡らせている。どのような台詞をあの若者にぶつけてやろうか、と。

老人の身体の内側に自分が入り込むような、そういう気持ちになった。俺がいるのは地下鉄の座席ではなく、前にあるあの手すりの横なのだと感じ、老人の肉体を、毛皮でも被るような感覚で、自分の身体と重ね合わせる。頬が細かく痙攣《けいれん》する。産毛《うぶげ》が揺れるような風を感じ、電気が走ったかのように、びりっと肌が震えた。

何だこれは、と頭の片隅で不審に思いながらも息を止め、声には出さなかったものの頭の中で、「偉そうに座ってんじゃねえぞ、てめえは王様かっつうの。ばーか」と叫んだ。

一瞬何が起きたか分からなかった。車内が静まり返っている。地下鉄の揺れだけが音を立てた。付近の乗客が全員顔を上げ、そして、ある一点を凝視している。俺を、ではない。老人のことを見つめているのだ。

老人が、今、俺の思った台詞をそのまま怒鳴ったのだ。気づいたのは、少ししてからだ。

3

老人の声は、気の抜けた呟きのようなものではなく、ぱりんと弾ける明瞭なものだった。

俺がぽかんと口を半開きにしたままでいると、そのうちにガムの若者が席を立ち、隣の車両へと移動していった。羞恥《しゅうち》や怒りによって立ち上がったのではなく、怯えに押されたに違いない。

　腰の曲がった老人は平然とし、席が空いて幸運だ、と言わんばかりに、悠々《ゆうゆう》と空いた場所に腰を下ろした。目が合った途端に、老人から叱責が飛んでくるのではないか、と思い、俺は目を逸らす。何が起きたのかは理解できていなかった。俺が内心で考えた台詞と同じ台詞をたまたま老人が叫んだのだ、そういうこともあるのだな、と感動しただけだった。


　これはもしかして、と予感を覚えたのは、つまり、俺が自分の「力」について考察をはじめたのは、翌日になってからだった。月曜日の午前十一時、職場でパソコンに向かっていた時だ。

「このニュース、見た？」左隣に座る、同僚の満智子さんが身を乗り出し、俺の肩を突いた。一つ年上にあたる彼女は、長く、茶色がかった髪をカールして、どこぞのお嬢様のような上品な外見をしていた。年齢以上に先輩の風格を持っている。

　右に目を向け、課長が席に座っていないことを確認する。上半身を傾けて、満智子さんのパソコンの画面に顔を寄せた。「東シナ海の水質汚染。回復は絶望的」という文字が目に入る。インターネット上のニュースページらしい。

東シナ海で中国が起こした事故の続報だ。

中国は数年前から、東シナ海の真ん中で、天然ガスの採掘工事を行っている。日本の海域とは言えないぎりぎりの場所に、開発基地を設置し、そこから地中にパイプを突き刺して、資源を吸い上げるというかなり乱暴なやり方だった。頭脳的で、厚顔《こうがん》なやり方とも言える。設備は領土の外にあるものの、吸い上げている中には日本の領土内の天然ガスもある、と以前から専門家が指摘をしていた。ただ、その違反を証明する手段がなかった。いや、証明はできても、「だからどうかした？」と居直る大国に対して、それ以上の訴えを行う戦略が、日本にはなかった。

「酷《ひど》いと思わない？」

今年に入っても一度、佐藤首相が中国を訪れているが、結局、子供の使いをあしらうように対応されただけだった。しっ、しっ、とやられた可能性もある。佐藤首相は言った。「日本は慎みと良識の国だから」

子供の喧嘩《けんか》は、体格と人数で勝負が決まる。中国は、土地の広さと人口で圧勝だ。

その東シナ海で、つい数週間前、事故が起きた。中国が海上に設けていた設備が燃え、崩壊したのだ。石油なのか未知の化学物質なのか判然としないが、とにかく燃料が海中に流れ出し、壊れた機器が大量に浮遊し、東シナ海はひどく汚染された。らしい。

「満智子さんって、こういうニュースに興味あるんですか？」

「こういうって、どういう？」

「いや、国際的な」

「わたしって環境問題には敏感なの」つんと尖った鼻が、こちらに向いた。「でもさ、やっぱり、日本も毅然《きぜん》とした態度で怒らないと駄目よね」

「毅然とした？」

「やっぱり、武力がないから、舐《な》められてるのかな」

「と言うよりも、面積と人口で負けてるから」

「口喧嘩をやっても、日本は負けるよね」彼女はユーモアとして言ったのかもしれない。「やっぱり、武力がないのはまずいよね」とも続けた。

それはそうだろうけど、と俺は慎重に答える。

「たとえば、男だってさ、いくら仕事ができて、真面目でも、いざという時に身体を張るくらいじゃないと駄目でしょ。隣の家の人から自分ちが荒らされて、それでも父親がへらへらしているようなもんじゃない、今の日本って」

「まあ」と俺は言いつつ、遠慮がちに、「ただ」と反論した。「ただ、そのたとえ話はちょっと違う気がする」

「具体的にどう違うわけ？」

「うーん」と俺は首を捻《ひね》り、どうにかうまく、自分の違和感を説明しようとする。考えろ考えろマクガイバー、と無意識に唱える。「たとえばさ、隣の家の人から自分ちが荒らされた時、お父さんは、確かに、『我が家に何すんだ』って乗り込んでいくべきだけど」

「けど、何」

「いや、それは正しいと思うんだけど、その時に、そのお父さん自身は何もしないで、奥さんとか子供たちに、『行け、戦ってこい！』って言うのはどうかと思わない？」

「それは駄目でしょ。当たり前」

「でしょ」

「だからどうしたわけ？」

「何かさ、全体主義っていうのはどっちかと言うと、そっちに近い気がするんだ」

「ちょっと安藤君、いつから全体主義の話になったわけ」彼女が眉間《みけん》に皺を寄せていた。「安藤君てさ、彼女とかに理屈っぽいとか言われるでしょ」

「半年前に別れた彼女はそう言ってました」

「たぶん、次にできた彼女にも言われるよ」

何か言い返そうとしたが、できない。

課長が部屋に戻ってきた。相変わらずの、あたりを払う堂々たる歩き方で、色黒の脂《あぶら》ぎった顔をした課長は、迫力がある。部下の勤務態度には厳しく、怠慢な様子でも見せようものなら、「覚悟はあるのか」と怒鳴ってくる。何の覚悟を指すのかは、部下の誰もが分かっていなかったが、けれど、低く恐ろしい声でそう訊ねられると、確かに自分には、何の覚悟もできていないですね、と認めるほかなくなる。

「平田」課長の声が響いた。

「はい」かすれるような声を発し、俺の左斜め向かいに座っていた平田さんが、課長の席に近寄っていく。「何でしょう」

何でしょうも何も、あの課長の不機嫌さからすれば、叱られるのは間違いない。

平田さんは、古株の先輩だった。四十代の前半で、白髪が中途半端に混じり、背は低く、痩《や》せている。度の強い銀縁の眼鏡を、鼻に食い込ませるかのように、かけている。五年前、俺が入社した時には妻帯者だったが、今は独身だ。

「俺は聞いてないぞ」課長の大声が響いたのは、しばらくしてからだった。隣の満智子さんが身体をびくんと震わせる。

課長と平田さんは向き合っていた。満智子さんをはじめ、周囲の者たちは顔を伏せたままだ。仕事に集中しているふりをしながら、聞き耳を立てている。

「先週、課長にもお伝えしました」平田さんは相変わらずの気弱さを露わにし、恐る恐るという様子で、言い返した。

「先週？」課長があからさまな不快感を見せる。「おまえは何を伝えた？　そして、俺が何と答えた？」一語一句再現しなければ、承知しないからな、と脅すようでもある。

「私が、開発グループのスケジュールがタイトであることをお伝えしたら、課長が、それならばとりあえずは仮納品という形を取って、製品検査の一部は別スケジュールで行え、と」

「あのな、仮納品なんてことで、発注元が許してくれるわけがないだろが」

「私もそう思ったのですが、課長が」

「俺が？」

「え、ええ」平田さんは呑まれている。「そこは俺が話をつける、と課長が」

「平田、おまえなあ」課長は演出がかった溜め息を一つ吐き出した。「課長が、課長がってな」と口を開いた。「おまえに責任感はないのか？」

課長は相手を言い包《くる》めようとすればするほど、つまりは強引に相手をねじ伏せようとする時ほど、声を大きくする傾向があった。思いつきで景気のいいことを口にし、部下を翻弄し、その結果、問題が発生すると声を張り上げて、「俺はそんなことを言った覚えはない」と主張する。「おまえに一任しただろうが」と平気で言う。

「平田、覚悟はできているのか？」

室内には、全員が意味もなく叩き続けるキーボードの音が、断続的に鳴るだけになる。

気づくと俺の机の左側に、満智子さんが手を伸ばしていた。視線は画面を向いたまま、メモを渡してきたのだ。俺はそれを受け取って、目を落とす。『平田さん、終わってるよね』と彼女の美しく整った字で書かれていた。「終わってる」とは抽象的な表現だったが、言いたいことの見当はついた。俺は、転がっているボールペンをつかんで、素早く、その下の余白にこう書いた。『むちゃくちゃなのは課長だ』

満智子さんからはすぐに返事が来た。『でも、平田さんも情けない』

平田さんは確かに情けないのかもしれないが、俺や満智子さんが、それをどうこう言えるとも思えなかった。もう一度、平田さんの背中に目を向ける。彼が肩を震わせているように見えた。気のせいなのだろうか。

「で」平田さんが唐突に甲高い声を発した。声が裏返ったのだろう。すぐに、「でも」と低いトーンで言いなおす。「でも、課長がおっしゃったのは事実ですから」

「おまえなあ。仕事ができない上に、反省もできなくてどうすんだよ。そんなんだから」

　課長がその後にどう台詞を続けるつもりだったのか、俺には想像するほかなかった。ただ、それを聞いている平田さんの姿が、戦意を喪失し、これよりは下がらないくらいまでに士気の下がった敗残兵のように見えたのは、確かだ。

「日本の国民は」俺は、ある本に書かれていた文章を思い出した。ファシズムについて述べられた本で、「日本の国民は、規律をまもる教育を充分に受けていたため、大規模な暴動を起こすことはついになかった」とあった。それが頭を過《よ》ぎる。はじめて読んだ時、俺は、「いったいこの著者は何を知った口を利いているんだ」と腹が立った。「日本の歴史を学んだことがあるのか」と。が、こうやって社内の言い合いに肩をすぼめて、キーボードを叩いているだけの自分のことを考えると、「やはり俺たちは飼い慣らされているのだろうか」と納得しそうになった。

気づくと俺は、平田さんの背中をじっと睨むようにし、そして小柄で痩せた彼と、自分を重ね合わせていた。もし俺が平田さんであったなら、と想像し、平田さんの身体の中に、自分が入り込む様子を想像した。彼の口を借り、彼自身の性根を叩きなおすつもりで、課長を罵倒《ばとう》したかった。頬とこめかみに、びりびりと震えが起きる。知らず息を止めた。「課長、それどういう意味だ？　もう一回言ってみろ」と俺は内心に言った。

その直後だ。平田さんが、「課長、それどういう意味だ？　もう一回言ってみろ」と言った。

「え」と俺は、小さく声を出す。頭で思った台詞とまったく同じ言葉を、彼が発していた。同僚たちが首を伸ばし、平田さんを見ている。何事か、と当惑している。

まさか、と俺は思いつつ、けれどどこか期待と予感めいたものを感じながら、先ほどと同じ要領で、じっと平田さんの背中を見つめ、自分が彼の身体の内側に入り込むイメージをもう一度浮かべた。息を止め、「偉そうにしてんじゃねえぞ。責任取らねえ上司の何が上司だ」と念じた。

予想通り、と言うべきか、驚くべきことに、と言うべきか、その後で平田さんがまったく同じ言葉を発した。平田さんが、平田さんの声で、平田さんが出したこともない大声で、だ。

誰もが手を止め、ぎょっとしていた。さすがの課長も気圧《けお》され、鯉《こい》のように口を動かしている。満智子さんがメモ用紙を、すっと差し出してきて、はっと我に返る。紙には、『ミラクルだ』とだけ書かれている。ミラクルか？

4

「Good bye!」住宅街の歩道を自転車を押しながら歩き、家の近くまで帰ってきたところで、アンダーソンの姿が見えた。平屋の木造の家に住む彼は、英会話教室を開いている。腕時計に目をやると、夜の九時過ぎだったから、生徒を送り出しているところなのだろう。暗くなった道に、平屋の灯りがこぼれ、そこだけがぼんやりと明るかった。門の前で、中学生らしき学生服の男女に手を振っている。

「じゃね、アンダソン」髪を茶色に染めた女子中学生が、彼の脇を駆けていく。

「明日、学校、行けよ」アンダーソンが声を上げる。

「アイ　ホープ　ソー！」女子中学生は振り返りもせずに、手を振った。

「英語で誤魔化《ごまか》してんじゃねえぞ」アンダーソンの日本語は流暢《りゅうちょう》で、しかも、妙に砕けているから、可笑《おか》しい。

「英会話教室の先生が日本語使っていいんだ？」俺は、彼の横に立つと笑った。

「安藤さん」アメリカでは水泳をやっていたと言う彼は、俺と同い年であるが、体格が良かった。頭一つ背が高く、肩幅など俺の二倍もあるに違いない。肌の白さと柔らかい金髪のせいか、水兵の雰囲気そのままだった。

「怒る時は日本語のほうがいいんだ」彼の歯が、夜の街に光る。

「あの子は、学校行かないわけ？」

「学校行きたい子なんていないけどね」

彼は何年か前に、会社の仕事で、アメリカから日本にやってきた。「はるばると春に、来た」とは彼の好きな言い方だ。そして、日本のＯＬと恋に落ち、結婚をし、彼は会社を辞め、英会話教室をはじめた。帰化申請をし、一年前に日本人となった。アンダーソンに無理やり漢字を当てはめたような、名前が付いたはずだが、この近所では誰もそれを覚えていない。

皮肉なことに、帰化が認められて半年後、彼の妻は歩道橋から転がり落ち、頭を強打し、亡くなった。あまりのあっけなさに、周囲の誰もがかけるべき言葉を見つけられなかったが、それでも街に残って、相変わらず英会話教室を続け、俺に向かって、

『アンダーソン』と『安藤さん』って似てるね」などと言ってくる彼が、俺は好きだった。

5

「お兄さんっていつも難しい顔をしていますよね」食卓を挟んで、正面に座る詩織ちゃんが言ってきた。隣にいる、潤也に身体を絡ませるような、軟体動物じみた動きを見せる。

夜の十時を回っていた。食卓には、詩織ちゃんの作ったから揚げが山のように積まれ、脇には、細く刻まれたキャベツがやはり山を作っている。油まじりの美味しげな香りが、部屋を舞っている。キャベツの山を指差して潤也が、「兄貴、岩手山《いわてさん》」と嬉しそうに表情を崩す。

「何だよそれ」

「このキャベツ、岩手山みたいだろ」

「全然見えない」

潤也は岩手山が好きだった。「でかくて、威張ってないのは、清々《すがすが》しい。どこかでひっそり生きなさい、なんて言われたら俺は迷わずあそこを選ぶよ。岩手高原」とよく言った。

「兄貴は、世の中を小難しく考えることだけが生きがいなんだ。だから、難しい顔になる」潤也が、詩織ちゃんに説明した。「マグロが泳いでねえと死んじゃうのと一緒で、兄貴は考えてねえと死んじゃうんだ」

「マグロと一緒なんてすごい！」詩織ちゃんが口を縦に広げて、感心する。

彼女が、潤也の交際相手として我が家にやってくるようになって一年以上が経つ。潤也と同い年である彼女は、無邪気で、無知にしか思えないことがたびたびあるが、時折、それらがすべて彼女の偽装であるような、そういう気にもさせられる。

「子供の頃からさ」潤也が箸《はし》を置き、ソースをつかんだ。蓋をはずすと自分の前にある、から揚げにソースをかけた。たっぷりと、衣が見えなくなるまで念入りにかける。甘い、とろっとした匂いが鼻まで届いた。「覚えてるんだけどさ、俺が小学生で、兄貴は中学生だった時にさ、じいっと兄貴があれを睨んでいる時があったんだ」

「あれ？」

「あれだよあれ、お菓子とかに入っている、乾燥剤っていうのか？」

「あの、食べられません、とか書いてあるやつ？」

「そうそれだよそれ。で、じっと見つめたかと思うと、『食べられないって言われると逆に食べたくなっちゃうよな。何も書いてなければ、食べようとは思わないのに。駄目って言われると、やりたくなるのは何の意味があるんだろうな。それと同じで、くさいにおいがすると、普段より深く息を吸いたくなるよな。あれは何でだろうな』とかさ」

「ややこしー」と詩織ちゃんが笑う。「潤也君もよく覚えてるね」

「俺は勉強、苦手だったけど、記憶力だけはいいんだ」

俺が国立大学を順調に卒業し、それなりに有名な企業に入社したのとは対照的に、潤也は偏差値の低い高校を卒業後、バイトを転々としているが、彼の記憶力と直感の鋭さは、俺よりも遥かに上で、いつも驚かされる。

「兄貴は、そういうことを悶々と考えるタイプだったんだよ」

「でも、実際、人間ってのは、禁止されたものを破って成長してきたんだろうなあ。禁止されたものほどエロく感じるんだよ。人間を衝《つ》き動かすのに、もっとも手っ取り早くて強力なのは、性欲だし。つまりさ、人間の進化の最大の武器は」と俺は言う。

「武器は？」詩織ちゃんが身を乗り出した。

「好奇心だ」と答える。

「あのさ兄貴、そんな難しいこと考えなくても人は生きていけるって。ヒトがいつ木から降りたのか、とかさ、どうしてヒトはセックスの時に正常位だったのか、とかさ、知らなくたって、俺たちはこうして無事に生きてるわけだろ」

「ああ、それはおまえの言う通りだ」

「あ」詩織ちゃんが、潤也の腕を引っ張った。「良かったね、潤也君、お兄さんに誉められたじゃん」

「そうだな」茶色に染めた柔らかい髪を触りながら、潤也が満足げに首を振った。どこまで本気か分からないが、「やったな、誉められた」などと言っている。

　俺たちの両親は十七年前の八月に死んだ。

　生前から、似たもの夫婦であるとか、友人のような二人であるとか言われていたからといって、何も同時に死ななくても良かったのだが、同じタイミングで死亡した。夏休みの八月、お盆の帰省のため信州に向かう途中だ。高速のインターチェンジを抜けて、速度を上げはじめた時だった。

　唐突に、車体が回転した。高速道路の左側の車線で、「あ」と潤也が声を上げるのが聞こえた。「回った」

　後部座席から前を覗《のぞ》くと、フロントガラスの遥か向こうに、横倒しになった二トントラックや、つんのめりながら衝突する赤のオープンカーが見えた。

その次に思い出す場面は、俺が隣の潤也を引っ張りながら、後部座席のドアを開けているところだ。根拠は分からないが俺は、運転席の父も助手席の母も生きていないと決め付けていた。気を失ってだらしなく目を瞑っている潤也を抱えながら、考えろ考えろ、と思っていた。考えろマクガイバー。そうか、あの時はすでにあのテレビドラマを観ていたんだな。考えろ考えろ。親のいない俺たちは親戚を頼るしかないのかな、転校しなければならないのかな、俺はやはり早く働いて弟を育てなくてはいけないのかな、親の持っている通帳はどの部屋にあるんだっけ、子供だけでは預金は下ろせないのかな、などと二人で生きていくこれからについて、考察をしていた。

「他には他には？」詩織ちゃんが、潤也をせっつく。

「他にはあれだ。正座してると足が痺《しび》れるだろ。びりびり。兄貴はあれをさ、コーラとかの炭酸と同じだと考えていたんだ。炭酸の泡も放っておくと、消えるだろ。足の痺れも一緒だ。だから、コーラは足の中の細胞から作られているんじゃないかって、真面目に考えていたんだ」

「すごーい」

「コーラの製造法は極秘らしいしな」俺は面倒臭くて、乱暴に言う。「それから、詩織、知ってるか。兄貴は、喫茶店の隣の席に、よぼよぼの爺さんが来ただけでぽろぽろ泣き出すんだぜ」

「え、そうなんですかあ、お兄さん」

「爺さんが可哀そうで泣いたわけではないって」と俺は反論する。「いろいろ考えて、それで、切なくなっただけだ」

6

潤也が言ったのは、二ヵ月ほど前、二人で日比谷の喫茶店に入った時のことだろう。全国チェーンの、清潔で、無個性な店内でのことだ。せっかく前売り券を買ったのに、詩織は観に行きたくないんだってさ、だから兄貴、一緒に行こうよ、と潤也が誘ってきたため、俺たちは映画館に出かけ、そしてその帰りだった。

「どうして、詩織ちゃんは観たくないって言ったんだ?」ガムシロップ入れの蓋をいじくりながら訊ねた。

「無鉄砲な先輩刑事が、新入りの相棒を教育していく、という粗筋を聞いただけで内容が想像できるから、嫌だって」

「詩織ちゃんは正しかった」

「でも、最後、あの先輩刑事が、新入りを助けるために、敵の牙城に乗り込んでいくところなんて意外だったじゃんか」

「あれのどこが意外なんだよ」

「あれぐらいじゃ驚かないのか」潤也は不満そうに言う。「ハードルが高いな」

その時、俺の右隣の座席に腰を下ろした男がいた。耳にかぶさるくらいまで白髪を伸ばし、口からは並びの悪い歯が見えている。

座席と座席の間隔は狭いので、その隙間を縫うように、ゆっくりと座った。動きのことごとくが遅い。トレイの上のアイスコーヒーに、彼はストローを挿《さ》そうとし、二度失敗し、結局、足元に落とした。俺は落ちたストローの位置を目で捉える。男は慌てず、身体を斜めにすると、震える手を伸ばして、それを拾った。何事もなかったようにグラスにストローを入れた。一口吸うと、感情のない目で店内の天井あたりを眺めた。

ああ、と唐突に俺は、自分の腹の中で、憂鬱の塊《かたまり》とも言える黒々としたものが膨《ふく》らむのを感じ、首をすぼめてしまった。

男は八十歳を越えているだろう。手首や、裾から覗く足首も細く、口のまわりに付着した食べ滓《かす》とも垢《あか》ともつかない汚れを気にかける様子もない。視線は定まらず、喪心《そうしん》ともいえる表情で、アイスコーヒーに口を尖らせていた。息をするたび、肩を動かすたび、悪臭を散らす。

彼は、「ただ、生きている」のではないか。俺はまず、そう思った。そして、想像してみる。彼には妻がいるようには見えない。おそらくは、以前はいたのだろうが、今はいない。死別と推測しても、突飛ではないはずだ。子供はいるのだろうか。孫はどうか。男の羽織《はお》っているシャツが、下の肌が透けて見えるほど薄いのが分かる。靴に目をやると、親指の部分が擦り切れている。一人で暮らしている。生きているだけ、という言葉が俺の頭をまた、過ぎる。

それからさらに俺は、五十年前のこの男性に思いを馳せる。三十代の彼は、今と同じ状態だっただろうか。

違う。

断じて、違うはずだ。

三十代の彼は、もっと背筋も真っ直ぐで、肌は脂ぎっているほどだっただろう。周囲の女性から好感を得ようと、前髪の位置やシャツのデザインに腐心していたに違いない。どこかで老いた男に会えば、「汚えじじいだな。何が楽しみで生きてるんだろうな。生きてるだけだよ、ありゃ」と同情と嘲笑の唾を飛ばしていたはずだ。つまり、と思う。つまり、この男は、俺だ。五十年後の俺がこの老人と違う、とどうして言い切れる。まじかよ、と舌打ちをしながら、涙ぐんでいた。

「おい、兄貴、何で泣いてんだよ」

はっと顔を上げるとすでに、隣の老人はいなくなっていた。「いや」

「兄貴、落ち込むなよ。あれは映画だからさ、あの新人を庇《かば》った、無鉄砲な刑事も本当に死んだわけじゃないって」

「いや、あの刑事はどうでもいいんだ」潤也のあまりの見当外れに笑ってしまう。そして、自分の「考えていたこと」を話して聞かせた。

聞き終わった潤也は、「兄貴、相変わらずだなあ」とカップの取っ手をいじった。

「そんなことまで考えてどうすんだよ。五十年後だろ？　だいたい兄貴も、俺ほどではないにしろ外見はいいんだから、結婚もするだろうしさ、そうしたら、一人っきりってことはないだろ」

「仮に結婚したところで、いつかは一人だ。先に死ねば別だろうが。さっきの老人も、奥さんはいたかもしれない。それが今や一人だ。想像してみろ。七十歳から一人の生活だとして、九十まで生きるとしても、二十年だぞ。今まで俺たちが生きてきたのとほぼ同じ年月を、一人で、顎についた食べ滓も気にせず、ただ、生きていくんだ。耐えられるか？」

「九十まで生きるつもりなのかよ、兄貴、ずうずうしいな」

「そういう話じゃないんだ」

「そうそう」潤也がそこで、手のひらをぱんぱんと叩いた。その勢いで、テーブルの上の紙ナプキンがひゅっひゅっと動く。「そう言えば思い出した。俺さ、昨日夢を見たんだ」

「俺の話と関係しているんだろうな」

「もちろんだよ。夢の中でさ、『人の死に方が書いてある本』ってのが出てくるんだよ。図鑑みたいな」

「売れそうなタイトルだなあ」

「で、俺の友達がしきりに、『見てみろよ、おまえの兄貴の死に方が載ってるぜ』と言ってきたんだ」

「その夢の中で？　よりによって俺のか」

「でも、怖いじゃんか。だから、俺はいいよそういうのはいいよ、と断ったんだ」

「でも結局は見たんだろ？」

「だって、友達が、『悪くない死に方だから見てみろよ』とか言うからさ、じゃあ見てやろうかって思うだろ」

「そうしたら？」

「四コマ漫画みたいだったな。兄貴が、『あ、犬だ』とか言って、寝ている犬に駆け寄るんだ。それで、抱きかかえるようにして隣に寝そべるとさ、『何だか眠いなあ』とか呟いて、そのまま、眠るように死んでた」

「その犬はパトラッシュじゃないだろうな」

「分からないけど、安らかな死に方だったぜ」

「安らかかどうか分からないだろうが」

「だって、最後のコマのキャプションに、『世の中で一番安らかな死に方です』って書いてあったからな」

「分かりやすい」

「だろ。だから、大丈夫だって」

「何が」

「兄貴が心配するような、孤独な死ってのはやってこない。兄貴は考えすぎなんだって」

「とりあえず、犬には近づかないようにする」俺はそうとだけ答えた。

7

おじいさんのために涙流すなんて、潤也君のお兄さんって本当に優しいよね、と詩織ちゃんが言った。食卓に肘《ひじ》を載せ、手で顎を支えている。

「そういえば、あの喫茶店で帰り際、抽選やってたよな」思い出したついでに言った。当店何周年記念、と籤引《くじび》きを実施していた。そこで、潤也がコーヒーメーカーを当てたのだ。

「あったね」

「潤也は籤運がいい」俺は昔から感じていたので、そう言ってみたけれど、潤也も詩織ちゃんもぴんと来ない様子だった。

夕食を食べ終えた俺は、自分の部屋へと戻った。二人で生活をはじめて以降、食後の片付けはお互いがやっているが、詩織ちゃんが来ている時は、潤也と彼女に任せている。「食器洗っている詩織を見てるとさ、何かこう色気を感じて、むらむら来るんだよな」

潤也があっけらかんと言っていたことがあり、それなら二人でどうぞ、となった。階段を昇り、西側の部屋に入る。もともとは両親の寝室だったが、今は、ベッドとテレビがあるだけの殺風景な八畳間だ。クッションに座り込み、床に転がっているリモコンに手を伸ばし、テレビの電源を入れた。時計を見ると、夜の十一時を回っている。

報道番組が画面に映し出された。衆議院解散がほぼ確実となっているため、このところテレビには朝夜問わず、各政党の議員たちが顔を出している。今も、与党と野党の代表者たちが、右と左に分かれて、議論をしていた。いや、議論と言うよりは、アピールと貶《けな》し合いだ。

議論と言えば、以前、潤也が言っていた言葉が印象に残っている。「兄貴、俺さ、『今まで議論で負けたことがない』とか、『どんな相手でも論破できる』とか自慢げに話している奴を見ると、馬鹿じゃないかって思うんだよね」

「どうしてだ」

「相手を言い負かして幸せになるのは、自分だけだってことに気づいてないんだよ。理屈で相手をぺしゃんこにして、無理やり負けを認めさせたところで、そいつの考えは変わらないよ。場の雰囲気が悪くなるだけだ」

画面の中央に、坊主頭の司会者が座っている。もともとは喜劇役者だったのが、いつの間にか、番組の司会や邦画の役者に抜擢され、すっかり文化人のたたずまいを見せている男だ。丸い顔が人間味を感じさせるが、眼鏡の奥の目がいつもきょろきょろとしていて、落ち着きがない。

向かって右側には与党の議員が、古株、中堅、若手、という順に並んでいる。別の表現で言えば、老獪《ろうかい》、安定、熱気、という並びかもしれない。左側は、野党の党首が並んでいる。おそらく、司会者の側から、議席数が多い順に座っているのだろう。犬養は二番目に座っていた。

小さな画面で見ているだけでも、犬養の貫禄がただならないことが分かる。全員が同じような、質の良い背広を着ているにもかかわらず、物々しいと言うべきか端厳《たんげん》と言うべきか、とにかく、他の出演者よりもくっきりとした輪郭を感じる。

四角い顔は彫りが深く、鼻筋が通っている。眉と目の距離が短く、涼しげだった。猛暑であるにもかかわらず、だ。耳が大きく、唇は横広で、髪は短く刈ってある。

「ところで犬養さん、今度の選挙、未来党はいい線、いくんじゃないかって言われてるけど」司会者が、それまでの消費税の話題を切り替えて、唐突に犬養の名を呼んだ。

犬養はすぐには答えない。馴れ馴れしく話しかける司会者に冷たい眼差しを、相手の力量を推《お》し量るかのように向けた。それだけで司会者は、ぐっと口を閉じる。「環境の問題、アメリカ、東シナ海の問題、不景気、これらは全部つながっている」おもむろに犬養は喋りはじめた。「政治家の使命感と責任感が低く、国民は怠惰で、身勝手だ。国が滅びても、自分だけは助かるのだと、国民はおろか、政治家ですら信じている。国民が、私たちの政党を選ぶことを、私は、国民のために願っている。私たちは、ここの誰よりもこの国の未来について考えているからだ」

勇ましくも迫力のある声だった。重厚で、聞き惚れてしまう。一瞬、テレビ局のスタジオもしんと静まった。遅れて、他の議員が声を張り上げる。「われわれも国の将来について、考えている。いい加減なことを言うな」

犬養はまるで動じない。彼らが騒げば騒ぐほど、自分が優位になるのを知っているかのようだった。「あなたたちは、国のために何を犠牲にするんだ?」と訊ねた。するとまた議員たちが思い思いに言葉を発する。「馬鹿な」「そりゃ何だって犠牲にするさ」「わたしは結婚すらしていない」と咄嗟《とっさ》に思いついたことをわらわらと口に出した。

「私たちに」犬養は一人、落ち着き払い、指を立てた。「政治を任せてくれれば、五年で景気を回復させてみせる。五年で、老後の生活も保障しよう」

他の議員たちの失笑が洩れるが、犬養は毅然としたままだった。手のひらを開く。「五年だ。もしできなかったら、私の首をはねればいい」

それから、多すぎる議員年金の額や、何十年も前に計画された公共事業の金額について、具体的な数字を口にした。

「これらは全部、なくす。漸次《ぜんじ》であるとか、段階的にであるとか、悠長なことは言わない。すぐに廃止する。当たり前のことだ。それから」とさらに指を立てる。「この国の未来のために、アメリカや欧州諸国への態度もはっきりとさせよう。アジアの大国に対しても」

「それは、日米安保のことを言っているわけ？」与党の中堅が突くように口を挟んだ。

「二十世紀に、他国に爆弾をもっとも落とした国が、どうして、あそこまで自由に振る舞うことができる？　自由の国だからか」

「いまどき、アメリカ批判ですかあ」誰かが揶揄《やゆ》した。「陳腐だねえ」

「陳腐なことだろうが、必要なら私は繰り返すよ」犬養の語調は強い。「アメリカだけじゃない。資本主義の素晴らしさを邪魔する、既得権益や下らない情緒に対しても、私は批判的だ」

「何だか、犬養さんの話を聞いていると、日本という国をどうするおつもりなのかな、って不安になりますね」与党の中堅が言う。「具体性の欠片《かけら》もないし」

「今、この国の国民はどういう人生を送っているか、知っているのか？　テレビとパソコンの前に座り、そこに流れてくる情報や娯楽を次々と眺めているだけだ。死ぬまでの間、そうやってただ、漫然と生きている。食事も入浴も、仕事も恋愛も、すべて、こなすだけだ。無自覚に、無為に時間を費し、そのくせ、人生は短い、と嘆く。もっと言えば、まともに生活することもままならない人間が多すぎる。彼らは無料の娯楽で、毎日を過ごす。テレビとインターネットだ。豊富な情報と、単調な生活から生まれてくるのは、短絡的な発想や憎悪だけだ」

犬養の口調は真剣さの漲《みなぎ》るものだったが、発言が発言だけに、画面にいる誰もが笑っていた。そんなこと言っちゃって、とからかう空気が広がっている。

「犬養さん、いや、そういう乱暴なことは口にしないほうがいいですよ」与党の中堅議員が顔を引き攣《つ》らせたまま、言ってくる。「そりゃ、野党も必死ってことは伝わりますよ、でもね」

犬養は表情を変えない。炯々《けいけい》たる目で、じっと中堅議員を見る。ふっと頬のあたりが緩《ゆる》んだ。余裕のあまり、綻《ほころ》んでしまったのだろう。

「犬養さん、まだ若いから」と野党第一党の党首が、後輩を撫でるような声を出す。

「若いからこそ、未来が見える。私の視線の射程は、おそらくはあなたたち年配の方より、はるかに長い」犬養ははっきりとした口調で言い切った。

若造が何を言う、という怒りが他の政治家から、じわっと溢れた。

「一つ訊きたいのだが」犬養は微塵《みじん》も怯《ひる》まずに、さらに落ち着き払った声を発した。

「何でしょう」司会者が好奇心丸出しで、返事をする。

「汚職や不祥事、選挙の敗北、それらの責任で辞任した首相はいるが、国の未来への道筋を誤った、と辞任した首相はいない。なぜだ？　選挙で敗北して辞任はしても、それ以外では、辞めない。誰も誤っていないのか？　未来への道筋はいつも正しいのか？　政治家はなぜ、責任を取らない。国民はもう諦めているんだろう。若者は敏感だから、顕著だ。政治家が深刻な顔を作り、何か大義名分を掲げても、どうせ嘘なんだろ、と思っている。規制緩和を行うと言っても、どうせ小手先のことだけなんだろ、と期待もしていない。無駄な国の機関を廃止すると計画が上がっても、既得権益を失いたくない何者かがそれを阻むだろう、と知っている。政治家が必死に考えているのは、政治以外のことだと見限っているわけだ。私は訊きたいのだが、それが正しい国のあり方か。私なら五年で立て直す。無理だったら、首をはねろ。そうすればいい。私が必死になるのは、政治のことだけだ」

「犬養さん、そういう抽象的な意見を言われてもねえ」与党の古株が唇をゆがめる。

「未来党さんに話を振るんじゃなかったかな」司会者が困った笑みを見せる。「ちょっと墓穴を掘っちゃった感も」

いや、と俺はそれを見ながら、首を横に振る。犬養は計算をしているのではないか、と思わずにはいられなかった。あまりに大仰で、荒っぽい言葉だったが、「五年で駄目なら首をはねろ」という言葉は自信に溢れ、明確だった。

分かりやすい。言うことが原始的で、はっきりしている。

おそらく今頃は、と俺はさらに想像をしてみる。おそらく今頃は、テレビを観ていた若者たちが、大騒ぎをしているかもしれない。「犬養、馬鹿なこと言ったぞ。みんな聞いたか？　おい、面白えから、犬養に投票しようぜ、首をはねようぜ」

インターネット上では、人の揚げ足を取り、弱みに付け込み、誰かが困惑で死にそうになるのを喜ぶ者たちが大勢いる。というよりも、そういった人間の性質が露わになりやすいのが、インターネットだ。犬養を支持する意図がなくとも、愉快さを求めるあまり、犬養を選挙で勝たせてやろうと行動する可能性はないだろうか。

「そういえば犬養さんは、宮沢賢治がお好きだとか？」司会者は、そこにシナリオでも置いてあるのか、机に目をやった後で、場の雰囲気を和らげるためにそんな話題を出した。

しばらく、沈黙がある。犬養が、「ええ、学生の時から」と口を開く。すでに、番組全体の流れが、犬養によってコントロールされていることに誰も気づいていない。他の議員も発言をすることも忘れ、犬養の話を聞くだけになっている。

「ずいぶん熱心な読者だと聞きましたが」

「とてもいい作品がたくさんある」

「特にどの作品が？」

「どれでもいいが、たとえば、『注文の多い料理店』であるとか」

犬養はそう答えると、カメラに向かって、ほんのわずかではあるが口元を緩めた。昼の両端を若干上げるようにして、そして、例の鋭い目で画面のこちらを睨む。

そこで番組は宣伝に切り替わった。俺はリモコンに手をやり、電源を切る。ベッドの端に寄りかかるようにして、目を軽く閉じた。ぼんやりと頭を落ち着かせようとしたが、ふいに、昼間目《ま》の当たりにした場面が浮かんだ。

平田さんのことだ。課長に向かい、「課長、それどういう意味だ？　もう一回言ってみろ」と声を張り上げた後、彼は自分でもきょとんとしていた。課長はまばたきを何度かした後で、顔を赤くし、怒りをこらえるように席を立った。

あれは、俺が内心で唱えた台詞と一緒だった。同時に、昨日の地下鉄車内での出来事も蘇《よみがえ》る。老人が、ガムの若者に叫んだ台詞、あれも俺の想像したものだ。考えろマクガイバー。

「お兄さーん、スイカ切りましたよ」と階段の下から詩織ちゃんの声が聞こえた。

スイカを買ってきたのは、潤也だったらしい。バイトの帰り道、急に思い立って、八百屋に寄ったのだという。

「どうしてわざわざ急に？」

「だって、今の時代って、何でもかんでもコンビニで手に入るじゃないか。栄養ドリンクもライブのチケットも、電球だとか避妊具もコンビニで。味気ないよ。だからさ、コンビニでは絶対売ってないようなものを急に買いたくなったんだ。じゃないと何だか、コンビニに支配されているみたいだし」

「それが、スイカか」

「丸ごとのスイカだ」

「これがスイカです」詩織ちゃんが自分の前にある、皿を指差す。丸々一個あったというスイカを、半分に切り、それをさらに細かく割って、三人分に分けたらしい。かなりの量がある。

「でも、おまえの言うことにも一理あるよ」

「あ、嬉しいなあ」

「何でもかんでもインターネットで調べる世の中で、だんだん情報とか知識が薄っぺらくなっているじゃないか。おまえが言った、コンビニの味気なさと似ていないか？　物は一緒でも、情報は一緒でも、どこか薄いし、ぺらぺらだ」

　以前、職場の後輩が、「知識はネット上にいくらでもあって、わたしたちはそれを見つければいいんです。必要な時に必要な情報を利用できる。知識のある場所さえ覚えておけばオッケーなんです」と言っていたことを思い出す。なるほどそうかもな、と俺は感心したが、課長はすぐに大声で、「おまえ、パソコンぶっ壊れたらどうすんだよ。外で、誰かが出血した時、『出血の止め方』とか携帯電話で調べるのか？　その場ですぐ対処できる奴が本物なんだよ。ネットの情報でも何でもいいけどな、頭にちゃんと入ってなけりゃ知識でも知恵でもないぞ」と怒鳴った。

スイカの赤い果肉に噛み付く。しゃぶり付く、というほうが近いかもしれない。ばしゃばしゃと唇に赤い飛沫《しぶき》が散り、口の中に水分が広がる。甘い。かりっと歯ごたえを見つけると、噛むのを止め、指で種を取り出した。

「夏はスイカですよね」と詩織ちゃんが食べながら、言った。

「だよ」俺は指についた果汁を舌で舐める。粘り気のようなものを感じるので、食卓の上のティッシュペーパーでさらに拭き取る。

「鳥肌！」そこで急に、潤也が声を上げた。

「どうした」

「兄貴、これ見てくれよ、種並びだよ種並び」潤也は舌打ちをしながら、手元の皿を俺に向け、自分のスイカを見せた。何がどうしたのだ、と見ると、すぐに彼の言いたいことが分かった。俺の腕にも鳥肌が立った。背筋の毛がいっせいに逆立つ。

潤也の皿に載ったスイカの中で、ひときわ大きい欠片があって、その表面に、種がびっちりと並んでいたのだ。しかも、整列という言葉が相応《ふさわ》しいほどに、綺麗な並び方だった。縦三列の、横は十粒ほどだろうか、綺麗に行列を作っている。偶然に出来上がった配列に違いないが、けれどそれを見た瞬間、俺は寒気を感じた。

「何か気持ち悪いね」詩織ちゃんも言う。

「鳥肌立ったよ。綺麗に並んでるのも意外に気持ち悪いんだな。ひどいよ、これ」

スイカから目を離せなかった。怖気《おぞけ》をふるうとはこれのことだ、と思いつつ一方で、はっとした。この綺麗に並んだ、まるで統制されたかのような種は、おぞましいものに感じられた。なぜなのか、と考える。不自然なのだ。すべての意志がある方向に統一されるかのような、不自然さに満ちていて、だから、生理的に受け付けがたいのだ。犬養のことがどういうわけか頭に浮かんだ。彼はこの、スイカの種の並びを見ても、不気味に感じないのではないか、むしろ、これをやりたいのではないか？

「気持ち悪いから、早く取っちゃおうっと」潤也はスプーンでスイカの表面を削り、種をぽろぽろとこそぎ落とした。

「でも、意外に貴重だったかもね。今の種の並び方って。写真撮っておけば良かったかも」詩織ちゃんは能天気だった。

スイカを食べ終えた俺たちは、二十分ほど雑談をし、それぞれの部屋に戻った。潤也たちは一階の和室で、布団を敷いて眠る。トイレに立ち寄って、階段に向かう際、電気を消す、かちかちという音が聞こえ、「消灯ですよー」と詩織ちゃんが言うのが分かった。いつもそうだ。面白いことに彼女は、眠っている時も、電灯を消す音を聞くと、条件反射でそう言ってしまうらしい。そうか消灯の時間か、と俺はそのたびに思う。

8

自分の「力」について確信したのは、つまり、これは俺の意図によって発生したことなのだ、と認識したのは、翌日の朝だった。

満員の車両で、俺の隣にいる長身の若者が、耳にヘッドフォンを付け、大音量の音楽を聴いていた。八〇年代の後半に世界を席巻した、アメリカのハードロックバンドの曲だ。曲名すら言い当てられるくらいの音量で、無表情ながら乗客の誰もが閉口しているのは、明らかだった。そこで、俺はふと、試みた。その時は半信半疑で、まさかな、という思いが強かったのだけれど、とにかく、ウォークマンの若者の身体に、自分を重ね合わせるイメージを浮かべた。頬に電気を感じた後で、呼吸を止め、「うるさい音楽を聴いて、すみません」とやった。

さあどうだ、と横を見た時には、若者が口を開いていた。ヘッドフォンが大音量を流しているせいか、声の大きさのバランスが取れないようで、甲高く大きな声だった。「うるさい音楽を聴いて」

周囲の乗客がぎょっとし、若者を見た。若者自身は何事もなかったかのように前を見ている。喋った本人には自覚がないらしい。

これは偶然ではない、とさすがに察した。まばたきをし、若者の横顔を見る。どうして若者が途中で言葉を切り上げたのか、俺には判断がつかなかったが、とりあえずはもう一度、意識を隣に集中させて、念じ、「すみません」と足した。

すると若者が、「すみません」とやはり高い声を発した。乗客は当惑する。大声で謝罪するこの青年は、果たして礼儀正しいのか常識知らずなのか、判定できないでいる。

息継ぎのせいだろうか。息継ぎをしてしまったから、青年は最初、途中までしか喋らなかったのかもしれない。ようするに、一息で喋った台詞だけが伝わるのか、とそう考えた。

俺は自分の「力」について、疑いを捨てていた。これは、明らかに俺の意図の通りに、他人が言葉を発している。理屈や理論は不明だが、「それ」が起きていることは確かだ。電子レンジの理屈を知らなくても、弁当が温まるのと同じかもしれない。

「平田」と課長の声がした。その日の昼間だ。俺は目だけを移動させ、課長の席を見た。課長はいつも通りの憮然《ぶぜん》とした顔つきだが、こめかみから頬にかけてわずかに引き攣りが見えた。

「何でしょう」平田さんが立ち上がり、課長席に向かうが、その歩く姿が気のせいか、しゃんとしているようだった。

『平田さん、やっぱり、変わった』

左から、満智子さんのメモが渡ってきた。『ミラクルがあったから』と俺は書き、無愛想に戻した。正直なところ、変わったのは平田さんではなくて周りの人間かもしれないな、とも思った。

「ええ、分かりました。課長のおっしゃるとおり、対応いたしますので」平田さんはいつものように、丁寧に返事をする。

「頼むよ」課長が言った。

その夜、俺は定時の十八時ぴたりに仕事を終えた。部屋を出て、下りエレベーターの到着を待っていると、肩を叩かれた。「安藤君、飲みに行こうよ」

「満智子さんが早く帰るの珍しいですね」

「安藤君だってそうでしょ。今日は感謝祭なんだしさ、飲んで帰ろうよ」並んで立っても、彼女と俺の視線の位置は変わらない。彼女が踵《かかと》の高い靴を履いているせいでもあるが、それでも、女性にしては長身だ。ノースリーブの服から、艶《なま》かしい白い腕が伸びている。例のお嬢様のような容貌のせいか、満智子さんに憧れる男性は社内に多いらしい。ただ、課内には少ない。近くで働けば働くほど、彼女のさばさばとした男性的な部分が分かるからだろう。その反対で、彼女をやっかみ疎《うと》ましく思う女性は、社内には多いが、同じフロアには少ない。ややこしいが、そういう傾向がある。

「今日って、何の感謝祭なんでしたっけ？」

「さあ」

「さあって」

「何でもいいんだって。感謝祭って言えば、その日が感謝祭になるわけ。だから、飲みに行こう。何、それとも嫌なわけ？　彼女もいないくせに」

「嫌じゃないですけど、わけもなく感謝祭とか言われるのはちょっと抵抗が」

「なら、独立記念日でいいじゃない」

「何が何から独立を」

「平田さんが反乱を起こし、独立したじゃない」満智子さんが高い鼻の前に人差し指を立てて、「ね」と言った時に、エレベーターが音を立てて、扉を開けた。

満智子さんは美人なのだろうが、美人と一緒に飲んだところで、居酒屋のビールはビールに過ぎないし、それだけで愉快なわけではない。しかも、周囲の視線が集まってくる居心地の悪さもあった。

ごく普通の居酒屋だった。「天々」という名前の全国チェーンで、安価の割に料理が美味しいため、サラリーマンには人気がある。

俺たちはカウンター席に案内され、二人で並んで座っていた。

満智子さんは次から次へとジョッキを空け、一時間も経たないうちに顔を上気させ、陽気になった。仕事の進捗《しんちょく》具合から、課長の愚痴、それから平田さんに起きた変化について、会話を続けた。そのうちに、「この間、お見合いしてさ」とも言う。

目の前で、焼き鳥を焼いていた若い店員がちらっと一瞥《いちべつ》をくれてきた。「見合い」という単語に反応したのか、それとも、満智子さんのことが気になっているのか、もしくは、満智子さんのことが気になる上に、「見合い」という単語に反応したのか、判然としない。とにかく、焼き鳥の焼き具合から一瞬、意識を外したのは、確かだ。

ちゃんと焼いてよ、と俺は思った。焼かれてる鳥だって、たぶんそう思ったはずだ。

私のこと、ちゃんと焼いてくれてる？

「満智子さんがお見合いする、って意外ですね。どういう相手だったんですか？」

「聞いてよ、それがさ」満智子さんは声を荒らげた。「開業医で、家持ちだって言うから期待してたら、四十歳過ぎの脂ぎった、肥満男だったんだから、驚きでしょ」

「会う前に分かってなかったんですか」

「だって、開業医で家持ちならたいていのことは大目に見れる気がしない？」

「じゃあ、大目に見れば良かったじゃないですか」

「というよりも向こうから断ってきたんだから」満智子さんはそう言うと、ジョッキに半分ほど残っていたビールを豪快に、喉に通した。

「意外ですね」

「わたしも意外だった」

「でも、断るつもりだったんだから好都合だったじゃないですか」

「気分が良くない」

そうですか、と思いつつも黙った。するとそこで満智子さんが立ち上がった。

「どうしたんですか？」と訊ねると、「ハイ、ニョー」と軽快に言う。排尿、という意味なのだろうがもう少し言い方はあるのではないか、と俺は苦笑する。トイレに向かう彼女は、足を踏み出し、一瞬よろけた。

「ねえ、あれ、あんたの彼女？」左から声をかけられた。顔を向けると、俺よりも何歳か若い雰囲気の長髪の男が座っていた。一人で、ウィスキーの入ったグラスを前にしている。こういう居酒屋で一人でウィスキーという取り合わせは相応しいのかどうか分からなかったが、外見からすれば、色男の部類に入る男かもしれない。

「いや、会社の同僚だけど」言葉遣いに気をつけながら、相手の思惑や目的を考えてみる。考えろ考えろマクガイバー。もし、相手が危険な人物であった場合は、目の前の醬油の瓶が武器になるだろうか、とどうでもいい対策まで練った。なぜなら、マクガイバーならきっとそうするからだ。

「だよな」彼は、あからさまに俺を軽んじていた。「あんたみたいに冴《さ》えないのと、あの女じゃ不釣合いだもんな」

面と向かってそういうことを口にする人間もいるのだな、と新鮮な気分になる。

「やっぱり不釣合いかな」

「残念ながら」女の仕草のように、彼は耳にかかった髪を搔いた。「俺がアタックしたいけど、いいかな」

「アタックっていうのは、可愛い言い方だけど。でも、彼女、俺に気があるかもしれない」悪戯《いたずら》心が出て、でまかせを口にする。

試してみよう、と思いついた。満智子さんが俺に気があるなんてことは、俺がゴミ箱を漁るカラスに好意を抱く、と同じくらいにあるわけのないことだが、けれどもしかすると、俺は、彼女の言葉を操れるのではないか、そう考えたのだ。地下鉄の老人、そして、平田さんや通勤電車でのウォークマンの若者に対してやったことを、満智子さんにも試してみよう、と決心していた。

数分して、満智子さんがトイレから戻ってきた。彼女をじっと見つめた。睨んだ、と言ったほうが近いだろうか。そして、彼女の身体に忍び込むイメージを浮かべた。ほどなく、俺の頬が震えてくる。息をすっと吸うとそこで止め、頭に、即興の台詞を浮かべた。

満智子さんがその台詞を口にするまで、さほど時間は必要なかった。

「わたし、安藤君のことが好きなの。真剣にお付き合いしてくれない？」

彼女は柔らかそうな唇を開閉しながら、はっきりとそう言った。

焼き鳥を焼いていた店員が、がたっと音を出した。串を床に落としたらしい。おいおい、しっかり頼むよ、と鳥は嘆いたに違いない。俺の背後で、長髪の男が、息を飲む気配があった。「げ」と言ったのが聞こえた。

動揺しているのは、俺も同じだった。やはりそうか、と受け止めつつも、まさか本当に、と驚いていた。どうにか平静を装い、「いや、それは無理ですよ」と颯爽《さっそう》と、かわした。「気持ちは嬉しいけど」それから伝票を手に取って、腰を浮かせる。「満智子さん、そろそろ出ましょう」と言う。

「え、もう？」満智子さんは事情も分からず、ぼんやりと答えた。俺は横目で、長髪の男を窺った。「な、こんなもんだよ」と目で言う。

9

満智子さんをタクシーに乗せた後で、一人で別の店に向かった。繁華街から二本、裏道へ逸れた場所、その地下にある、「ドゥーチェ」というバーだ。店内の作りはモダンな雰囲気で落ち着いているが、立地が悪いせいか、いつも空《す》いている。そこで、一人で時間を潰《つぶ》すことが多かった。知人でも連れてきて、この店が話題になり、賑わうようになってしまったら目も当てられない。たぶん、常連客の誰もが同じ気持ちで、だからいつも、がらんとしている。

五分刈りで、一見、物騒な世渡りをしているとしか思えないマスターは、閑散とした店内を憂える様子もなく、いつも黙々とカウンターで作業をしている。年齢について訊ねたことはなかったが、三十代後半にも見えるし、俺より若い二十代にも見えなくはない。

店に入ると、マスターが顔を上げ、目で挨拶をしてきた。カウンターに座る。注文をしなくとも、その日の俺の顔つきを見て、それに相応しい酒を用意してくれる。その酒が、たいがい、自分の気持ちにぴたりと来るから不思議だ。

自分の「力」について、考えた。まずは、その能力を、腹話術と名づけることにした。子供じみた出し物のようだが、実際、現象としては近い。この腹話術が、どういうものかをまとめる必要がある。考えろ考えろ、マクガイバー。「マスター、紙もらえるかな？」

マスターは無言のまま、自分の五分刈りに人差し指を当て、この髪？　と下らない冗談を見せた。そしてすぐに、白い便箋のようなものを、カウンターに寄越してくれる。ボールペンも添えてあった。

自分の腹話術について、思いつく限りの気になる点を、箇条書きにして、書き出す。
①相手との距離はどんなに離れていてもいいのか？
②相手との間に障害物があっても平気なのか？　相手の姿が見えなくても平気か？

③喋らせるだけではなく、歌わせることは？
④その場にいない相手にもできるのか？　たとえば、テレビに映る芸能人は？
⑤相手は人間に限るのか？
五つほどしか思いつかない。ペンを置き、右手で頬杖をついた。気づくと前にマスターが立っていて、長いグラスを置いた。綺麗な緑色をしたカクテルで、マスターを窺うと、「グラスホッパー」と教えてくれる。カクテルの名前だとは一瞬気づかなかった。

「それ、バッタっていう意味だっけ？」

「イナゴとかバッタとか」とマスターは眉を上げ、その後で、「お仕事ですか？」と俺の手元にある紙に一瞥をくれた。

今日は、いつも以上に客が少ない。カウンターには俺以外、誰もいなかったし、背後のテーブル席も四つのうち、三つが空席だった。俺から一番遠い位置、店の奥のテーブルに、若い男女が座っているだけだ。

「仕事というか、ちょっと気になることがあって」俺は、さりげなく紙の上に手を載せる。取り繕《つくろ》うわけでもないが、「マスターはさ」と訊ねた。「マスターはさ、自分に特別な能力があったらどう思う？」

マスターは一瞬、押し黙ったが、ほどなく、「それは、どういう？」と探るように言ってきた。「足が速いとか、ですか？」

「いや、たとえば」と例を探してみる。店の天井に目をやる。パイプや換気扇がごちゃごちゃと配置されていた。「たとえば、スプーン曲げ、的な」

マスターは静かに笑った。「超能力ですか」

「漫画っぽく言えば」

「私だったら、隠しますよ」マスターは即答した。「人と同じが一番ですからね。人と違うことをやって、白い目で見られるのはごめんです。平らな地面に、出っ張りがあったら、たいていは潰されます。平らにされます。それと同じですよ」

無言の間が少しあって、俺は、左手の奥にいる男女に視線を移動させ、「あの二人、よく来るの？」と訊ねた。ちょっと場違いな気がした。

「三度目ですね」

「よく覚えてるなあ。恋人同士かな」

「かもしれないです。初々しい感じはあるので、まだ、交際して間もないのかもしれませんが」

「若いのにこんなところで飲むなんて、小癪《こしやく》な感じだなあ」

「小癪ですか」と言ってマスターは笑みを零《こぼ》した。「でも、お金は結構持っているようですよ。いつも男のほうが支払っていきますが、聞こえてくる話からすると、まだ学生のようですね」

「俺が学生の時は、居酒屋だったけれどな」今だって、居酒屋だ、と先ほどまで満智子さんと一緒にいたことを思い出した。もう一度、視線をやる。確かにこちらを向いて座る若者には、あどけなさや未熟さがあった。鼻より下は笑っているが、目に落ち着きがない。俺以上に軟弱で、俺以上に世間知らずなんだろうな、と思う一方で俺は、羨《うらや》ましさを感じる。

きっと学生の彼は、サラリーマンが味わうような、「どうしてあの上司は毎日言うことが変わるんだ」とか、「どうして俺より楽してる奴がいるのに、俺の仕事が増えるんだ」とか、「好きにやっていいって言いましたよね？」とか、そういった会社組織の中で生じる不条理からは無縁に違いない。彼自身はそのことのありがたみすら知らないはずで、ますます羨ましい。

「背を向けてるけど、女の子のほうはどんな感じ？」

「真面目な感じで、それも含めて、微笑《ほほえ》ましいです」

グラスに口をつける。緑色の液体が自分の喉を通っていくのは、不気味にも感じた。バッタの成分を飲み干すようだ。手を置き、自分で書いたメモに目が行く。番号を振った箇条書きを見た。やるか。左に顔を向け、もう一度、青年の姿を確認する。座り方や顔のつくりを記憶する。そして、身体をカウンターに向けた。両手をカウンターの上に置き、首をうなだれるような恰好で、顔を伏せる。

腹話術を試した。

青年の姿は見ず、頭の中で、その位置や恰好を思い描き、その青年の内側へ侵入するイメージを膨らませてみる。相手を見なくても可能かどうか、それを確かめるつもりだった。目を閉じる。瞼がひくひくと痙攣するのが分かった。

息を止め、台詞を念じる。どうだ、と目を開き、けれどすぐに振り返っては怪しまれると思い、あえて真っ直ぐを向いたまま、背後に意識をやった。

「具合悪いんですか？」マスターが声をかけてくる。

「そうじゃないんだけど」

青年が言葉を発する気配はなかった。腹話術は不成功だったわけだ。マスターが、俺の前から離れ、シンクのあるほうへと移動した。

今度は、見て、やってみる。

上半身を左へ捻る。ストレッチの体操をやるような、かなり不自然ではあるが、とにかくそういう仕草をして、奥のテーブルを見た。青年の姿を目で捉え、意識を集中する。息を止め、台詞を唱える。

耳を澄ます。少し間が空いたので、失敗かと思ったが、けれどそこで、店内に声が響いた。まず、椅子ががたりと後ろに転がる音がしたかと思うと、青年が叫んだ。

「さっさと部屋でセックスしようか！」

腹話術で喋らせる台詞は何でも良かった。小難しい格言でも、一般的な挨拶でも良かったが、とにかく、通常のこの場面では発せられる可能性の低いものでなければならない。どうして、そんなくだらない台詞を念じたのか自分でも理解はできなかったが、要するに、清純そうで初々しいカップルが羨ましくて、意地悪をしたかっただけかもしれない。

カウンターで、マスターが手を止め、青年のほうを凝視している。水道から水が流れたままになっている。驚いて、手が止まっているのだろうか。

少々やりすぎかな、と反省しかけたが、そこで、「賛成！」と女の子が声を上げるのが背中から聞こえた。後ろを見る。青年とその彼女は二人で席を立ち、感激を分かち合うかのように、胸元のあたりで両手を握り合っていた。

「え」青年もきょとんとしている。

「早く、わたしの部屋に行こう！」小柄な女性は軽快に言う。

「そうだね」青年は青年で、察しがいいと言うのか、臨機応変さに富んでいるのか、何が起きているのか理解していないだろうに、軽やかに返事をすると、慌《あわただ》しく荷物を整え、店を出る支度をはじめる。

「マスター、お勘定を！」と高らかに言う青年は勇ましくもあった。

カウンターで財布を開く青年を横目に、俺はメモを手にとる。②の項目を眺める。相手の姿を見る必要はあるらしい。

きつく抱き合うかのように、青年と女の子は身体を寄せ合い、俺の背後を過ぎていった。

「君がそう言い出すのを、わたし待っていたの」女の子が言うのが聞こえた。

若者たちが店を出た後、マスターが肩をすくめた。

10

数日後の夜、俺は四時間の残業をこなし、会社を出た。夕方に客先から、「社内システムの動作がのろくなった」と苦情があり、その解析と報告に時間を食ってしまったのだ。うちの会社が納品したシステムで、「パソコンの画面で、ボタンを押しているのに、次の画面が表示されない」ということらしい。「死ぬほどクリックしても、動かない」と相手は怒っていたが、そもそも、死ぬほどのクリックが故障の原因じゃないか、と言い返したくもなった。

通常であれば、即座に担当エンジニアを派遣するのだが、たまたま担当者が休暇を取っていたため、厄介だった。結局、満智子さんが、「わたし暇だから行ってきます」と手を挙げた。

本来、管理部門にいる俺たちが現場に出向くことはない。ただ、満智子さんはもともとがエンジニア気質なのか、時間と機会が許せば、やりたがった。

「社員が勝手にLANに接続して、サーバーに負荷をかけていたみたい」十九時過ぎに満智子さんが電話で、報告してきた。

「じゃあ、うちの責任ではないわけですね」

「『御社の社員管理がなってないんじゃないですか』ってことだね」

「最初、電話をかけてきた時は、いかにもうちのせいだ、っていう言い方だったけどな」

「ばつが悪そうではあったね。まあ、赦《ゆる》してあげてよ」

「この世の中で一番贅沢な娯楽は、誰かを赦すことだ」

「それ、誰の言葉？」

「ノーバディ・グッドマン」

「誰それ？」

「昔、アメリカで二十人を殺して、死刑になった男、だったと思う」

「そいつだけは赦しちゃ駄目だよ」

電話を切った後で俺は、報告書をまとめ、それを課長の席に置くと、会社を後にした。真っ直ぐに地下鉄の駅に向かい、ホームに現われた列車に飛び乗った。奥の座席に腰を下ろすと、右から、「こいつはびっくりだ。偶然ってのは、重なりはじめると重なるものだよな」と言われて、はっとした。膝の上に文庫本を置いた島が、右隣にいた。

「おお、島。偶然じゃないか。この終点が、俺の家なんだ」

「俺は今日、その終点からひとつ手前の駅に用があるんだ」

「おまえの家があるわけではないんだな」

「まあな」島が含みを持たせる言い方をする。「ちょっと私用でな」

「嬉しそうな私用なんだな」

「安藤は残業か？」

「トラブルがあったんだ」おかげで腹話術のことを考える余裕もなかった。

「トラブルかあ。学生の時は、トラブルなんて、講義の単位か女のことだけだったのにな。社会人のトラブルは厄介なことばっかりだ。あ、それはそうと安藤、おまえ、引っ越してたんだな」

「当たり前だ。大学の時のアパートにずっと住んでいるわけがないだろ」

「てっきりいると思って、この間会った後、遊びに行っちまったよ」

「嘘だろ？　連絡もしないで？」

「学生の時はそうだったじゃねえか」

「学生の時はおまえだって、長髪だったじゃないか」

「あ」島が口を開けた。「そういえば、そうだな」

「今度は電話で連絡をしてくれ」電話番号を伝えることにする。番号を記録する島を見ながら、うつ伏せに置かれた文庫本が気になる。

「安藤さ、おまえ、この間のテレビ観たか？」俺の視線に気づいたのか、島が口を開いた。

「テレビ？」

「夜の番組でさ、犬養が出てたんだけどよ」

「『五年で景気が良くならなかったら首をはねろ』ってやつか」

「おお、それだよそれ」島が歯を見せる。「笑うよなあ。でもよ、あれくらいはっきり言い切ってくれないと、もうさすがに投票する気にもなれねえよ」

「一度も選挙に行ったことがないくせに」

「だから、今度は行くんだって」島は悪びれず、むしろ胸を張る。「で、その番組で犬養が、宮沢賢治のことを言ってただろ」

「言ってたな。『注文の多い料理店』だとか」

「それそれ」島は自分の膝元の文庫本のカバーを取った。書店のカバーの下には確かに、「注文の多い料理店」のタイトルがある。

「安藤はこれ、読んだことあるか？」

「まあ、一応」

「俺ははじめてだけどさ、結構、面白いな」

「鉄砲を持った二人の紳士が、山奥のレストランに行く話だろ」

「『山猫軒』な。名前がいいよ」島は何が可笑しいのか噴き出す。

俺は粗筋を思い出しつつ、話す。「確か、太った人は歓迎って書いてあるんだよな。で、廊下を進んでいくうちに、鉄砲を置けとか、帽子や外套を取れとか、金物類を外せとか、いちいち、指示される」

「注文が多いからな」島は楽しそうだ。

「しまいには、クリームを身体に塗れ、とか言われて、最後になってようやく、これは怪しいぞ、と察するんだ」

「犬養ってさ、もっとインテリというか、スノッブな感じがあったからさ、こういう宮沢賢治みたいなのが好きだって聞くと、好感が持てる」

「宮沢賢治は好感が持てるのか？」言いながら俺は、テレビに映っていたあの時の犬養の表情を思い返していた。あの貫禄に満ちた野党党首は、「たとえば、『注文の多い料理店』であるとか」と答えた後で、カメラの位置を意識し、挑戦的とも言える視線を寄越してはこなかったか？　まさに、テレビのこちら側で眺めている視聴者を試すような目をしなかったか？　考えろ考えろマクガイバー。俺は自分自身で考えながら、「今、思ったんだけど」と言う。

「何だ？」

「その寓話はようするに、店の思うがままに、愚かな紳士たちが誘導されていく話だよな」

「まあ、言っちゃえばそうだな。妙な命令に、おかしいな、と一瞬思っても、自分たちで納得して、店の奥へと進んでいくからな」

その通りだ。俺は十年以上前に読んだその話を一気に思い出した。「鉄砲を置いていきなさい」と注文をつけられた男たちは、最初は不審がるがすぐに、「鉄砲を持って食事をするわけにいかないし、よっぽど偉い人が来てるんだな」と勝手に納得をする。「ネクタイピンを外せ」と言われれば、「なるほど電気を使った料理だから、金属は危ないんだな」と勝手に納得をする。勝手に、だ。なるほどこれは、と俺は思い至る。「いつの間にか、ファシズムに飲み込まれる民衆と同じじゃないか」

「ん、どうかしたか?」島が訊ねてくる。

「いや、おまえの今読んでいる、『注文の多い料理店』は、何かを暗示しているのかもしれない」

「何かって何だ」

「犬養の思惑」

島が爆笑し、それから俺を心配するかのように見た。「安藤、おまえ、ほんと犬養のことに敏感だよな。この可愛い話のどこが、犬養の思惑なんだよ」

「国民は、犬養の思うがままに誘導される。説明もないのに、いいように解釈して、物分りが良く、いつの間にか、とんでもないところに誘導される。『まだ大丈夫、まだ大丈夫』『仕方がないよ、こんな状況なんだし』なんて思っているうちに、とんでもないことになる。それを暗示しているんじゃないか？」

「誘導？　やっぱりあれか、おまえはムッソリーニのことが気になるのかよ」

俺は正直に、恥じることも臆することも開き直ることもなく、うなずいた。「ムッソリーニもはじめは教育者を目指していたし、犬養も一時期は教職の道を目指していたのは有名だ」

「そんなことで、犬養とムッソリーニを結び付けても仕方がねえだろ。神経質すぎるって」

「ムッソリーニはダンテの『神曲』を好んだんだ。気に入った箇所は空で言えるくらいに。それと同様に犬養は」

「宮沢賢治だ、って言うのかよ。ダンテと宮沢賢治じゃあ、ずいぶん違うんじゃねえか」

違わない。俺はそう考えていた。ムッソリーニはダンテに心酔し、「イタリア民族の偉大さを学んだ」と言う。日本の豊かさや偉大さを知るのに、宮沢賢治は遠いか？　いや、むしろ、相応しいのではないか。

「安藤、おまえはいつだって真面目に考えすぎるんだって。俺なんかはただ単に、犬養のことを面白がってるだけだし、世の中のみんなが引き摺《ず》られるわけがないだろうが」

大衆が動く時とは、全員が示し合わせるものではないはずだ。それぞれがそれぞれの判断で足を踏み出したら、それがたまたま大きな動きとなった。そういう具合ではないのか。

ファシズムとは何か、という問い掛けに明確な答えはない。少なくとも、俺は知らない。二十世紀に誕生した、独自の、反知性的で本能的な政治体系、などと言ったところで、それは結局のところ何も意味していないのと一緒だ。強いて言えば、ファシズムとは、「統一していること」という意味、それだろう。ファシズムのフランス語での語源「faisceau」は、「いくつかの銃の先を束ねて立てること」という意味らしいが、知らぬ間に、大勢の人間が束ねられていくことはあるはずだ。

有能な扇動者とは、その、本人たちも気づかないような流れを、潮を、世の中の雰囲気を作り出すのが巧みな者のことを言うのではないだろうか。昔、観たことのあるチャップリンの映画が脳裏を過ぎった。タイトルも内容も思い出せないが、老いたチャップリンが、ヒロインに対して、「人間は一人一人はいい奴だけれど、大勢集まると」とそんなことを言った。果たして、「大勢集まると」何になると言ったのだったか。

「でもさ」俺は言ってみる。「イタリア人だってはじめのうちは、ローマのあちこちの壁に『ムッソリーニの言うことはつねに正しい』なんていう言葉が書かれる時代が来るとは、想像もしていなかったと思うんだ」

「いつの話だよ。今は二十一世紀だぜ？　人ってのは学習するし、今は情報社会なんだからよ。独裁国家になんかなるわけねえだろ」

「太平洋戦争が終わった時には、まさか、終戦記念日を国民が忘れる時代が来るとは思っていなかったさ」

「忘れてねえって」

「今の若い奴らは覚えてねえよ。忘れる以前に、覚えてないんだ。八月六日も九日も、十二月八日も一緒だ」

「七九四うぐいす、みたいな語呂があれば覚えやすいのにな」

島の的外れの返事に少し笑ってしまう。

「せっかく会ったっていうのに、安藤に説教されてる気分だ」

「悪いな」俺は心底、悪いと思った。

「懐かしくていいさ。おまえはいい意味で、青臭いままだ」

「そうか、俺は青臭いか」

「いい意味で、だ」

終点の一つ前の駅で、島は降りた。別れ際、「そういえば、結婚してるんだっけ？」と訊ねると、島は、「まだだよ」と答えた。そして、「安藤、あの諺《ことわざ》、知ってるか」と言った。

「諺？」

「『急いで結婚し、ゆっくり後悔しろ』って外国の諺だ。俺はそれから逆に学んで、結婚に焦ってないわけだ」

「逆よりましじゃないか。ゆっくり結婚して、急いで後悔するよりは」

11

「安藤さん」

「アンダーソン」

深夜の帰り道、誰もいないと思って、歌を口ずさみながら自転車を押していたところ、アンダーソンが立っていたので、驚いた。駅に着いた後で、バスターミナル脇の居酒屋に一人で入り、数時間ぼんやりとした後だった。日が沈んで何時間もたっているというのに暑い。ペダルを漕げば漕ぐほど汗が垂れてくるので、途中で降り、押した。

「今の、何の歌ですか?」アンダーソンは頭に野球キャップを被り、ジャージ姿だった。体格が良い彼には、軽やかなスポーツ用の服装が似合っている。屈伸運動をしていた。

「何だろう。電車の中で、誰かがウォークマンで聴いていたんだ。大音量で。それが伝染して、頭で鳴ってて」

それは大変ですね、と言いながらアンダーソンが身体を動かした。腰から上を回転させ、両手で宙に円を描く。

「こんな時間に運動してるんだ?」

「昼間は暑いですし」

「でも、あんまり夜に活動していると、物騒な奴に間違われるから気をつけたほうがいい」

アンダーソンはそこではたと運動をやめて、「安藤さんもそう思いますか?」と深刻な表情になった。「最近、僕も怪しまれてる。気がします」

「怪しまれている？　何でさ」

「アメリカ人だから」

「それ」俺は理解できず、黙り込む。唇を動かすが、言葉が出てこない。しばらくして、「それは、アメリカに批判的な人たちがいるってこと？」と言えた。

アンダーソンが当然のようにうなずいた。「最近、テレビでもそればっかりだし」

「それって？」

「アメリカ叩き」アンダーソンの発音は、その時だけ妙に片言に聞こえた。「世の中の悪いことはみんな、アメリカのせいだって言ってますよね。戦争も、夏が暑いのも、景気が悪いのも」

「昔からそういう奴はいるよ。物事の原因を誰かに押し付けて、安心したいんだ」

「今、アメリカが熱い、ってことですよね」アンダーソンはそこでそう言って、少年じみた笑みを浮かべた。

彼の奥さんが亡くなった時、その葬儀の挨拶で、「生きてると、こういうこともありますね」と言った時も彼は、同様の微笑みを見せた。

「安藤さんはどう思いますか？　アメリカがいけないと思いますか？」

「もし、全部が全部、アメリカが原因ならそんなに簡単なことはない」

「でも、テレビではあの人がいろいろ言いますよね」

「犬養？」

「そうそう」アンダーソンが唇を曲げ、顔をしかめる。「彼はどうして、アメリカを毛嫌いするんですか？」

「アメリカだけじゃない。中国のことも怒ってる。たぶん、どの国に対しても怒ってるんだ」

「どうしてですかね」

俺は、どうしてなんだ、と自分自身に問いかけ、犬養の顔を思い浮かべる。「日本人を一つにしたいんだ」

「一つに？」

「今はみんなばらばらだろ。若い奴らもさ、国に対して誇りとか持ってないし、自分のことしか考えてない。『どうでもいいんじゃないの』と、『関係ねえよ』で溢れてる」

「うちの生徒もよく、口にします。あとは、『何とかなるでしょー』」アンダーソンは笑う。

「だから、日本本来の力を取り戻したいのかもしれない。『どうでもよくない』し、『関係なくはない』『何ともならない』ということを、もう一度、はっきりさせたいのかも」

「それって、いいことじゃないですか」アンダーソンが意外そうに言った。「国民の気持ちがまとまるのも、国を大事にするのも悪いことじゃない」

「確かに」悪いことではないのかもしれない。なのにどうして俺は、こうも怖がっているんだろうか。「ところで、アンダーソンは日本人になったとはいえ、やっぱりアメリカのことは気になるのか」

「まあそうですね。一応、ですよ」

「一応ね」

「それに、ちょっと怖いんですよ」

「怖い？」

「いつか、日本の人たちがそろって、アメリカ人を襲いはじめるんじゃないかって。この間、そういう夢を見たんですよ。僕にもみんなが殴りかかってきた」

「アンダーソンは日本人なのに」

「ええ。でも、その夢の中で日本人が言うんですよ」

「何て？」

「『結局は、外見だ』って」

「ああ」俺は嘆きの声を洩らす。「アンダーソンはやり返したのか？」

「いやあ、仕方がないので、他のアメリカ人を探して、襲ったよ」最後だけ、砕けた言葉遣いになって、アンダーソンはおどけた。それじゃ、と言い合い、俺たちは逆方向へ進んだ。

12

次の週末、潤也に付き合って都内の遊園地にやってきた。詩織ちゃんも一緒だ。

「兄貴がまさか、一緒に来てくれるとは思わなかった」安っぽい売店の横、白いガーデンチェアのようなものに座り、炭酸飲料を飲みながら潤也が言う。彼らは車の運転免許を持っていないため、時折、運転手役を頼まれる。

不景気のせいか、遊園地の営業努力が足りないせいか、園内は閑散としていた。土曜日の午後だというのに家族連れとカップルがちらほらと見える程度だ。「空いてるな」

潤也も周囲を見渡した。その後で、左手に座っている少年をじっと見つめる。少年は、ソフトクリームを、陽射しによって溶ける速度と闘いながら、舐めていた。

「古い遊園地だし、新味もないから、こんなもんだろうね。でも、最近、こういうの流行っているんだって？　居酒屋とかで」と潤也が言う。

「こういうのって？」

「隠れ家的なお店っていうのがさ。誰も知らない、俺たちだけの場所、そういうの、人気があるって聞いたけど」

「わたしも聞いた」

「ここは別に、好き好んで隠れてるわけじゃないだろうに」俺は苦笑する。隠れ家と遊園地は両立するものなのか？　確かに、耳の大きなネズミのキャラクターや水兵姿のアヒルがこそこそとやってきて、「実は旦那、いい隠れ家的テーマパークがあるんですよ」と耳打ちしてきたら、それはそれで楽しいかもしれないが、でも絶対にやらない。

園内を眺める。

南東にある入り口を入ってくると、すぐ正面が広場だ。写真撮影用の椅子やお土産の販売所がある。大きな円形の花壇が用意され、黄色や黒の模様の花が、綺麗な段を作っていた。快晴に恵まれたためか、その黄色や黒がとても鮮やかに見えた。花壇をなぞるように、左右に道が分かれている。

俺たちが今、座っているのは、右手を進んだ場所にある売店だった。目の前には、飛行機型のメリーゴーラウンドが回転している。飛行機が上昇下降を繰り返す、というやつだ。その奥には、絨毯の形をした乗り物が見えた。平らな部分に、二十人ほどが正座に近い恰好で座り、ベルトをかける。その絨毯がゆっくりと持ち上がったかと思うと、ぐるんぐるんと凄《すさ》まじい回転をしながら落下する、そういう趣向らしい。

「え、そんなに乱暴な回転をさせても、法律違反じゃないんですか？」と不安になるほどの、回りようだった。

「兄貴、次はあれ行く？」まさかとは思ったが、潤也が指差したのは、その絨毯だった。

「いや」俺は顔をゆがめる。「俺はいいよ」

「怖いんだー」と詩織ちゃんがはしゃぐ。

「そう、怖いんだ」隠す必要もない。

「兄貴は心配性なんだよな。いつだって、信じてないんだ」

「信じてない？　俺が何を」

「安全性を」潤也がその、黒目がちの瞳を俺に向けた。口元が穏やかに綻んでいる。「ジェットコースターに乗る時も、ちょっと待て螺子《ねじ》が緩んでいるかもしれない、整備不良かもしれない、って不安がるんだ。旅館で食事を取る時も、食中毒を心配する。そんなの信じればいいのにさ。遊園地の整備員もきちんとやってるし、旅館の厨《ちゅう》房《ぼう》だって食中毒には気を配ってるだろうし」

「でも、起きる時は起きる」

「稀《まれ》に、だよ。そんなことまで気にしていたら、生きていけないって」

生きていけない、か。俺にはその言葉が重く響いた。

「そうだ」と俺はそこで、潤也に言う。「ちょっと試したいことがあるんだ」

「ここで？」

「実は俺、読唇《どくしん》術の練習をしているんだけれど」と俺は考えていた嘘を口にする。

「独身術って、ずっと結婚しない術？」潤也が片眉を上げる。

「何だよ、その術。俺が言ってるのは、相手の声を聞かないでも、その唇の動きで喋っている内容を当てる、ってやつだ」

「ああ、そっちか」

そっちも何も、と俺は思いながらも席を立った。「ここでしばらく座っていてくれないか。それで、何か喋ってくれよ。どのくらい離れたところから読み取れるのか、確かめたいんだ」

実際に俺がやりたかったのは、「腹話術はどのくらい離れたところから可能なのか」という実験だった。バーでつけたメモの番号で言えば、①の検証というわけだ。

「俺が離れた場所で手を挙げるから、そうしたら、何か言葉を発してくれないか。おまえが、詩織ちゃんに向かって。それを俺が読み取る。それを何段階か距離を空けて、やってみたいんだ」

「改まって喋れって言われてもなあ、何を喋れば」潤也が困惑を浮かべる。

「何でもいいさ。そうだな、犬の種類でいいよ。おまえ、詳しいだろ」

「パピヨン、とか？」

「そうだな」

「イングリッシュプロフェッサーとか？」

「いるのか、それ」

「いない」潤也が歯を見せる。

「まあ、できれば、いるやつにしてくれ」

まずは、十歩ほど離れたところで、止まった。売店の敷地をちょうど出たあたりだ。家族連れが横を通り過ぎて、ぶつかりそうになる。

そこで、右手を挙げた。潤也がこくっとうなずき、口を動かした。兄への優しさなのかどうか、彼の唇はゆっくりとした大きな動きで、「ちわわ」と言っている。あれならば、読唇術などなくても分かるな、と苦笑しながら俺は、腹話術を試みる。

潤也の身体の内側に、自分を滑り込ませる。意識の集中の仕方のコツをつかんできたのか、すぐ頬にびりびりとした痺れが来た。息を止め、「アルマジロ」と内心で唱える。目はじっと、十歩先の潤也を捉えていたが、果たして彼の口が動いた。声は聞こえないが、「アルマジロ」と言ったに違いない。

台詞は何でも良かった。後で、詩織ちゃんに確認する時のことも考え、短い単語にした。あいうえお順で、まずは、「あ」の「アルマジロ」から、というわけだ。

突然、貧歯目《ひんしもく》の絶滅危惧種の名を発した潤也を、詩織ちゃんは怪訝《けげん》そうに見ているが、とにかく俺はまた距離を取る。さらに十歩、後ろへ下がった。園内の順路が載った大きな看板の前だ。

潤也と詩織ちゃんがこちらを窺っている。表情もどうにか把握できた。俺はすぐに、右手で合図を送る。潤也がうなずき、口を動かした。ただ、さすがに何の言葉を発したかまでは把握できない。

すかさず俺は、再び弟の身体に忍び込むイメージを浮かべ、肌のぴりぴり感を受けながら、息を止め、「い」で始まる動物名を引っ張り出して、「イボイノシシ」と内心で言った。

潤也の口が動いたかどうかは確認できなかった。言葉が短すぎたのか、それとも、腹話術が失敗したのか判断はつかない。

さらに十歩、後ろへ下がる。角度を変え、通路に沿うように進み、そして売店を見る。潤也たちはずいぶん遠くなった。同様の要領で、今度は、「ウーパールーパー」とやった。次の十歩で、「エリマキトカゲ」と試し、もう十歩離れてもみた。すでに潤也たちからは、俺が手を挙げたのも見えないだろうな、と思いつつ、右手の合図を送り、それから息を止め、「オオアリクイ」と唱える。先日のバーの時とは違い、姿が見えないわけではない。距離があるだけで、見えてはいる。違いはあるのだろうか。

「兄貴、どこまで行くのかと思ったよ」売店に戻ると、潤也は本心から不安げな声を出した。

「潤也君、必死に、犬種を口にしているから笑っちゃった」

「で、どう？　俺が言ったの、読み取れた？」潤也が訊ねてきた。

「最初が、ちわわ、っていうのは分かったな」

「兄貴すげえ」

いや、たぶんあれは初心者問題だ。

「次は？」

「そこからもう読めなかった」俺が首をすぼめるような仕草をすると、「駄目じゃん」と潤也が言った。

「それなのに、さらにどんどん遠くに行ったんですか？」と詩織ちゃんが鋭いことを指摘する。

俺は眉を上げ、返事を誤魔化した。「それより、潤也、犬種以外のことを口走っていなかったか？　たとえば、アルマジロとか」さり気なさを装いながら、もちろんさり気ないわけがないのだが、詩織ちゃんを窺う。

「あー、そうそう。潤也君言ってたね」

「え？　何をさ」

「アルマジロって言ったよね。それ、犬じゃないよって教えてあげたじゃない」

「イボイノシシは？」俺が水を向ける。

「そうそう、それも」

「言ってねえよ」潤也が不愉快そうに首を振る。

「言ったって」

「他には？」

「もう一個言ってたな」

「もう一個だけ？」

「うん。ウーパールーパー」

「古い！」と潤也が、詩織ちゃんを馬鹿にする。

「潤也君が言ってたんだって」

「言うわけないじゃんか。そんな名前、忘れてたんだから」

「それ以外は変なことは言わなかったか？」俺は、その後のことを確認した。「エリマキトカゲとは言ってなかった？」

「お兄さんも古いですねー」

エリマキトカゲには聞かせられないコメントだな、と俺は思いながら、「悪いな、訳分からないこと手伝わせちゃって」と切り上げた。手をはらはらと振り、「さあ、そろそろ行こうか。次、どこに行く？」と二人を急《せ》き立てた。

おそらく、俺の歩幅で三十歩程度の距離、それが腹話術の有効範囲なのだ。

13

結局、絨毯だ。潤也と詩織ちゃんが、「最後にあれに乗らないことには、後悔する」「この遊園地の入場料の三分の二は、あの絨毯アトラクションのためにあるのだ」と主張してくるので、俺はしぶしぶ、ついていくことにした。

近づくにつれ、人の行列が目に入った。閑散とした園内で、その、「絨毯」乗り場の付近だけが妙に賑わっている。主に若い女性だったが、十代から二十代、三十代と思《おぼ》しき女たちが期待と不安の入り混じった表情を浮かべている。

「兄貴、怖いんだろ」

「怖いと認めたら、乗らなくてもいいか？」見上げれば、まさに絨毯の乗り物が、近い距離で稼働している。

乗客の不安を煽《あお》るためなのか、ずいぶんと薄く、貧弱な絨毯に見えた。腰をかける段差が少しあり、そこに客たちは座る。膝を折って、正座に近い姿勢になるのが、特徴らしい。

ゆったりと上昇をはじめた。その、緩やかな速度が堪らないのだろう、乗っている者も見ている者も、ひょお、と息を吸いながら声にならない声を発する。

一番高い場所に到達したところで、ぴたりと絨毯は動きを止めた。乗客たちも息を止める。目を輝かせる。さあ、いよいよこれからですよ、という思わせぶりの間《ま》がある。

次の瞬間、絨毯が回転をはじめる。前回りに回ったかと思うと、後ろへ反り返り、横にも揺れはじめる。それを何度か繰り返し、落下した。

歓声とも悲鳴ともつかない声が、わっと沸く。

「兄貴、何、ぼうっとしてるんだよ」潤也の声がして、俺ははっとした。

並んでいた列がいつの間にか進んでいた。潤也と詩織ちゃんはすでに数メートル先に立っている。絨毯が回転をやめ、停止したところだ。乗っていた客たちがベルトを外し、次々と降りている。それぞれが、満足感と達成感で鼻息を荒くしている。

「あと、一名様なら、ちょうど乗れますよ！」

前方に目をやると、入り口ゲートの前で、係員が口元に手をやり、俺たちへ向かって大声を出していた。潤也が、俺と詩織ちゃんを交互に見た。「兄貴、先に一人で行く？」

どうやら、絨毯の座席が一つだけ空いているらしい。そう言われてみると、停止した絨毯の一番前の列の右端に、一人分の空席があった。たまたま、人数の組み合わせでそうなったのだろう。

似合わないベレー帽を被った係員が、「乗りますか？」と言った。言外に、さっさと乗っちゃってよ、という性急さが見えなくもない。

「いや、いい」と俺は断わった。もともと俺が率先して乗りたがっているわけでもないのに、のこのこと先に乗って、絨毯の回転に顔を引き攣らせているところを、潤也たちに見られるのは堪らなかった。

係員が不服そうな顔で、ゲートを閉じる。結局、一つ空席のまま絨毯が動きはじめた。

先ほどと同様に、のろのろと上がっていく絨毯と、息を止める乗客、もったいぶるかのような停止、そして、乱舞という言葉がぴったりの回転が起きる。悲鳴と機械の駆動音が、俺の身体に降りかかってくるようだった。

あ、という声を最初に発したのが誰なのかは分からなかった。それよりも前に、がん、という金属音が響いたのかもしれない。

音という音が消え、目の前の出来事はゆっくりとした映像に見えた。誰かが、特別のリモコンを握り、「コマ送り」のボタンを押したかのような、そういった情景だ。

絨毯のアトラクションは、言ってしまえば、特大のブランコのような構造になっている。両端に二つの大きな柱がある。どっしりとした柱で、横から見れば直角三角形を思わせる、脚だ。その脚の上部に、可動アームが付いている。左右のアームはまさに、「腕」のようで、上腕部と前腕部に区別され、肘の部分で折れる。そして、その「腕」が、「絨毯」をつかんでいる形だ。二つの脚に付いた腕が回転し、持った絨毯を振り回す、そういう仕組みだった。

今、俺の目には、折れた右腕が映っていた。上腕部の付け根、つまりは肩の部分から煙が上がり、金属の欠片《かけら》が粉塵《ふんじん》のように飛んでいた。腕が肩から外れ、「絨毯」もそのまま右に傾く。灰色の煙が上がっている。

背後で騒ぎ声や足音、悲鳴が響いたに違いない。俺はそれに反応することもできず、ただ、漫然とその光景を眺めていた。

絨毯は右から落ちた。手前の角を、地面に衝突させ、その反動でまた跳ねた。持ち上がる。妙な具合にねじれ、また地面に向かって落ちた。乗客は全員、青褪《あおざ》め、微動だにできないでいるはずだ。

俺は知らないうちに後ずさりをしていた。隣には潤也たちもいた。二人とも口をぽかんと開けたまま、じっとしている。

音が鳴った。音と言うよりも、震動だ。コマ送りが終わり、予告なしに早送りをされたかのようで、目の前の出来事にすぐにはついていけない。

とにかく凄まじい衝突音と、砂煙が俺を囲んだ。肩からぶつかられる。走って逃げてくる、係員だった。

「兄貴、危ねえよ」潤也が言うので、さらに何メートルか下がる。

五分もしないうちに、周囲は騒然となった。救急隊が駆けつけ、警察がロープを張った。緊急車両の回転灯が集まる野次馬を照らした。カメラを担いだ者やマイクをつかんだ者が幾人か見える。俺たちはしばらくその場で、壊れた「絨毯」を眺めていた。

「奇跡的だ」と潤也が言う。

確かにそうだった。「絨毯」は地面すれすれのところで、宙に浮かんでいた。斜めになり、一度は地面に衝突したが、もう一度落下する際にアームが歪《ゆが》んだのか、二度目は激突しなかった。地面にぎりぎり接触しないところで、地面と平行になるような恰好で動きを止めた。乗客たちは、頭を下にした逆さ吊りの形となった。何人かの女性の髪が、地面に垂れている。まさに間一髪の距離で、停止したわけだ。

いつバランスが崩れ、絨毯が落ちてこないとも限らないため、救急隊員たちが深刻な表情で、乗客の救出に当たっている。

「無事かな、みんな」詩織ちゃんがぼそりと言う。

「むち打ちとか打撲とかそういうのはあるだろうけど、でも、命は無事だろうな」俺は答える。実際、逆さの姿勢から救助隊に引き摺り下ろされ、担架で運ばれる乗客には、身体的な損傷は見えない。

「精神的なダメージは分からないけどね」潤也が言い、俺も同意した。

昔、中学生の時の教師が、「形がないのに、壊れてしまうもの、なーんだ」というクイズを出したことを思い出した。その答えが、「人の心」だったために、保護者や他の教師が、「不謹慎だ」と怒ったが、今から思えばあれは、「目に見えないものも傷つくことがある」ということを教えるための、出来のいい問題だったのではないだろうか。

「でも、生きていただけでもラッキーだよね、そう思わない、潤也君？」

「整備不良かな？　金属疲労、とか」

「かもしれないな」その事故現場から目を離せないでいた。傾いた絨毯の、唯一破損している部分を見ずにはいられない。そこは、絨毯の右端で、最初に地面と衝突した角のところだ。そこだけが、鉄板が割れ、穴が開いている。

「兄貴」やがて潤也も気づいたらしく、震えた指を前に出した。「あの、壊れてる部分ってさ」

「さっき、俺が案内されそうになった座席だ」

「あれで乗ってたら、兄貴、まずかったんじゃないか」

詩織ちゃんは口に右手を当てて、驚いている。「ほんとだ」

俺がもし万が一、係員の勧めに従って、潤也たちを置いて先にアトラクションに乗っていたら、俺はあの割れた鉄板のように粉々になっていたわけだ。

「兄貴、命拾いだ」

命拾い、まさにそうだった。けれどその一方で、これは偶然なのだろうか、とも考えていた。俺は命拾いをした。何の力によって？　これは何らかの暗示ではないのか？　暗示？　何の？　いや、そもそもこの事故は、本当に事故なのか、とそんなことまで疑う気持ちが生まれてくる。こう考えることもできる。俺は殺されそうになったのではないか？　まさか。誰にだ。

兄貴は考えすぎなんだ。潤也の声が耳元で鳴ったが、どうやらそれは実際の言葉ではなく、俺が思い浮かべただけだったらしい。

14

「そりゃ、九死に一生を得たよな。九死に一生、九死に一生。九回死んで一回生きるってのも変な言葉だけどよ」島が中ジョッキのビールを傾けた後で、言う。「『球史』に『一勝』という意味かも」

あはははそれ可笑しい、と俺の前にいる女が歯を見せた。キャミソールと言うのだろうか、肩に紐《ひも》がかかっただけの、限りなく下着に近い白い服を着た女が座っている。

遊園地での騒動があってから二日後、島から電話がかかってきた。「ゆっくり話そうぜ。学生時代を懐かしもうぜ」

駅構内にある、居酒屋に集まることとなった。その店が、先日、満智子さんと訪れた、「天々」のチェーンだったのはただの偶然なのだろう。いずれ、この居酒屋が国中を席巻するのではないか、と考えたくもなる。

俺の前には、から揚げと揚げだし豆腐、枝豆に焼き魚が並び、ジョッキに入ったビールが置かれている。

「島さんおもしろーい」と女は身体をよじった。

「だろだろ、面白いだろ。じゃさ、後でホテル行こ、ホテル」島が下品な顔つきで、首を伸ばす。彼女は、島の会社の客先にいる女らしく、俺の許可を得ることもなく、島が勝手に連れてきた。学生時代を懐かしむのに、この女は邪魔以外の何物でもないではないか、と思わないでもなかったが、文句を言うのはやめた。

「で、その遊園地どうなったんだよ」

「しばらく閉園らしい」

「それはそれで大変だよな。働いている奴も困っちゃうじゃねえか。生活とかもあるだろうし」

「まあな」

「整備の奴とか、首かな?」

「そうかもしれない」

一面識もない遊園地の整備士の生活を心配するあたり、髪は短くなっても昔の島と変わっていないな、と思った。

「学生の頃、島さんってどんな人でした？」女が訊ねてきた。さほど興味があるとも思えなかったが、彼女も彼女なりに話題を広げようと気を遣っているのだろうか。

「髪が長かったよ。肩まであってさ」

「嘘？　どうなのよ、それ」女は上半身を反らし、離れたところから島の顔を見ようとする。長髪版の島を想像しているのだろう。「想像つかない」

「それから、胸の大きい女とか女子高生に目がなかった」俺が言うと、女は、けたけたと笑う。「今もそれ同じ」

「巨乳大好きー！」島がそこで台詞を破裂させるかのように、言った。「女子高生、最高ー！」

「最低だな。どう思うの、こういうのは？」と女を窺う。

「可愛いけど」女は眉をひそめ、「まあ、こういう男の人が、真面目なことを言っても説得力ないですよね」と首を振る。「それまで貫禄があったとしても、台無し」

「男は可愛いものなんだよ」島は偉そうだった。そして、「女子高生で巨乳だったら、無敵！」とはしゃいだ。

「無敵ねえ」俺は、さめざめとした気分で言う。確かに、大人の貫禄はない。

店内の入り口付近から、わっという歓声が上がった。かと思うと、品のない、脅迫口調が飛び交っている。

「何だ？」と背後を見やると、島が、「あれだよ、今日、サッカーの試合やってんだろ。店の入り口近くに、でけえテレビがあったから、みんなそれ観てんだよ」と言った。

「日本代表？」

「そう。中国戦。雰囲気からすると、荒れてそうだよな」

時期が悪いな、と俺は思った。例の、強引な天然ガスの採掘の件や、それに伴う事故、環境破壊で、日本人の多くは、中国人に反感を覚えている。ただでさえサッカーは、国民が興奮するスポーツで、どちらが勝利するにしてもひと悶着《もんちゃく》起きそうだった。

「やっぱりさ、中国って怖いよね」女が頬を膨らませる。

「どうして？」

「でかいし、人も多いし。国の隅々《すみずみ》まで絶対管理できてないと思う。政府とかさ」

「それは日本もそうだろ」

「まあ、そうだけどさ。でも、中国人が本気出したら、日本なんて簡単にやられちゃうんじゃないかな？　そんな気がする」

「やられちゃう、って何だよ」島が訊ねた。「経済的にってことかよ？　軍事的にかよ」

「どっちも。可能性あるでしょ」

「あるな、うん、ある」と島がしみじみと首を揺すった。それから通りかかった店員に、「生ビールもう二つ。あと、ピザも。アンチョビピザ」と注文した。「やっぱ、ここはさ、安藤は嫌がるかもしれねえけど、犬養にびしっとやってもらわないと駄目じゃねえの」

「犬養ってあの犬養？」女が身を乗り出した。「わたし結構好きだよ。恰好いいしさ、しっかりしてそう。何より若いし」

「あ、そうだ」と島がごそごそと鞄を探りはじめた。

それを待ちながら俺は、やはりそういう流れになっているのだろうか、と暗い思いを抱いていた。神経を尖らすと、音が聞こえる気がする。轟々《ごうごう》とうねる川の奔流が、身近にやってくる響き、だ。俺のような大衆が、あのおぞましいスイカの種並びよろしく、意図せずに統一した流れを作り出しているのではないか。早く逃げないと大変なことになるぞ、対策を打たないと恐ろしいことになるぞ、洪水だ洪水だ、と慌てているのは俺だけではないか、そんな思いに駆られる。

「だってさ、前のあの、もじゃもじゃ頭の総理大臣なんて、期待外れだったじゃない」女はいつの間にか煙草をくわえていた。煙を外に吐き出した後で、「口ではさ、威勢のいいこと言ってたくせに」

今の佐藤首相の前の、総理大臣のことを言っているのだろう。与党の最後の切り札とも言える、二世議員だった。今までの政治家に比べると、外見もスマートで、一匹狼の印象もあったためか、与党総裁選に出馬した頃には、一大フィーバーを巻き起こすほどに支持を得た。「この国の腐敗をなくします」と大声で叫び、こぶしを振り上げ、「改革です」と何度も繰り返した。

当時の国民はそれなりに期待をした。言うことは新鮮だったし、ユーモアもあるように見えた。現にはじめのうちは、内閣支持率も高く、有識者たちもおおむね好意的な意見を口にした。

けれど、だらだらと時間ばかりが経過し、結局のところ、「腐敗は腐敗のまま」で、「改革とは何の改革なのか」も分からず、誰もが落胆を覚えた。何だこの政治家も実際は従来の政治家と変わらないのだな、しょせん出自はブルジョアで口先だけなのだな、自分の財産を手放すつもりも他人の財産を手放させるつもりもないのだ、と気づき、どうしてそれを見抜けなかったのだろうか、と自らの不明を恥じるようになった。

ただ、それでも国民は、「他の政治家に比べればよほどマシ」という恐るべき理屈で彼を支持し、与党は、「支持されているうちはやりたい放題」の調子で十年を無駄にした。

その結果、今は、もう誰が政治をやろうと世の中は変わらない、と虚無感にも似た気持ちが蔓延《まんえん》している。

「もう、曖昧なまま、誤魔化されるのは飽き飽きしちゃった」

「曖昧なまま誤魔化す？」

「だって、政治家なんて、自分たちの都合のいいことは勝手に決めちゃって、都合が悪いと、『国民への説明が足りないから、様子を見ましょう』とか言っちゃうわけでしょ。十年前にも思ったけどさ、何で、自衛隊の派遣は説明なしでやるくせに、議員年金の廃止は議論不足ってなっちゃうわけ？　でさ、結局、多数決で決まるんだし、訳分かんないよ」

「民主主義は多数決だから」俺は、小学生でも口にしないような陳腐なことを言う。

「だからー」女が口を尖らせる。「もう、いっそのこと多数決じゃなくてもいいんじゃないの？　わたしなんかさ、そう思っちゃうよ。誰か、びしっと決めてくれたら、ついてくからさ」

それを、と口の先まで出かかった。それを実現しようとしているのが、まさに、犬養ではないか、と。ムッソリーニとよく似た経歴を持つ男が、若武者の潔さとエネルギーを発散させ、「五年で駄目なら首をはねろ」と若者を煽っている。この男であれば、「自由の国」や「人口十三億人の国」にも、毅然とした態度で立ち向かってくれるのではないか、と期待をさせる。

「前の首相とか今の首相に比べたら、犬養は全然マシに思えるけどね。そう思わない？」女は煙草の灰をはじいた。

島は相槌を打ちながら、ようやく、鞄から文庫本を出した。「あった、あった、これこれ」

「まだ読んでるのか」

「まだも何も、結構はまっちまってよ、次々だよ次々」

「えー何それ」女は視力が悪いのか、目を細めて、顔を寄せた。「宮沢賢治詩集って」

「今度は詩も読んでるわけか」

「島さん、詩なんて似合わないし、本当に理解できるわけ？　あるの、感受性？」

「まあ、俺も詩のことなんてさっぱり分かんねえんだけどよ、でも、中には、がつんと来るやつがあるもんだな」

俺自身は昔から詩歌に興味がないため、気の抜けた返事をするだけだ。

わ、と背後でまた歓声が上がった。サッカー観戦中の集団の声だ。様子からするとゴールしたわけではないらしい。惜しい場面だったのか、舌打ちや溜め息も混ざっている。

「いいか」島がそこで文庫本をめくった。「中でも、すげえ感動したのがあったんだけど」

「まさか、ここで読み上げるつもり？」女がからかいと軽侮の混じった顔を浮かべる。

「悪いかよ」

「だって、詩を読むなんて恥ずかしいじゃん」

「詩は読むためにあるんだろうが。これはいいぞ。がつんと来るね」

「がつんと、ねえ」

「あ、安藤さ、おまえ、誤解してるだろ」島が指を向けてきた。

「誤解?」

「宮沢賢治は、牧歌的で、聖人のように思ってるだろ」

「かもな」

「俺もそうだったんだけどよ、最近、読んでて分かったんだよな。そういうのは全部、勝手なイメージなんだよ」

「イメージって何だよ」

「ようするに、キーワードは、『童話』と『雨ニモマケズ』ってわけだ。その印象が強すぎる。だから、勝手に、牧歌的で平和なイメージを、立派な人間のイメージを、持ってしまっているんだって」

「実際は違うのか。じゃあ、宮沢賢治とは何だ?」

「さあな、ただ、詩を読むともっと違う宮沢賢治が見えたぜ、俺には。たぶんな、宮沢賢治はビジョンを持っていた男だ」

「ビジョン?」宗教家が口にする怪しげな単語に感じられた。

「構想する人、未来を見る人だ」島はそう言い切ると、本を持った。俺と女を順番に眺め、「俺が気に入ったのは長い詩の一部だから、そこだけ読むぞ」と喉を整えるように咳をした。

気のせいか、島が口を開いた途端、店内のありとあらゆる人間が口を噤《つぐ》んだ。まさに、そういう雰囲気があった。島ははっきりとした声で、詩を朗読する。

新たな詩人よ
嵐から雲から光から
新たな透明なエネルギーを得て
人と地球にとるべき形を暗示せよ

その時点ですでに、島の声から耳が離せなくなった。ばれないように唾を飲み込み、文庫本を前に掲げる島の口から、次の言葉が発せられるのを待った。そもそもこれは詩なのだろうか? 檄文《げきぶん》やメッセージに近い。店内全体が、島の詩に耳を澄ましているような静けさを感じる。島が息を吸うのが、聞こえる。

新たな時代のマルクスよ
これらの盲目な衝動から動く世界を

素晴しく美しい構成に変へよ

自分の胸で何かが弾んだことに、俺は気づいている。

15

「何それ」女がまず、言った。「詩なの？」

島が笑う。「どうだよ、安藤」

俺は自分でも予想外なほどに、戸惑っていた。「ああ、いいよ」正直な気持ちだった。不本意ではあったし、驚くべきことではあったが、俺は、島の読み上げたメッセージに心を打たれていた。金槌で激しく叩かれたと言うよりは、思いもしなかったタイミングで戸をノックされた感覚があった。

「だろ？」島は満足げにうなずき、「さらに最後はこうなんだ」と続けた。「すげえよ」

諸君はこの颯爽たる

諸君の未来圏から吹いて来る
透明な清潔な風を感じないのか

息を呑んだ。

「未来圏、という言葉がすげえよな」島が味わうかのように、唇を舐めた。すごい、とぼんやり、返事をしてしまう。未来圏から吹いてくる。そう言われるだけで、鼓動が早まる。

「確かに、うん、何だか恰好いいかも」女も結局は、そう認めた。

俺がもしまだ二十代前半の、もっと正式な青二才であったなら、と夢想する。考えろ考えろ、と頭の中で急き立ててくる声がする。もしそうであったら、今の、宮沢賢治の言葉を聞いた途端、期待感や高揚で、興奮し、目を潤ませ、背筋を伸ばし、まだ見ぬ未来を真っ直ぐに睨みつける、そういった心持ちになったのではないだろうか。

「諸君はこの颯爽たる、かあ」女はふざけ半分ではあったが、それでも、味わうかのようにもう一度繰り返す。

「なあ、安藤、いいだろ、これ？」

「さっきから、そう言ってるだろ」

「もっと若い頃に読みたかったな」

「もしそうなら、何か変わったか」

「少なくとも選挙には行ったよな」

「今からでも、間に合うだろうが」

　俺はそう返事をした。そしてその瞬間、ぞくりと氷が背中を伝うような寒さを感じた。ぶるっと身体を震わせる。ある思いが頭に浮かび、そのせいで、毛が逆立った。「犬養はもしかすると」と考えたのだ。「犬養はもしかすると、いずれこの詩を読み上げるのではないか?」

　宮沢賢治を愛するあの政治家であれば、この詩のことは当然、知っているに違いない。いつか、もっとも効果的なタイミングを見計らって、この魅力あるメッセージで若者を煽るつもりでいてもおかしくはない。島の読んだ詩には力があった。若者の背筋をしゃんとさせ、目に光を与え、踏み出す足に力を漲《みなぎ》らせる、そういった迫力があった。これは、魅力的であると同時に危険ではないか。魅力的で力のある言葉は、いつだって扇動家に利用される。

　気づくと島は、ずいぶんと酔っ払っていた。女の肩に頭を乗せ、だらしない姿勢を取っている。おい、島、大丈夫か？　声をかけようとした時に、彼の口が動いた。

「なあ、安藤」と肩に手を回してこようとする。気色悪いので、それを避けると、彼はだらんと上半身をテーブルに持たせかけた。

「何だよ」と俺は言う。

「俺はさ、俺が学生の時になりたかった大人には絶対なっていない気がするんだ」

「そうか」としか答えられない。

「俺さ、もっと自分に期待してたんだけどな。恰好いい大人になる自信があったんだけどよ」

「巨乳とか女子高生とか言わないような大人、か？」わざと茶化すように言ったが、彼は、「そうじゃなくてさ」と真面目に応じた。そしてしばらく間を空けたかと思うと、「なあ」と呟いた。「世界、とか、未来、とかって死語なのか？」

「まだ、大丈夫じゃないのか」

「そうか、ギリセーか」

「ギリセーって何だよ」

「ぎりぎりセーフってことだ」

「死語かどうかを気にする前に、正しい日本語を使えよ」

「安藤、俺はもっと、闘う大人になる予定だったんだよな。対決してよ、世界を変えちゃうくらいのさ」

おまえはどうか、と問われている気分だった。闘うのか？

「まだ、卒業から五年経っただけだろうが」

「でもよ、この道をあと何年進もうと、恰好いい大人には辿《たど》り着かない気がするんだ」そうして島は、店の入り口付近に顔を傾け、「諸君はこの颯爽たる、風を感じないのか！」と叫んだ。

ゴールが決まったのだろうか。歓声ではなく、破裂音のような轟きが、テレビのあるあたりから聞こえた。

16

完全に酔い潰れてしまった島を女に託し、地下鉄の最終電車に飛び乗って、一駅移動するとすでに十二時を過ぎていた。朝、潤也に自転車を貸していたため、駅からは徒歩で帰らなくてはならなかった。駅前の信号を渡り、緩やかな下り坂を歩きはじめる。

駅周辺にはまだ数人の人影が見えたが、進むにつれその数が減り、そのうち誰もいなくなった。細い道は曲がりくねり、背高の街灯も減った。じりじりと電気の音が空気を震わせている。

気配が気になりはじめたのは、歩いて二十分くらいしてからだ。足音こそなかったが、靴下で路面を触るような微かな響きが伝わってきたのだ。

足を止め、振り返る。

歩いてきた道筋が細く薄暗い川のように伸びていた。目を凝《こ》らすが、誰もいない。

もう一度、足を踏み出した。それと同時に今度は、靴が歩道に当たるような、ひたっ、という音が背後で鳴った。

身体を反転させるが、やはり何も見えない。仕方がなく先へ進む。

だんだんに足早になる。

尾行してくる？　誰が何のために？　遊園地のあの事故と関係しているのではないか？　つまり、俺は狙われているのではないか？　標的にされているのではないか？　何の？　俺を標的にしてメリットがあるのか？　俺は何をした？　考えろ考えろ、マクガイバー。

いつの間にか足を止め、目を閉じていた。背後に意識を向けるが、何も感じない。

目には見えない何かが、迫ってきているのではないか、と思った。中学の時の教師が言ったように、「目に見えないものも傷つく」のであれば、「目に見えないものによって、傷つけられる」こともあるに違いない。

目を開けさらに進もうとしたが、その途端、恐怖を覚える。深夜の暗い闇と電気の消えた街並が、どろどろに溶けた液体のようになり、俺の後方から洪水、もしくは、少なくとも氾濫《はんらん》する川となって襲い掛かってくるような、恐ろしさがあった。地響きが身体を揺すり、濁流の音が鳴る。呑み込まれる、と思った。俺は走っていた。


ある家の前で立ち止まる。木造の二階建ての家だった。窓には雨戸が閉まっている。庭の小屋に繋《つな》がれた犬が、とにかく、切なげに吼《ほ》えていた。

暗くてよくは見えなかったが、細い体型をした茶色の雑種犬だ。うろうろと小屋の周りを歩き回り、しゃがんだと思うと、「ばうばうう、ばうっ」と、閉まった雨戸に向けて吼えた。そして再び、落ち着きなく歩き回る。その動作を繰り返している。

腹でも減っているのか、と想像をした。もしくは、寂しいのか。

庭先にある、冷暖房機の室外機が作動している。ファンが動き、近くの植物を揺らす。今日はさほど暑くないが、それでもあの犬は、毎晩クーラーをつけたまま眠る主人を妬《ねた》んでいるのではないか。

同じ場所を行ったり来たりしている犬を見つめながら、実験を思いつく。

例のメモ用紙に記入した箇条書きを思い出したのだ。腹話術の相手は人間に限るのか? 犬に対してもできるのだろうか。犬と俺とは十メートルも離れていない。三十歩圏内では、ある。

犬の姿を睨んだ。自分が四つん這いになる姿を思い浮かべ、犬の身体に重ね合わせる。頬に痺れがある。息を止め、一息に台詞を念じた。「俺が起きてるのに、何でおまえたちは眠ってんだよ、人間の馬鹿!」

目を開け、どうだ、と犬を観察する。息を強く、吸う。期待はなかった。けれどそこで、犬が足を止め、尻から座り込むのが見えた。

お、と思った直後、犬が声を響かせた。「ぼうぼうぼう、ぼうっ」

俺は、あ、そうか、と内心に呟いた。犬の言葉が分からなければ、腹話術がうまくいったのかどうかも分からないではないか。

さきほど吼えていたのと同じ吼え方にしか聞こえなかった。つまりあの犬は、俺の腹話術とは無関係に、さっきまでと同様に吼えただけかもしれない。もしくは俺が来る前から、「俺が起きてるのに、何でおまえたちは眠ってんだよ、人間の馬鹿！」と同じ台詞を叫んでいたのか、どちらかだ。

17

しばらく暗い細道を歩いていると、前から自転車が突然姿を現わし、反射的に横に飛び跳ねた。

先ほど背後に感じていた尾行者がいつの間にか俺の先回りをして、どこからか自転車を調達し、真正面から攻撃をしかけてきたのではないか、そういった想像を巡らし、だから、間の抜けた悲鳴まで上げた。

「兄貴、何やってんだよ」ブレーキが短く音を立て、自転車が止まった。

「潤也」俺は相手の顔を見て、気づく。「おまえこそ、何だよ」

「兄貴の帰りが遅いからさ、もしかして自転車を捜してるのかと思ったんだ。俺に貸したのを忘れて」サドルから降りた。

「で、迎えに来てくれたのか」たまたま、合流できたが、そうでなかったらどうするつもりだったのか。

「最初は全然気にしてなかったんだけどさ、家で夕飯食って、詩織が眠ったら急に目が冴えてさ。嫌な予感っていうの？　最近の兄貴はどっか変だしさ、怖くなって」

「俺が変か」

「変だよ。変すぎる。読唇術ってのもよく分かんねえし、この間の遊園地の事故の後も、すげえ、びくびくしてるし」

「気にしすぎかな」

「顔色も良くない。目の下に隈《くま》もできている。血の循環が悪いのか」

「疲れているのかもしれないな」俺は曖昧だが、説得力のありそうな返事を選ぶ。

「頼むぜ兄貴」潤也がそこで右手を伸ばし、俺の背中に触れた。怯えて縮こまった俺を、「さあ帰ろう」と後押しするかのようだった。

自転車を押す潤也と並び、俺も足を出す。深夜の歩道を、薄ぼんやりと光るだけの街路灯を頼りに、弟と一緒に歩くのは照れ臭さと懐かしさが交錯するような、不思議な感覚があった。

夜道は長くだらだらと伸び、先が把握できない。静まり返った、心細い街並を進む。暗幕を張りめぐらせた空の下を、やはり暗いアスファルトが通り、左右の住宅からは木の枝が、手のひらを翳《かざ》すかのように飛び出している。今まで生きてきた道のりみたいだな、と不意に思った。

あの高速道路の事故以来、潤也の横に立って、先行き不透明な毎日を手探りで進んできた。横からは、助けとも揶揄《やゆ》ともつかない手が差し出されることもあった。到着地点も分からず、ただ、道が繋がっているから、という理由だけで俺は、潤也を引っ張り、前進してきた。

潤也も同じことに思いを馳せているのだろうか。いや、そう考えるのは、俺の勝手なのかもしれないが、ほどなく潤也が、「兄貴さ」と言ってきた。

「何だ」

「頼むぜ」

「何が」

「急にいなくなったりしないでくれよな」

「どういう意味だよそれ」

「兄貴のおかげでどうにかやって来られたんだからよ。兄貴がどっかに行っちまったら、怖いんだよ。不安じゃないか」

「おまえには詩織ちゃんがいるし、大丈夫だろ。それに、俺がどこに行くって言うんだ」

「俺の知らないどこかだよ」それは特定の、「イタリア」とか「英会話教室」とかそういった場所を指すのではないらしい。もっと漠然とした、「どこか」だ。俺たちが十代の頃、友人と集まっては、「何かいいことねえかなー」とぼやいていた時の、「何か」や、「どっか行きたいよなー」と話していた時の、「どっか」に近いのかもしれない。

「兄貴は頭がいいから、いろいろ考えすぎなんだ。考えすぎてる兄貴は、どこかおっかないし」

「本当に頭がいい奴は、考えすぎたりしない」

「兄貴のおかげで、俺はどうにか生きて来られたんだからさ。俺が、お袋とか親父のことを落ち着いて思い出せるのも、兄貴のおかげだぜ。じゃなければ、心配と不安と孤独で、即死だったな、即死」

「心配で即死はないよ」

「とにかくさ、兄貴、俺を置いてどっかに行ったりはしないって約束してくれよな」

「約束って何だよ、気味が悪いな」と俺は言いつつ、「いいよ、約束しよう」と軽く請け合った。「賭けてもいい」

「何を賭けるんだよ」と潤也は苦笑した。「賭けてもいい、って言うのはさ、よっぽど確信を持ってる時じゃないと、言っちゃ駄目なんだ」

緩やかな昇り坂に合流した。

「どうせ頭を悩ませるならさ、もっと身近なことにしようぜ」坂が終わり平坦な道に戻ったところで、潤也が声の調子を変えた。

「身近なことって何だよ」

「たとえば、そうだな」潤也は首を捻った後で、「例の虫はどうだよ、兄貴」

「例の虫って何だ」

「ごきげんよう、おひさしぶり」

「ああ」と俺は言ってから、「何でごきぶりの話をしなきゃならないんだよ」

子供の頃から潤也は、「ごきぶり」という名称が嫌いで、もちろんあの虫自体も毛嫌いしていたが、とにかく、「ごきげんようおひさしぶり」と回りくどい呼び方を選んだ。最初と最後の文字を繋げると、「ごきぶり」となるわけだ。

「あれは興味深いよ。おぞましいけどさ、興味深い生き物だ」

「そうか？」

「あの虫がどうしてあんなに人に嫌悪されるのか、兄貴は分かるか？」

「さあ」

「そういうのを考えればいいんだよ、マクガイバー。そのほうがよっぽど、身近で、現実的だ」

下らない話題だと思いつつも、潤也が、俺の気を紛らわせるためにそう言ってくれているのだとは分かる。「あれは、動きが速いからだ。だから、嫌われているんだ」

「動きが？　まじかよ」潤也が笑う。

「そうだよ。あれが、ゆっくりとした動作の、亀みたいなのろのろとした虫だったら、あそこまでは嫌われていない。そう思わないか？」

言いながら俺は、ごきぶりの姿を想像してみる。薄い茶色の、平たいボディのあの虫がゆっくりとゆっくりと壁を這っている。こちらが近寄っても、決して走り出さず、泰然自若《たいぜんじじやく》とした様子で、ゆったりと貼り付いている。「それだと何だか、哀れな気がしないか？　たぶんな、あの素早さが恐怖を感じさせるんだよ。全能ぶりを見せつけられているようで、人は震え上がる」

「確かに、あの速さは恐ろしいな。でも俺はね、あれはやっぱり、名前がいけないと思うね」

「名前か」

「そりゃそうだよ。ゴキと来て、ブリだからな。あの濁音の続く音はおぞましいよ。

あれが、『せせらぎ』とか、『さらしな』とか、そういう優しい音の名前なら、まだ、そこまで悪くなかったと思うね」

「ちなみに、英語だとコックローチだろ？　可愛い響きだが、でも、嫌われているはずだ」

「あの虫は、英語圏でも嫌われてんの？」

「聞いたことはないけど、そりゃ嫌われてるんじゃないのか」

「ほら、分かんねえだろ。コックローチ圏ならまだ愛されてるんだよ」

「そんなわけないさ」俺が言うと、潤也はハンドルを握った右手を離し、それで自分の鼻先を掻く。「じゃあ、あれだ。あいつら、飛ぶだろ？　向かってくる。だから嫌われるんだ」

それには同意する。「飛ぶのは恐ろしいな。でも、飛ぶなら、カブトムシだって、蝶だって飛ぶぜ。おまけにカブトムシには、濁音もつく」

「まあ、そうだけどさ。じゃあ、あれだ、あいつらこそこそしてるじゃんか。あれが嫌だな」

「ようするに俺の、『素早い』説と一緒ってことだろ？」

「あー」と潤也が顔をしかめる。「あとはあれだよ、あいつら、しぶといだろ。水だけあれば、何ヵ月も生きていられるって聞いたことがあるぜ。埃《ほこり》を食うとか」

「共食いもするらしいよな」

「凄すぎだよ。感服するよ」潤也が寒気を振り払うように、身体を揺すった。自転車が小さく音を立てる。深夜に、兄弟で並んで話題にするような内容とも思えなかった。

「な、兄貴」しばらくして潤也が言った。

「ん?」

「こうやって馬鹿話をしてるほうが、よっぽど楽しいじゃねえか。しかめ面して、難しいこと考えるのはやめろよ」

「いつも、ごきぶりのことを考えてろっていうのかよ」

「せせらぎ、のことな」

「さっそく、その呼び方かよ」俺は大笑いをした。

18

翌朝、見事に寝坊をした。朝、ベッドで目を覚ますとすでに、九時十分前で、枕元の受話器を手に取り、職場に電話をかけた。満智子さんが出たので、「一時間くらい遅刻しますから、課長に伝えてください」と頼んだ。

「出勤はするのね」

「そのつもり」と答える。「です」

「じゃあ、仕事が終わったら付き合ってよ」

「また、居酒屋ですか？　満智子さん意外にすぐ酔っちゃうからつらいですよ」

「違うって。今日はね、ライブ」そう言って満智子さんは、日本人ロックバンドの名前を口にした。「チケットめちゃくちゃ取りにくいんだから」

「でも、今日は夕方から会議がありましたよね」俺は頭の中でスケジュールを確認する。「来月の、九州出張の打ち合わせ」

「安藤君、人はさ、パンのみにて生きるにあらず、だよね」

「それは別に、打ち合わせよりもロックバンドを優先させろっていう言葉じゃないです」

「安藤君、ほんとに理屈っぽいねー」

「たぶん、次の彼女にも言われると、覚悟してますよ」

出勤するといつになく部署の雰囲気が晴れやかで、俺は驚いた。目に見える賑やかさはないし、全員がパソコンのディスプレイを見つめてキーボードを叩いている光景も普段と変わらないのに、どこか霧が取り払われたような爽快さが漂い、「おやっ」と首を捻る程度ではあったが、違和感を覚えた。

席について、パソコンの電源を入れ、鞄を置いた後で、隣の満智子さんに首を伸ばす。「何かあったんですか？」

「ああ」と満智子さんが首を縦に振った。「課長、しばらく来ないみたいよ」

右方向、課長の席に目を向けた。活動的で、仕事とあれば大きさにかかわらず首を突っ込みたい性格なのか、課長が不在のことは多かった。だから、席にいないことはさほど珍しいことではないのだが、けれど、「しばらく来ない」というのは普通ではない。

「さっき、課長の奥さんが来てね、部長と話してたんだけど、一ヵ月くらい入院するみたい」

「あの課長を倒す病なんてあるんですね」

「でも、病は気からって言うじゃない」

「あの課長の気の強さこそが病みたいなものだったじゃないですか」

「この間のあれ、あったでしょ」満智子さんはそこで声を落とした。俺が察し悪く眉をひそめていると、「ほら、あれ」と机をとんとんと叩いた。「ミラクル、ミラクル」

　あー、と俺は納得と困惑の息を吐き出す。「平田さんの」

「あれがよっぽどショックだったみたいよ。部長がさっき、こっちに来て、課長の心労に心当たりはないか、ってそれとなく聞いて回ってた」

「そんなこと、どうやったら、それとなく聞けるんですか」

　左へと視線を向けた。俺の机の上のパソコンの本体と、満智子さんのディスプレイの間から、平田さんの姿を眺めた。平田さんはいつもと変わらぬ真面目な顔つきだったが、ただ、おどおどとした小心の欠片のようなものは消えている。ように見えた。

「平田さん、今日の打ち合わせどうします？」と俺の真正面に座る後輩が、平田さんに訊ねた。年齢順から言えば平田さんは、課長の次に当たるのだが、今まではそうやって仕事に関する指示を求められたことは滅多になかったはずだ。

「そうですね」平田さんはしっかりとした返事をし、席を立った。「今日の打ち合わせは、どうしましょうね」と丁寧な口調で、俺や満智子さんに言う。

「どうしましょ」満智子さんは言葉を濁《にご》らせ、それから俺を横目で窺った。

「どうしましょ」と俺も言う。

「来月の九州出張は誰が、行くんでしたっけ？」平田さんが言うと、後輩が手を挙げ、「あと、安藤さんです」と俺を指差した。

あ、そうだった、と俺は慌てて手を挙げた。

「どうですか？　今から準備したほうがいいですか？」と確認する平田さんは、とても頼りがいがある雰囲気で、俺も、「いえ、まだ、客先での日程も決まってないので」と素直に答えた。

「じゃあ、今日はもうみんな早く帰っちゃいましょうか」

「お、いいですね」後輩が頬を綻ばせた。

「いいねー」と満智子さんも声を上げた。

「いいですね」と俺は返事をし、平田さんの嬉しそうな目尻の皺を見つめた。

それから、自分の前にあるディスプレイの画面に目を近づけて、あれ、と思った。電源が入っているのは間違いないのだが、一向に何も映らないのだ。席を立ち、身を乗り出して、パソコンの本体に耳を寄せた。ファンは回っているが、ハードディスクが動作していない。仕方がなく、ボタンを押し、強制的に電源を切った。一分ほど待ってから、再び電源を入れる。けれど結局、起動しない。主電源から確かめてみるが、動作しない。

「昨日、停電とかあったっけ？」立ったついでに、前に座る後輩に尋ねる。

「いや、なかったと思いますけど」

「だよな」停電から復旧した時に、急激に電流が流れると、パソコンの電源部分が壊れてしまうことが時折あるが、それが原因でもなさそうだ。

俺のパソコンだけが動かない。

着席し、頰杖をつき、黒いままの画面をじっと眺めながら、これも遊園地の事故や深夜の尾行者と同じ種類のできごとではないか、と思わずにはいられなかった。

ロックバンドのライブというものを、久しぶりに見物した。

藤沢金剛町の駅から徒歩十分ほどの、古いビルの地下にあるライブハウスだ。このバンドのチケットを入手するには気合いと僥倖《ぎようこう》が必要だ、と言っていた満智子さんの言葉はまんざら嘘ではないらしく、ライブハウスは息苦しいほどの満員で、入り口前には、不要チケットを求める女子高生がうろついていた。

「満智子さん、このバンド好きなんですか？」

「うーん」と彼女は首を捻ってから、「そんなに好きでもない」と返事をする。

「じゃあ、何で誘ってくれたんですか？」

「手に入らないって言われると手に入れたくなるでしょ？　滅多に観られないって言われると、観たくなるじゃない」

「ツチノコとか気になる性格ですか？」

「わたし、虫って嫌いなの」

虫じゃないですよ、と言うよりも早く、演奏がはじまった。聴衆がいっせいに歓声を上げ、身体を上下に動かしはじめる。頭を揺らし、跳躍で床を揺らした。前の若者が、俺にぶつかってくる。ギターの轟音が耳を襲った。バスドラムの響きが腹を叩く。マイクに向かって発せられた言葉が何か、聞き取れなかったが、聴衆が拳や人差し指を突き出して、大声を出した。

びりびりと足元に痺れがある。音の振動が靴紐を震わせている。坊主頭のボーカリストはマイクスタンドに寄りかかりながら、時に囁くように、時に雄叫《おたけ》びを上げるように、歌い続けている。しばらくして、ようやく俺にもメロディラインがつかめるようになる。次第に、身体の弾みが大きくなった。

一曲目が終わった、と思うとすぐに次の曲がはじまった。聴衆が、わっとなった。後ろから押された勢いで、一歩二歩と前に足を踏み出し、前の客の背中にぶつかってしまう。はっとして、後ろに下がるが、そこで今度は背後の客と当たった。

二曲目の後で、ボーカリストが、何やら挨拶のようなものを口にする。ぼそぼそと独りごちるようで、聞こえにくい。客たちがあちらこちらから、バンドのメンバーの名前らしきものを叫んだ。満智子さんもはしゃいでいるのか隣で、「つちのこー」などと叫んでいる。訳が分からない。

俺は息を切らし、呼吸を整えながら場内を見渡したが、そこで、彼がいることに気づいた。「ドゥーチェの」と言ってしまう。

会場の右手、壁に寄りかかるようにして例のバーのマスターが立っていたのだ。五分刈りに、一重瞼の冷めた目、半袖のシャツから太い二の腕を出している。マスター、と俺は呼びそうになるが、その前に演奏が再開された。俺の周囲で、波が起きる。人の身体が飛び跳ね、衝突し合う。固体とも液体とも言えないどろどろとした沼にいるようだった。

曲が終わった後で、また、間があった。ミディアムテンポの、ユーモラスなリズムをバンドが刻み、その前でボーカリストが水中を泳ぐような仕草でステージ上を歩き回った。客の顔を睨むようにして、「王様の命令は絶対か！」と拳を突き出した。

くだらない。何だその掛け声は、とげんなりする俺にお構いなしに、客がいっせいに、「絶対！」と大声を出した。言葉と言うよりは、反響する炸裂音に近い。

演奏がはじまった。パンクロックのカバーだ。聴衆は先ほどと同様に身体を動かしはじめ、周囲の人間とぶつかる。

ボーカリストがまた、何か言った。「王様」なのか、「燃やせ」なのか、とにかく叫んだ。

全員がいっせいに、喚《わめ》き返す。俺も一緒にやった。そしてその時、唐突に、俺の頭にある記憶が映し出された。スイカの種並びだ。肌が腕の先から、背中からぞわぞわっと粟立《あわだ》った。「いくつかの銃の先をたばねて立てること」と、その言葉が頭をよぎる。

俺たちはこうも簡単に統一させられる。そう気づいた途端、俺は動きを止めていた。逃げ道を探すような気持ちで視線を移動させたところで、「ドゥーチェ」のマスターの姿が目に入る。

「こんなところで会うとは、意外ですね」ライブハウスの階段を昇り切ったところでマスターに声をかけた。二時間のライブが終了し、汗まみれとなった身体を風が冷やしてくるが、俺はつい先ほどまで自分が包まれていた恐怖心にそれを心地良いと感じる余裕もなかった。

「なかなか面白かったよね安藤君」後ろからついてきた満智子さんが、声を弾ませている。「ストレス解消になったねー」

「ええ」と答えながら、マスターとの会話をどうしようかとまごついているうちに、

「じゃ、安藤君また」と満智子さんが手のひらを揺らした。そして、背中を向けたかと思うと、ばたばたとサンダル履きで走り出し、車道に飛び出してタクシーを停めていた。

「一緒に行かれなくていいんですか？」マスターが眉を上げた。

「どうやらいいみたいです」

「恋人ではないんですね？」

「その前段階でもないです」

「少しお話ししましょうか」

その言葉遣いと、岩石に目鼻を描いたかのようなマスターの外見が不釣合いで、戸惑った。

19

「マスターもあのバンドが好きなんですか？」十階のうち九階分が風俗店、一階だけが喫茶店というビルがあって、その喫茶店で俺は、マスターと向かい合っていた。深夜二時まで営業、と看板にはあるが、女店主はカウンターで頬杖をついて、眠っている。時折、彼女は目を覚まし、上の階に向かって杖のようなものを突き出し、天井裏の鼠《ねずみ》を払うような仕草を繰り返した。

冷房がずいぶん効いている。夜風ですでに汗は乾いており、室内は寒いくらいだった。慌てて背広を羽織る。

「いや、はじめて聴きましたよ」マスターはミルクティーを啜《すす》った後で、言った。

おや、と俺は思った。いつも、「ドゥーチェ」で会う時とは、彼の表情が違うように見えた。仕事場ではないから、という理由でもなかった。率直に言って俺は、別人と相対しているのかと思ったくらいだ。外見はマスターだが、それはマスターの膜を被っているからではないか、というような。

「じゃあ、たまたま観に来てたんですか？」

「安藤さんがいるかと思って」

冗談だろう、と俺は聞き流す。

「でも、ああいうのは久しぶりに聴きましたけど、やっぱりいいですね」マスターが言った。

「ロックバンドが？」

「というよりも、群集が好きなんですよ。人間に限らず、大勢が集まって、行動を起こすというのに惹かれるんです。イナゴの大群とか、軍隊蟻の行進とか」

「ひっそりと、静かなバーをやっているマスターは、群集とは正反対の気がするけれど」

「反動じゃないかな」

「反動ですか」

「物事の大半は、反動から起きるんだ。たとえば」いつの間にか、マスターの言葉が丁寧な口調から砕けたものに変わっていることに、俺は気づく。海岸に押し寄せる波の勢いが、時間の経過とともに違う表情を露わにするのと似て、ごく自然に口ぶりが変化していた。「過激な映画が流行った後は、穏やかな恋愛映画が流行るし、ドラマの時代の後には、ノンフィクションの時代が来る。天才肌のサッカー選手がもてはやされた後は、努力家の野球選手に注目が集まる。穏やかで繊細な物語が重宝がられれば、次には、骨太でダイナミックな冒険小説が歓迎される。みんな、自分だけは逆の道へ進もうと反発するが、けれど、それが新しい潮流となる。ありがちだ」

「反動ですか」

「そう。そういうふうになっているんだろうな」

「そういうふうになっている」その言葉を俺はくり返してしまう。

「さっき、ライブ中に」マスターが人差し指を立てた。「君は少しおかしかった。後半だよ。周囲の客が興奮し、騒いでいる中で、君だけが急に深刻な顔になった。一人、川の中で立ち尽くすかのように」

「ああ」

「目を瞑って、まるで息を止めるようにしていた。それを何度か繰り返していた」五分刈りのマスターの目が鋭かった。虹彩《こうさい》の部分がくっきりと光り、ぎゅっと焦点が絞られている風でもあった。俺は、前に座っているのは果たして本当に、「ドゥーチエ」のマスターなのかと心配になる。喋り方も迫力もまるで異なっていた。

「気づいていたかい？」マスターがさらに続けた。「あのバンド、途中で急に、ジョン・レノンを歌っただろ？」

「『イマジン』」

「『イマジン』」マスターがうなずく。

「歌いましたか?」

「歌ったよ。曲と曲の間、ボーカルの男がマイクに向かって、何か喋るのかと思ったら、唐突に歌った。サビの部分だけ」

「ああ、そうだったかも」俺は空とぼけた。それから、マスターを見る。「あれも演出だったんですかね」

「ずいぶん唐突だった」

唐突だったのは当然で、それは俺が歌わせたのだ。曲が終わった小休止のタイミングを狙った。じっと瞼を閉じ、客たちの足踏みや歓声、ばちんばちん、と音を調整するベースやシンバルの響きから意識を逸らし、集中力を高め、ステージ上のボーカルの身体に自分を重ねた。

逆向きではあるが、聴衆と向かい合う情景を想像し、革のパンツを穿いた男の皮膚に潜り込む。そして、ジョン・レノンの曲を歌った。呼吸を止めて歌えるのは、せいぜいがサビの一部分でしかなかったが、それでも一気に歌った。

うまくいった。ボーカルの男がそこで、俺が内心で口ずさんだメロディを、俺とは違う声量で、俺よりも上手に歌った。一瞬、バンドのメンバーが、「あれ」という顔になり、そのボーカルを見たが、これも何か思惑があってのことか、と解釈したのか誰もその場で説明を求めなかった。一瞬のことだったので、気づかない客も多かったに違いない。次の曲がはじまり、客が動きはじめ、「王様の命令は絶対！」と叫ぶ声が繰り返された。またそのフレーズかよ、と呆《あき》れた。

「あの後、君はさらに深刻な顔になった。君はあの客の中で何を考えていたんだ？身の危険であるとか、大音量による難聴であるとか、そういった警戒心ではなくて、もっと深刻なことを感じているように見えた」

「ええ」俺はそこでうなずいている。「ええ、まあ、そうですね」ライブの後半、頭の中で渦巻いていたのは、以前に見た、「スイカの種並び」のおぞましさと、その前で立ち尽くす自分の姿だった。「あの群集の中にいて、思い出したんですよ」俺は自ら感じた恐怖の出所を見つけようと、話しはじめている。「以前に読んだ本。人が殺人を行う場合の心理について書かれた本」

マスターは瞼を閉じる。どうぞ先を進めて、と促す合図のようだ。

「基本的に人間は、殺人には抵抗感がある。いや、動物全般がそうらしいですね。その本によれば、動物は、『同種類』の相手は、できるだけ殺さないようにするらしいんです。つまり人は、たとえ相手が敵であっても、殺人を犯さない方法を選ぼうとする」

「でも、戦争では、人は人を殺す」

「だから、殺人を実行するにはいくつかの要因があるんですよ。たとえば、面白いことが書いてあったんですが、戦場から帰ってきた兵士に、『なぜ人を撃ったのか』と質問をした時、一番多い答えは何かと言うと」

「殺されないために？」

「俺もそう思ったんだけど、違いました。一番多いのは、その本によれば、『命令されたから』」

「なるほど」

「これは他の人の実験でも明らかになっているらしいんですよ。人は、命令を与えられれば、それがどんなに心苦しいことであっても、最終的には実行する。命令された仕事だから、と自分を納得させるのかもしれない」

「仕事」マスターはその言葉を発音し、確かにそうだ、とささやく。「他の要因は？」

「集団であること」自分でそう答えた瞬間、スイカの種、ライブハウスの聴衆、隊列をなして行進を行う兵隊、それらが頭に浮かんだ。「集団は、罪の意識を軽くするし、それから、各々が監視し、牽制《けんせい》しあうんです。命令の実行を、サポートするわけです。あのライブの客の中で、揉みくちゃにされながら、その恐怖を感じました。ステージの上で、客を煽るロックバンド、罪の意識を実感させないあの人数、統一感に」

「バンドが命令を出せば、殺人すら起きかねない、と思ったのか？」マスターの瞳には、店内のライトが反射しているのだが、それが蠟燭《ろうそく》の炎のように揺らいでいる。

「極端に言えば、そうです」俺は正直に認めた。あの時、あの会場で、マイクスタンドを握った男が、「火を放て」と叫べば、聴衆の何人かは火を放ったのではないか。「隣の客を殴れ」と煽れば、けたけたと笑い、我先にと拳を振り回したのではないか。「そして気づいたんです」

「何に？」

「俺が思っているよりも容易《たやす》く、ファシズムは起きるんじゃないか、って」

マスターはそこで下を向き、小刻みに息を洩らした。咳でもしているのかと思ったが、どうやら、笑っているらしかった。

「可笑しいですか？」俺も照れて、笑う。

「ファシズムという言葉は、とても恥ずかしい言葉だから」と彼は苦々しく言った。

「でも、頼もしい意見だ。で、一つ疑問なんだが」

「ええ」俺とマスターはすでに、客とマスターという立場では到底なくて、どちらかと言えば、生徒と教師という関係に近かった。ここは、「ドゥーチェ」ではないのだから当然ではあるのだが、俺はこの変化にたじろいでいた。

「ファシズムの何がいけないのだろう」マスターは問い掛けではなく、詠嘆口調だ。

「何がいけない？」

「ファシズムとは何か、という定義の問題はあるとして」

「ムッソリーニはこう言ったんですよね」俺は昔、聞いたことのある知識を口にする。「『ファシズムは思想ではなく、行動だ。残念ながら』」

「たぶん、それは正しい」マスターがうなずく。「ファシズムは行動だ。ということは、原始的ってことだ。で、その行動に何か問題があるのか。俺には問題があるようには思えない。仮に、自分の国に対する意識を強くし、国民であることを自覚し、その結果、集団の結束が固まったとして」そこでいったん言葉を切り、「何か問題があるかな」

「ヒトラーは六百万人を虐殺しましたよ」

「ファシズムだから、と結びつけるのは単純じゃないか。では、民主主義は善か？　民主主義は何人殺したんだ？　資本主義はどれだけの人間の人生を損なった？」

「マスターが俺に何を言いたいのか、それが謎です」

「反動だよ」マスターが言う。「俺たちはあまりに、自由だとか民主的だとかそういうものを大事にしすぎたんじゃないか？　統率は必要なのに」

「ファシズム化しろってことですか」

「統率しようとすると、すぐに、ファシズム、それも例の、帝国主義や軍国主義にしか結び付けようとしない発想が、すでに危険だ。違うかい？　親が子供に、『ドライブに行こう』と提案したとたんに、『お父さん、車は人を轢《ひ》くから危険だ』と騒ぐのと一緒だ。ドライブが必ず人を轢くわけではないし、ドライブで幸せが訪れることもある。ニーチェの言葉を借りれば、こうだ。俺たちの魂は、偉大なものをあまりにも知らないから、だから、超人が優しさを見せた時にも、それを恐ろしいものと思うことだろう！」

「分かりません」

「それなら」そう言ってマスターが再び、指を立てた。「たとえば、この国の住人全員が、いや、全員でなくとも半分でもいい。数千万人の人間がある目的を持って、ある広場に、蠟燭を持って集まったとする」

「たとえ話ですよね」

「もちろん。その数千万人が自分の時間を割いて、誰かのために祈り、蠟燭を掲げたとする」

「その蠟燭は、平和であるとか、祈る感情であるとか、そういったものの暗喩《あんゆ》だと思っていいですか」

「かまわない。花束と置き換えてもいい」マスターはすぐに答えた。「もし、そういうことが起きたら、世界で起きている大半の問題は解決すると思わないか？」

「え」

「人口の半数以上の人々が、自分以外の何かのために、蠟燭に火を点《とも》すような、花束をかざすような、そんな意識があれば、きっと世の中は平和になる」

「逆に言えば、無関心が世界を台無しにしている、と？」マザー・テレサの、「愛の敵は、憎しみではなく、無関心だ」というあの有名な言葉を思い出した。

「微妙に違う。とにかく、俺は訊きたいんだが、全員が結束し、意識を合わせ、蠟燭に火を点すのは、これは、ファシズムではないのか？　統一された行動と呼ばないのか？」

俺は、彼の言わんとする意味が分からずに、言葉に詰まる。蠟燭を翳す集団はファシズムと批判すべきなのかどうか、区別がつかない。

「このままではこの国は駄目になる」

考えろ考えろマクガイバー。俺は頭の中で必死に、マスターの思惑を想像しようと何がしたいのか。俺になぜ、こんな話をしているのか。

「何でもかんでもアメリカの言いなりだ。安全性の確認できない食べ物を押し付け、勝手にはじめた戦争の後始末に巻き込んでくる。スポーツのルールを好き勝手に変えるのも彼らだ」

「でも、それを受け入れているのは、俺たちの選んだ政治家じゃないですか」

「違う。誰も選んでいないんだ。政治家を誰も選んでいない。選ばないから、こうなった」

マスターの口調が熱を帯びはじめ、俺はその熱が、地下鉄の車内で隣り合わせに座った、島から感じたものと似ていることに気づく。「犬養ですか」と俺は諦め口調で言ってみた。マスターも犬養に惹かれているんですか？

「あの政治家は才能がある。力がある」

「それを支持するんですか、マスターは」

「支持するんじゃない。守るんだ。守り、育てるんだ。一緒に学んでいくべきだ」

「親衛隊のような？」俺にはヒトラーの取り巻きを思い描くのが精一杯だったけれど、マスターの言いたいのはそれとは異なる種類の物にも感じられた。

「そうじゃない。ただ、彼のような政治家が国を引っ張らなくてはいけない。引っ張る時期が必要なんだよ」

「必要って、何のためにですか」

「国家だよ」当然だ、と言わんばかりだった。「こういう話を知っているかい。ある猿が、言葉を喋れるようになった。自分だけに与えられた能力だと思い、仲間には隠していた。疎外されるのではないか、という恐怖からだ」

「進化の話？」

「その猿は、言葉を喋る、という能力について試しながら、いつ、仲間にそのことを打ち明けようかと思案していた。そして、ずいぶん経った後に、身近にいた猿に告白した」

「俺は言葉が喋れるんだ、と？」そのこと自体を言葉で説明するのであれば、それはそれで妙な話だ。「言葉について、言葉で説明する、というパラドクスじゃないですか」

「すると相手の猿が驚いて、こう答えた。『何だ、俺も話せるようになっていたんだよ』と」

「そこから何を学びましょう」

「得てして人は、自分の得た物を、自分だけが得た物と思い込むというわけですよ」

マスターの口調は丁寧な、いつもの「ドゥーチェ」で聞くものに戻っていた。

「え」

「特別なのは自分だけではないのに、です」

そして俺から言ったわけでもないのだが、店を後にすることになった。

挨拶を済まし、タクシーへ向かうマスターの背中を眺めながら、「ドゥーチェ」とは、イタリア語で、指導者、の意味ではなかったか、と今更ながらに気がついた。そうだ、ムッソリーニは、ドゥーチェと呼ばれていた。

20

帰ると潤也が起きていた。居間のテレビで、サッカーの試合を観ているところだったらしい。膝丈で切ったジーンズを穿き、黒のTシャツを着ている。背中の部分に白い字で、「こっちが背中だと思うなよ」という英文が描かれた、彼が気に入っているシャツだ。その潤也の肩に寄りかかるようにして、詩織ちゃんが眠っている。

「兄貴、お帰り」画面を眺めていた潤也は、視線は前を向いたままだったが、俺に手を挙げた。

「日本代表？」

「親善試合だってさ。アメリカと」と潤也が答える。

テレビはちょうど、ハーフタイムなのか、コマーシャルを流している。

「あれ、昨日も試合やっていただろ」昨夜、島と居酒屋に行った時にも、サッカーの試合を中継していた。中国戦だった。

「今日は、年代が違うんだ」潤也が言った。

「何だよ年代って」

「年齢制限があるんだ。サッカーは年齢によって、出られる大会が違うからさ。今日は、昨日より若いグループの試合だ」

俺は鞄を脇に置き、着ていた背広を脱いでハンガーにかけた。

「今日は何？　飲み会？」

「ライブ」俺が答えると、潤也が俺を見上げた。「何のさ？」

「ロックバンドの」

ほどなく、テレビから騒がしいアナウンサーの声が響いた。後半戦がはじまるらしい。

「どっちが勝ってるんだ？」

「一対〇で、日本が勝ってるよ」

「そうか」

「でも、何か嫌な雰囲気だ」潤也がぼそりと洩らした声に、俺は引っ掛かる。「雰囲気？」

「スタジアムだよ。アメリカのサポーターの興奮ぶりがさ。凄《すご》いんだ」

「サッカーはアメリカではそれほど人気じゃないんだろ？」

「関心がなくても、観れば、興奮する。それがスポーツだよ」

俺はそこでようやく腰を下ろし、テーブルに乗りかかるようにし、画面を覗き込んだ。審判の笛とともに、日本の選手がボールを蹴った。美しい緑の芝が眩《まぶ》しい。

「兄貴、大丈夫かよ」

「大丈夫って何が」

「ゆうべも言ったけど、最近の兄貴は何か、思い塞《ふさ》いでることが多い」

返事に困りながらふと視線を逸らし、テーブルの上に文庫本があることに気づいた。書店のカバーがかかっている、若干厚めの本だった。俺は手をゆっくりと伸ばしたが、その表紙をめくる前から、その著者が誰であるのか想像できた。

「それ、いい本だよ、兄貴」俺の動作を横目で察していたのか、潤也が言ってきた。

「宮沢賢治詩集。詩織が買ってきたんだ」

「だと思ったよ」俺は本を手に取る。「最近はもう、宮沢賢治ブームだ」

「そうなの？」

「俺の周りではな」言いながらページをめくってみる。「この、何箇所か、角が折ってあるところは何だ」ページの右上を指差す。潤也がちらっとこちらに目をやる。

「ああ、俺と詩織で気に入った箇所を、折ったんだ。兄貴も目を通してみろよ、いいぜ」

言われずとも俺は、彼らの選んだページを読みはじめていた。まっさきに開いた箇所にあったのは、例の、島が居酒屋で朗読した、「諸君はこの颯爽たる」というものだった。

「最後のほうにあるやつ、兄貴、結構、衝撃的だよ」潤也の声が聞こえた。「『眼にて云ふ』って題名の」

ちょうどそこを開いたところだったので、慌てて目を走らせた。

だめでせう
とまりません
がぶがぶ湧いてゐるですからな

と、はじまる詩だった。いったい何が「湧いてゐる」のだ、と言えば、次の行に答えは書いてある。

ゆふべからねむらず血も出つづけなもんですから

血だ。これは死に至る詩なのか。誰が何のために死ぬのかは判然としないが、のっぴきならない状態に、この作者がいることだけは伝わってくる。

そして読み進めていくうちに、不思議な気分になった。死を迎える場面であるから、当然、不穏であるはずだろうに、けれどこの詩はどこか優しい印象すらあって、

「死」からもっとも遠い場所にいるかのような、のんびりとした空気を感じさせた。

「兄貴、いいだろ、それ」

「ああ、いい」と俺は本を閉じた。感動というほど大袈裟なものではないが、不思議な爽快感を受けた。「シャワー浴びてくる。汗だくだ」乾いた汗が肌にへばりつくような、そういった感触はなかったものの、洗い流さないことには気分が悪い。

「部屋の電気を消していってよ」と潤也が言うので、居間を出る際に壁のスイッチを押した。

「消灯ですよー」と眠ったまま、詩織ちゃんが言った。

風呂場から出て、洗面所で髪を乾かし、歯を磨いた。寝巻きに着替え、再び居間にやってくると潤也も眠っていた。詩織ちゃんと寄りそうようにして、瞼を閉じている。鼾《いびき》はなかったが、穏やかな呼吸が鼻から出ている。テレビ画面はついたままだった。

座った俺が目を向けると、すでにサッカーの試合は終了していた。いったい何が起きたのか分からないが、試合は四対一で日本が敗けた。解説者らしき髭《ひげ》の人物が、スタジオで苦々しい顔を浮かべている。「信じがたい負け方ですね」と腕を組んでいた。

そこでふと俺は、腹話術を試すことにした。テレビに映る人物へは可能かどうかを、調べたかったのだ。

髭の解説者の姿をじっと見つめ、その皮の中に潜り込む気持ちになる。目を閉じ、テレビ画面の膜を通り越すイメージを浮かべた。同時に、これができれば可能性が広がるな、とも考える。テレビ画面越しにこの能力が使えるのであれば、対象の範囲はほぼ無限に広がる。日本の首相はおろか、アメリカ大統領にもやれる。俺のメッセージを、テレビ画面の有名人を通じて、発することができる。もちろん、あの犬養相手にも、だ。

意識を集中させ、息を止めた。

結論から言うと、試みは失敗した。俺は何度も、髭のサッカー解説者の中に入り込み、「負けるが勝ち!」と下らない格言を口にさせようとしたが、失敗した。その後で画面が切り替わり、日本代表キャプテンの青年が、土で汚れたユニフォーム姿でインタビューを受けている場面になった。俺はもちろん、そこでも腹話術を試してみたが、うまくはいかなかった。

21

翌日、昼食を近くの定食屋で取って、職場に戻ったところを、平田さんに声をかけられた。「安藤君、手伝ってもらっていいですか」

俺は財布を鞄に戻し、平田さんの後に続き、フロアの隅にあるロッカーへと近寄った。鼠色の愛想のないロッカーが並び、中にファイルやドキュメント、新聞、雑誌が詰まっている。はみ出して、床にも積まれていた。

「これを結んで、出したいんですけど、量が多くて」人に指示を出すことに不慣れなのが、よく分かる。「悪いね。昼休みなのに」

「いいですよ。今、パソコンが壊れていますし、特にやることはないんですよ」パソコンがあったところで、メールを書いたり、インターネットを覗いたり、と不毛な時間を送るだけだ。「外も雨が降りそうな感じですし」

「安藤君のパソコン、まったく動かなくなっちゃったんでしたっけ?」

「今、資材管理部に出してるんですけど。電源を入れても起動しなくて。パソコンを使う時は、隣の課の空いてるやつを借りてます」

「今はもう、パソコンがないと何もできないですよね」

俺と平田さんはしゃがんで、鋏《はさみ》と綴じ紐を持って、古い雑誌を縛りはじめる。

「いったい誰がこれ、買ったんですかね」自分の前で倒れている経済雑誌を重ねた。

「うちの仕事にはあんまり関係がなさそうだけど」

「きっと、課長じゃないですか」と言った平田さんには、病気療養中の課長を揶揄するような口調はまるでなかった。「課長、そういうの好きですから」

「平田さん、課長とは長いんですか？」

「私が新入社員で入った時に、同じ課にいた先輩で、いろいろと面倒見てくれました」

「昔からあんな感じ？」

「昔はもっと、あんな感じでした」と平田さんは言って、笑った。懐かしむようだった。それから、「覚悟はできているのか？」と課長の口癖を真似たが、いつも自信がなさそうな平田さんは、その時も自信がなさそうで、似た物真似でもなかった。

山から崩れた雑誌に目が行く。見開きのインタビュー記事で、そこに、犬養の写真が載っていた。大慌てで、目を通す。表紙を見ると、五年前に発行されたものだ。三十四歳の犬養は、今とほとんど変わらない貫禄のある顔つきで、けれどどこか灰汁《あく》の抜けた小ざっぱりとした若さもあった。財閥系の企業が発行している業界紙、その編集長をやっている、と紹介され、自らの理念を語っていた。大半が、今も語っているのと同じ内容だったのには驚いた。「聞こえのいいことばかりを口にし、何も決定せず、何も断言せず、憲法をはじめとする法律を恣意《しい》的に解釈し、国民を騙《だま》すかのようにずるずると、任期を務めていく政治家」の無責任さについて嘆き、「表舞台には姿を見せずに、全てを決定していく」官僚たちの強さを嘆き、自分ならばもっと分かりやすく、自信を持って道を示す、と述べていた。今と比べても、まるで、ぶれがない。

「それならば、犬養さんが政治家になればいいじゃないですか」と言うインタビュアーに対しても、「いずれそうなるでしょう」と平然と答えている。

「安藤君」平田さんが心配そうに、声をかけてきた。「大丈夫？　気分が悪いなら、無理しないでくださいね」

「ああ、大丈夫です」と答えたものの、心なしか胸が締め付けられる息苦しさを感じていた。

午後の就業時間がはじまっても、一時間ほど雑誌やドキュメントの整理をしていたのだが、客先から俺宛ての電話がかかってきたのを機に、何とはなしに、仕事に戻った。平田さんにも、「適当なところで切り上げて」と言われていた。

しばらくすると、緩衝材に包まれた俺のパソコンが運ばれてきた。修理が済んだらしい。

「ここに置いていいかな」と若い風貌の、資材管理部の男が言った。馴れ馴れしい口調ではあったが、嫌味はない。体調不良の社員に代わって、今だけ資材管理部を手伝っているのだ、と彼は言った。

緩衝材を取り外し、コンセントやらケーブルの接続を行ってくれる。俺は見ているだけで、手持ち無沙汰だったので、「どこの部署の担当者?」と訊ねた。

「本当は、調査をするのが」と彼はディスプレイの位置を動かしている。

「調査?」そういった部署がうちの会社にあったのかどうか思い出せなかった。

「答えは決まっているのに、わざわざ調査をすることほど、面倒なことはない」と彼は愚痴るように言った。その横顔は鋭敏さと冷たさを感じさせた。俺は、彼を観察しているだけであるのに、ぶるっと肌寒さを感じ、滅多に立たない鳥肌にはっとした。

「じゃあ、これで」

「どうも」俺は自分の席に座る。

「今回は、あんまり調査の時間が割けなくて、自分としては納得がいかない」彼が去り際に言う。「パソコンの調査のこと？」訝《いぶか》しくて、彼の胸につけられたネームプレートに目をやってしまう。

背筋の伸びた彼が部屋を出て行く後ろ姿を見ながら、後で、同期入社の人事部員に、資材管理部の千葉という男について、どんな男なのか訊ねてみるかな、などと思った。

パソコンの電源スイッチに指をやる。

「意外に早く、直ったね」満智子さんが言い、「早く仕事をやれってことですかね」と俺は肩をすくめた。ファンが回る音がした。けれど、画面には何も映らなかった。一向に映らない。ずっと黒かった。

おかしいな、と首を傾げ、電源を切り、もう一度スイッチを入れたが、今度はファンも回らない。パソコンが動作する様子はなかった。

「安藤君、どうしたの、やっぱり動かないわけ？」

「ええ、変ですね」と答えた時には、胸が苦しいことに気づいていた。え、と思った後で、その場に倒れた。吸っても吸っても息が入ってこない。呼吸の仕方すら忘れたのか俺は、と愕然とし、嘘だろ、と頬をゆがめる。死ぬ、と思うと頭の中が混乱した。口から泡を吹き出しそうになる。胸の圧迫感が酷くなった。

社内に医務室があることは知らなかった。

「疲れかと思われますね」眼鏡をかけた白衣の医師は、俺と視線を合わせようとせずに、言う。机の上のカルテに視線を向けていた。

「こんなことはじめてですよ」自分の胸に右手を当て、まるで何事かを宣誓するかのような姿勢を取る。「息ができなくて、死ぬかと思いました」

「精神的に安定していないですね」

「安定している人なんてどこにもいないですよ」

「動悸《どうき》や眩暈《めまい》はありませんか」

「今日はじめてです」

「安静にするように。思い悩んだり、くよくよするのは好ましくないですよ」

「くよくよ、ですか」

目の前に座るのは、果たして本物の医師なのかどうか、とそれも疑いたくなった。

「妙な夢を見ました」正直に話すことにした。気を失い倒れている間、俺は、なぜか

現実感を伴った不思議な光景を眺めていた。目を覚ましたがために、結果的にそれが

夢だったと分かる始末で、それがなければ、俺はそちら側が現実だと思ったかもしれ

ない。

「どんな夢でしょうか」

「空を飛んでるんです」

「景気がいいですねえ」

「下には水田と里山が広がっていて、俺は羽根を伸ばし、ゆらっと空中を旋回してい

ました」そうか、俺は鳥だったのだな、と気づく。眼を下にやれば、農道のような場

所で椅子に座る男がいて、こちらを見上げ、双眼鏡を構えている。へえ、と思いなが

ら俺は飛び続け、次第に上昇気流に乗って、雲へと近づいていく。そのうち、下から

見ていた男が双眼鏡を外すと、なぜかそれが潤也で、俺は、おい何してるんだ、と声

を発しようとするのだけれど、甲高い鳴き声しか出なかった。

その後で俺はさらに上昇し、強風に巻き込まれた。羽ばたくこともままならず、羽

根を閉じると、急降下していく。横に流れ、一回二回と反転し、上下左右の向きも分

からなくなる。

周囲の景色が把握できず、俺は目を閉じたくなる。鳥には瞼がないことに気づかず、いったいどうすれば、と焦りを覚えたところで、不意に男の姿が見えた。見えたというよりは、頭にその光景が飛び込んできたのかもしれない。羽根を再び広げて、風に乗る。遥か下、どこかの繁華街の一室で、ある若者が銃を頭に突きつけられ、椅子に座っている。いったいそれがどういう状況なのか、何の映画の場面なのかもはっきりしなかったが、若者はテーブルの上に並んだナイフを手に取った。銃で脅しつけられているにもかかわらず、ずいぶん落ち着き払った表情だな、と感心した瞬間、若者に潤也の面影があることに気づき、ますます混乱する。そして再び、雲の中に巻き込まれていく。

はっと気づくと風は消え、晴れ渡った青空が一面にあった。見知らぬ場所に出ていた。見知らぬ形の車が、直線道路を北へ北へと駆けていく。その後を続いていくと、だだ広い土地が現われる。車は小さな店の前に停まった。助手席から髭面の男が降りた。走り去る車に髭面の男は手を振ったが、その手の指が何本か欠けている。男は店の中に入っていく。

かと思うと今度は、その店から出てきた男女がゆらゆらと歩き、空を、つまりは俺のほうを見上げていた。男が双眼鏡を使う。目が合うような気がした。男が誰なのかは分からないが、かと言ってまったくの他人とも思えなかった。女性は美しく、何が愉快なのかはしゃぐように笑う。二人は夫婦かもしれないな、と考えたところで意識が戻った。

「鳥って意外に、目がいいんですね」

「何の話ですか」医者は顔をしかめた。

「さあ」俺もそう答えるしかない。「鳥となった夢の中で、あちこちを見て回れたので」

医務室をぐるりと見やる。机に貼られた、小型のカレンダーに書き込みが多く、見知らぬ記号がいくつも並んでいる。右側の棚には、薬瓶がある。カラフルである分だけ、毒々しい。高級そうな革のカバーで包まれた分厚い本もある。まるで書斎のようだ。しかも、部屋の奥に、立派な横長で薄型のテレビが置かれているのが目に入り、ますます、この医務室に現実味を感じられなくなった。

「ここは本当に」と言いかけたところで、医者が、俺に背中を向けた。身体を捻り、テレビ画面に目をやっている。まるで、俺よりもテレビのほうが大事で仕方がない、という様子だ。

釣られて俺も、テレビに目をやった。画面には、マイクを持ったアナウンサーが立っている。定刻通りのニュースにしては、アナウンサーの青年は泡を食っている。高揚のせいか、瞬きもせず、目を充血させていた。肩幅の広い、運動選手のような、アナウンサーだった。

「こちらは大変な騒ぎになっています」

アナウンサーの声が急に大きく聞こえた、と思うと、医者がリモコンをつかみ、音量を大きくしていた。診察中にはあるまじき行動に見えた。

「搬送された病院前からなのですが」アナウンサーが言う。画面に映し出された文字を見ると、アメリカからの中継らしかった。向こうは、すっかり夜だ。

「どうしたんですかね」訊ねると、じっと黙ったまま目を凝らしていた医師がしばらくして、「刺されたみたいだな」と呟いた。

「刺された？　誰がです」

「中盤の要《かなめ》。刺されて、死んだ」

「カナメさん？」

「大事な、攻撃的ミッドフィルダー」そう言って医師は、サッカー選手の名前を口にした。俺は詳しくは知らなかったが、昨晩のアメリカ戦に出場していた、日本人サッカー選手らしかった。

「誰に？　どうして刺されたんですか」

「さあ」医師はテレビに釘付けになっている。俺も画面を見つめる。アナウンサーの背後に、人の群れが見えた。昨日の試合を応援しに行った、日本人かもしれない。それぞれがユニフォームを着て、壁を作るかのように、肩を組んでいた。誰もが興奮の面持ちで、身体を揺すっている。「ガッツ出せ田中」と書かれた横断幕を持ってもいた。試合用のものなのだろうが、すでに死んでしまった田中選手には酷な言葉だ。

「これは許せないですね」医師が言う。

「え」俺は聞き返している。

「アメリカ人が、私たちのミッドフィルダーを刺したなんて」

「喧嘩か何かじゃないのかな」俺は思わず、友人を宥《なだ》めるような声になっていた。それから、医師の左手に視線をやる。左利きらしい彼は、カルテに押し付けたペンをぎゅっと握っていた。

「これはもう、舐めてるんですよ。私たちを舐めてるんですよ。自由の国が」医師が声を震わす。「田中選手の足を刺して、動けなくしてから、心臓を刺した。そう言っています」

「そんなこと言った？」俺には聞こえなかった。

「今、言ってましたよ。屈辱的です」その直後、ぽきんとペンが折れた。

あ、折れた、と思った時には俺は、仕事机の前にいた。

左右に首を振る。電源の入ったパソコンの前に座っていた。右を見て、左に目をやる。目を擦《こす》りたくなる。

今の医務室の場面は何だったのだ。頭を振る。幻だったのだろうか。胸に手を当て、呼吸を何度かしてみる。息苦しさはない。呼吸ができなくなって、倒れたのも、幻覚だったのか？

「医務室どうだった？」と満智子さんの声が飛んできた。

「え」

「医務室、行ってきたんでしょ。どうだった？　わたし、行ったことないんだけど」

「俺、行ってきたんですか」

「だって、運ばれていったじゃない。突然、倒れちゃって。白目剝いて苦しがってるから、凄くびっくりしたんだから」

「やっぱり、倒れたのか」

「あそこの医務室の医者って、変わり者って噂だけど」満智子さんは興味津々だった。

「でかくて、豪華なテレビを置いてるとか」

「そうそう」

「やっぱり、現実だったのか」

「安藤君、本当に大丈夫？」

「ニュースのこと知ってますか」俺は探ってみる。

「ニュース」

「アメリカで、日本人選手が刺されたって」

「ああ」満智子さんがあっけなく、首肯《しゅこう》した。「さっき、誰かが騒いでた。死んじゃったんだってね。酷いよねえ。しかも、刺したのが、アメリカの軍人とかでさ、今のところ何の情報も明らかになってないんだって。アメリカってずるくない？」

俺は何と答えるべきかも分からず、黙ったまま、前を見た。パソコンの画面は黒いままだ。

22

その後の数日間、俺は比較的、安定した日常を生きていたと思う。と言うよりも、忙しすぎて、仕事以外のことを考える暇がなかった。スケジュールに余裕があったはずの九州地方での仕事が、会社の重役の不用意な発言によって急に一ヵ月の前倒しとなり、出張の準備を突貫ではじめることとなった。後輩とともに、資料を作成し、深夜までの残業が続き、家に帰っても風呂に入り、眠り、起床するだけだった。

おまけに連日、悪天候で気持ちも晴れない。気温と同様、湿度も高く、じめじめしている。

面白いことに、残業帰りの地下鉄では、例の資材管理部の千葉という男に二日連続で会った。

最寄り駅が同じだったのだ。お互いの残業の苦労や上司の愚痴を言い合った。帰国子女なのか世間知らずなのか時折、会話が嚙み合わなかったが、彼は音楽の話になると妙に目を輝かせ、熱心に語った。仕事以外の会話と言えば、それくらいだった。

だから、ニュースを見る暇もなく、国内でアメリカ合衆国への反感が異常に高まっている事実を知るのは、数日後の夕方になってからだった。九州支社へ資料を発送し、出張の日程について電話でやり取りをしている時に、電話の相手である支社の社員が、「ところで、そちらのファストフード店は平気ですか？」と言ってきたのだ。

「ファストフード？」

すると彼は、最も有名だと思われる、アメリカ発祥のハンバーガーショップの名前を口に出し、「そちらの、本社の前に、店がありませんでしたっけ？」と語尾を上げた。

「ああ、あるけれど」

「燃やされてません？」

「燃やされ」と絶句する。

「こっちは二軒放火されてますよ。古くて、小さな店舗から狙われているらしいから、そちらはまだ平気なんですかね」

「ちょっと待ってくれ、どうして燃やされるんだ」

「安藤さん、ニュース見てないんですか」

「仕事の資料なら見てた」

「そうですか」年下であるはずの相手は、同情の声を出した。「いや、最近、アメリカ嫌いの人が続出してるじゃないですか」

「アメリカ嫌い？」

「それも知らないんですか？　この間のあれ、あったじゃないですか。サッカーの」

「ミッドフィルダー」

「そうですそうです、あれで一気に、火が点いちゃったんですよ。文字通り、火ですね。いや、僕もどうかと思うんですよ。アメリカの態度を見てると。ここだけの話ですけど」と彼は、社内の電話でここだけも何もないだろうに、声を潜め、「他の日本代表は、向こうのでかいホモに、おかされちゃったそうですよ。嘘みたいですよね。屈強なサッカー選手が、なんて。でも、拳銃で脅されたらしくて、田中はそれに抵抗して、刺されたとか」

おかされた、というのが、侵されたという意味であるのか、それとも強引な性行為を指すのか、確認する気にはなれなかった。「そうなのか？」どういう場所で、どういうきっかけでそうなるのか想像できない。しかも、銃で脅されていたくせに、田中選手はナイフで刺された、というのも妙だ。

「その時に、やつらが吐いた台詞が」電話の向こうの彼が口にした、「やつら」が、その犯人だけを指すのか、アメリカ国民全体を網羅《もうら》するものなのか、それも判然としない。

「何と言ったんだ？」

「いやあ、僕の口からは」と彼はそんなところだけ口を濁した。

電話を切った後で俺は隣の部署にあるパソコンを利用し、インターネットに接続をした。そして、ニュースを確認する。九州の、顔を見たこともない後輩が言っていたのとほぼ同じことが、記事となっていた。彼が言った通り、全国各地で、アメリカ発祥のファストフード店が次々と放火に遭い、ハリウッド映画の看板にはナイフが突き立てられている、らしい。例の、赤白の炭酸飲料の自動販売機はバットで殴られている。そして、インターネットの情報を辿っていくと、アメリカで日本人選手を刺した犯人が発した言葉についても見つかった。どこまでが真実なのかは定かではないが、犯人は悪びれもせずにこう言ったそうだ。「日本人は、何やっても怒らねえ。奪っても、刺しても、おかしても、怒らねえ。ありゃ、喜んでるんだろうな。何せ、自分じゃ何もできねえから」

これは感情を逆撫《さかな》でするだろうな、と俺も思った。アメリカに反感を抱いていなかった人間でも、苛立ちを感じる。ついでにそこで俺は、衆議院の解散が決まり、衆参の同時選挙が行われることになった、というニュースも知った。

パソコンを離れた。ネット上のどのページを見ても、匿名《とくめい》、記名にかかわらず、この件に関する意見や罵詈雑言《ばりぞうごん》で溢れかえっているに違いない。たった一人のアメリカ人とも会話を交わしたことのない若者たちが、「アメリカは」と偉そうに語り、パソコン上でだけ仕入れた情報を元に、「何も分かってねえな」と嘯《うそぶ》いているのだろう。それを見るのは怖かった。うっかり覗いてしまったら、自分もその、憎悪の渦に巻き込まれるように思えた。

仕事場の大きな窓から外を眺める。真っ青の、晴れやかな空が気持ちよく続き、白く柔らかい雲がちらちらと浮かんでいた。思わず、はっとする。世界は晴天で、平和に包まれているようにしか見えなかったからだ。いつの間に晴れたんだろう、と瞬きを二、三度やると、黒い雨雲が見えた。晴天は幻だった。

23

その日の深夜、最終電車から降りて、地下鉄の駅を出た。いつものように駐輪場に寄り、自分の自転車を引っ張り出して、乗った。

しばらく行くと薄暗い道に出た。幅が狭いので、何度かよろけそうになる。腿《もも》を上下させ、ペダルを必死に漕ぐ。

途中で、フライドチキンを売るファストフード店が左手に現われた。閉店後ではあるが、白髪の、体格のいい老人の人形が立っている。手を前に出し、歓迎の意を表している。閉店にもかかわらず、だ。店舗前には駐車場があり、俺はその前を通り抜けようとした。段差があるので、一度、サドルから降り、自転車を押す。

左目の端で、白髪の老人人形を確認しながら進んだが、そこでふと、目に動くものを感じて、歩みを止めた。自転車のブレーキを握る。

「誰だよ」若い声が言う。

眼を凝らす。声にならない、ざわついた気配が、枝を揺らす風のように伝わってきた。かと思うと俺は、いつの間にか三人の男たちに前方を塞がれていた。後ろにも二人、立っている。

中学生だろうか。顔には幼さがあり、学生服こそ着ていないものの、安そうなジャージの上下を着ていた。坊主刈りの者と、パーマをあてた大袈裟な髪の者と、半分半分というところだ。前の一人が、右手にポリタンクを持っている。白いプラスチックの蓋が取れかかっていて、灯油の臭いが漂っていた。俺は、そのポリタンクに目をやり、蓋から地面に垂れる液体に目をやり、それから左手のファストフード店の外観、白髪白服の人形に目をやった。

「燃やすのか？」俺は訊ねた。

若者たちがじりっと緊張を引き締めるのが、感じ取れる。彼らの髪は先程までの雨で、湿っているようだ。

「おっさん、何で知ってんだよ」と真正面の若者が言う。その彼だけが頭一つ身長が高い。彼が、他の者たちを統率しているのかもしれない。

「夜中に、そのタンクを持っている少年を見たら、そう思うのが普通だ」恐怖を感じてもいたが、虚勢を張った。「それとも、『浴びるのか』と訊いたほうが良かったのか」

「ふざけんじゃねえぞ」

「どうして、火を点けるんだ」俺は、真正面の少年に向かい合う。

「むかつくから」と彼は当然のように、言った。

「この店はアメリカじゃない」店長だって、店員だって、おそらくは日本人だ。

「俺たちは、ハンバーガー屋よりもよっぽどここのほうが、アメリカだと思うんだよ」

「燃やしても、解決しないじゃないか」

「おっさん、偉そうなこと言うなよ」

その言葉にやられたわけではないが、直後、息苦しさに襲われた。胸が押し潰されそうで、呼吸ができない。肩を上下させ、目を瞑り、しゃがみ込みそうになるのを堪える。疲れてるんですよ、と言ったあの医師の声を思い出す。何に疲れているって言うのだ。

「おい、おっさん、後悔してんのかよ」

「そうじゃない」咳き込んだ後で、眩暈を覚える。「おまえたちは」自分の出した人差し指が震えていることに、がっかりもした。「どうしてアメリカを嫌うんだ」

「俺たちを馬鹿にするからに、決まってんだろうが」誰かが唾液まじりの声を出した。

「サッカー選手を刺したのは、別におまえたちを、俺たちを、こけにするためじゃないだろう」

「犯人が何て言ってんのか、知らねえのかよ。侮辱だよ侮辱。アメリカの大統領は、謝りもしなければ、反省もしねえよ」右手にいる少年が、ぽつりと言った。かと思うと、俺の目の前の、統率役らしき少年が眼鏡をいじりながら、「おっさん、頭の悪いガキの俺に教えてほしいんだけどよ」と口を尖らせた。眼鏡をかけていたのか、とその時に分かった。

「俺たちが小学生の時に、アメリカはどっか、中東の国を攻撃しただろ、核兵器を持ってる可能性がある、とか言ってよ。その一方で、朝鮮半島の国は、核兵器を持っている、って自分から言ってるじゃねえか。何で、そっちは攻めないんだよ。持ってない、って主張する国には爆弾を落として、持ってる、って威張ってる奴らは見守ってる、っていうのはどういうことなんだよ。分かんねえっての」

「俺たちには分からない理屈が絡んでいるからだろ。いろんな奴の思惑が影響してるからだよ」

「そういう大人の都合は知らねえっての」

そこで俺は不意に不安になる。サッカー選手刺殺事件についての情報は、本当に正しいのだろうか、と。俺たちは、テレビやインターネットを通じての情報しか知らない。錯綜《さくそう》する大量の情報のどれが正しくて、どれが誤っているのか、俺たちは選択できているのか？

「誤魔化すんじゃねえよ、おっさん」ポリタンクの少年が足を踏み出した。俺に、残った灯油をかけるつもりなのだろうか。

どうする？　考えろ考えろ、と声が響く。

「なあ、このおっさんも、燃やしちまおうぜ」ポリタンクの少年がとうとう言った。背後の少年たちが、鼻息を荒くした。王様の命令が下るのを待っているのか。夜の闇の中で無言のまま、全員が同意する間《ま》のようなものが、あった。

俺はそこで咄嗟に、目の前の統率役の少年に潜り込むことにした。腹話術だ。戦略や勝算があったわけではない。武器がそれしかないのだから仕方がない。

少年の身体を見つめ、自分を重ねる。焦る余り、意識が集中しない。鼓動が早くなる。落ち着け落ち着けマクガイバー。頬に痺れが走り、よし、と思う。すぐに息を止め、台詞を念じる。何と喋るべきか、考える間がなかった。けれど、何かを喋らねばならない。思いつくままに、「俺は、このおっさんを逃がそうと思う」と念じてみた。

果たして少年は、俺のことを指差し、真剣な、無表情の口調で、「俺はこのおっさんを逃がそうと思う」と言った。他の少年たちが驚く。「何でだよ、こいつ、逃がしたっていいことねえよ。おまえ、弱気になってるのかよ」と異口同音に反対を唱える。

そう言われた統率役の少年はきょとんとしていた。自分がなぜ非難されているのか、分からないのだ。俺はすかさず、二度目をやる。意識を重ね、息を止め、「馬鹿らしい、帰ろうぜ」と台詞を吐いた。

「馬鹿らしい、帰ろうぜ」少年は言った。

「おい、何、弱腰になってんだ」他の者が怒るように言う。

俺は息を切らせていた。苦しい。ただでさえ、胸の窮屈さを感じている上に、細切れに息を止め、頭を回転させるのは、さらに苦痛だった。身体中が、息を荒くしている。足から崩れそうだ。胸が痛くて、頭痛まで感じる。気を抜くと、自転車のハンドルから手を離してしまうかもしれない。ただそこで、俺はまた台詞を思い出す。「でたらめでもいいから、自分の考えを信じて、対決していけば世界は変わる」学生時代に俺が発した、台詞だ。青臭いが、俺を発奮させるのは、その青臭さしかないようにも思えた。

もう一回だ。奥歯を嚙み締め、瞼に力を入れ、再度、腹話術をやる。もう一回、もう一回だけ、と言い聞かせる。

前にいる少年は、聞き分けの良い生徒よろしく、俺のイメージ通りに声を出した。ファストフード店の上部についた、看板を指差し、こう言った。

「あのフライドチキンのおっさんって、ネクタイの黒い部分が、身体にも見えるよな」

実際には、白い服を着ている絵なのだが、目の錯覚と言うべきなのか、首から垂らした黒いネクタイが、ちょうど大の字に伸ばした身体のシルエットにも見えるのだ。そう思って改めて眺めると、頭でっかちの不恰好な身体に見え、妙に可愛らしい。俺は以前からそのことに気づいていたのだが、他人にその発見を口にしたのは、これがはじめてだった。

「は？」周囲の少年たちも、唐突な言葉に、たじろいだ。看板にじっくりと目をやると、「ああ」と驚きと発見の声を出した。子供らしい輝きが浮かんだ。「おお、確かに見える見える」と数人が連鎖的に、声を発した。力《りき》みの取れた気配があった。

俺はその隙を逃さなかった。持てる力を振り絞り、地面を蹴り、自転車のサドルを跨《また》いだ。と同時に、ペダルを漕ぎ、自転車を発進させた。

走れ、逃げろ、と頭の中で俺は叫ぶ。耳鳴りがうるさく、胸も苦しい。

24

少年たちから逃げ切った後、少しずつ呼吸が戻ってくる。のんびりと自転車を漕ぐようにした。

家の近くで、はっとして足を止めた。夜の中に忽然《こつぜん》と、「昼間」が現われたかのような、不気味な明るさと騒がしさに、遭遇したからだ。煙と炎、人だかり、順番は分からないが、目にそれらが飛び込んでくる。住宅街の道路の右手で空気が揺れている。夜空に向かって伸び上がる灰色の煙、朱色ともオレンジ色ともつかず、液状のような震えを見せる炎、その炎を囲むようにして集まっている人々の影、それらが目に入った。

むせる。風向きが変わり、筋肉のような輪郭を持った煙が飛んでくる。咳を繰り返し、目を閉じる。

風が変わった。煙が逸れる。俺は自転車を押しながら、野次馬たちの間、ちょうど隙間があったのでそこに並んだ。扇形の陣形を作った野次馬は、幾層にも列を作っている。その最後尾に立った。

燃えているのは、アンダーソンの家だ。

英会話教室である平屋が燃え盛っているのだ。ぱちぱちと小気味良い音が鳴る。窓のサッシが外れ、室内で炎が暴れている。家屋を蹂躙《じゅうりん》するかのような、縦横無尽の燃え方だった。ただでさえ暑い夜が、炎でさらに熱を帯びた。空気が乾燥し、舌もからからになる。

「消防車は」俺は、誰に訊くともなく言う。

「誰かが呼んだだろ」右から声がした。

顔を向けると、髪にアイロンパーマをかけた、鷲鼻の男が立っていた。寝巻き姿なのか、薄いTシャツにジャージを穿いている。同じ町内に住む男だ。名前は忘れてしまったが、バスの運転手をくびになり、求職中ということではなかったか。

彼の横顔が、炎のせいなのか明るく見えた。眼にも煌々《こうこう》とオレンジの揺れが滲み、爛々《らんらん》としている。鼻の穴を広げ、それは不謹慎ではないか、と思わずにはいられないが、右手には煙草を持っている。

「呼ばなくていいよ、別に」

どこからか、また別の声がした。アイロンパーマのさらに奥にいる、小太りの若者だった。眼鏡をかけ、不機嫌そうに頬を膨らませている。同意の意味合いなのか、笑い声が起きた。

「おい、本当に、消防車呼んでるんだろうな」俺は先ほどよりも、強い口調で念を押した。

「いいじゃねえか、おまえアメリカ人を庇うのかよ」声の主は特定できない。

「アンダーソンは、日本人だろ」俺は怒鳴る。そしてその瞬間、俺はこの火事が、ただの偶発的な事故ではなく、この時期に、あのサッカー選手の事件の後に、起こるべくして起きたものだと悟った。つまり、ファストフード店への放火と連続性のある、同じ趣旨と意図を持った出来事だ。悪意のポリタンクと、短絡的なライターを持った、何者かによる行動だ。

「アメリカ人だよ、あいつは」誰かが言う。賛成の声が上がる。「あいつのどこが、日本人なんだよ」

俺は自転車のスタンドを立て、その場に止めると、野次馬の列を掻き分けるようにし、前進した。燃える平屋に近づきたかった。

ロックバンドを応援する群集よりも、堅牢《けんろう》だった。なかなか前に行けない。男も女も、いた。年齢もさまざまで火事を見つめている。

「隣の家が」俺は声に出して、呟いている。「両隣の家が電話しているはずだ。燃え移ったらどうするんだ」

「両方とも、いねえよ」答えが飛んできた。実際に、俺の呻《うめ》きに返事をしてくれた者がいたのか、それとも俺の頭が勝手に作り出した返事なのか区別がつかないが、声がした。「旅行中と、引越し中でさ、どっちも留守なんだってよ」

「ふざけんな、そんな都合のいいことがあるわけないだろうが」俺は言い返している。

「ちょうどいいじゃねえか。アメリカなんて燃えちまえばいいんだ」

「あれは、アンダーソンの家で、アメリカじゃない」どうしてそんな当たり前のことを叫ばなくてはならないのか、理解できなかった。俺はポケットから携帯電話を取り出し、ボタンに手をやる。早く、通報しなければならない。「じゃあ、何州だか言ってみろ。あそこはアメリカの何州だ？」

「おまえうるせえな、おまえも燃やすぞ」言われた後に手を叩かれた。携帯電話が飛び、路上に転がった。かっと怒りが湧くが、拾う体勢も取れない。身体を斜めにし、数度の睨み、数度の舌打ちを向けられながら、最前列に辿り着く。

暑い。熱帯夜の火事なのだから、度を越えている。熱が顔面を照らした。炎の迫力が、俺を立ち止まらせる。警察官も消防隊もいないにもかかわらず、野次馬がロープで囲まれたかのようにまとまっているのは、この炎の力で、それ以上、近寄ることができないからなのだろう。俺も後ずさった。

炎は夜空に向かい、触手を伸ばし、得体の知れない揺れを見せる。絶望感よりも、希望や高揚を思わせる威勢の良さで、じっと見ているうちに、自分の腹のあたりで沸騰が起きるような気分になった。目に映る炎が、自分自身のエネルギーであり、隆起する性器であり、そして、自らの野心であるかのような、快感を感じ、見惚《みと》れた。

頭の隅で、音楽が鳴っている。はじめは単なる物音かと無視をしていたが、そのうちに把握した。シューベルトの歌曲だ。子供の頃、音楽の教科書に載っていた、あれ、シューベルトの「魔王」だ。当時の俺は、おそらくは音楽室の俺たち全員は、歌の内容を教わり、愕然《がくぜん》とした。その救いのなさと恐ろしさに、胴震いをせずにはいられなかった。

闇夜に、父が息子を連れ、馬で走っている。そして、息子に問い掛ける、そういう歌だ。

「息子よ、なぜ顔を隠すのだ？」と父が訊ねる。

「お父さん、見えないの？　冠を被った魔王がいるじゃないか」と息子が答える。

「あれは霧ではないか」

「お父さん、聞こえないの？　魔王が何か言うよ」

「枯葉の音ではないか。落ち着くんだ」

「お父さん、見えないの？　魔王の娘がいるよ」

「見えるが、あれは柳ではないか」

「お父さん、魔王が今、僕をつかんでいるよ」

ようやくそこで父親も、ただ事ではない、と思い、馬を全力で走らせる。必死の思いで館に辿り着く。

あれと似ている、と俺は感じずにはいられなかった。あの、歌曲の子供は、まさに今の俺だ。俺だけが、魔王の存在に気づき、叫び、騒ぎ、おののいているにもかかわらず、周囲にいる誰もがそれに気づかない。

眼前に炎があることも忘れ、ぶるっと震えた。見上げれば、空には雲がある。今にも一雨、来そうだが、空気は乾燥している。炎が雨を堰《せ》き止めているかのようだ。

シューベルトの「魔王」では、最後、子供はどうなった？　答えを知っているはずなのに、問い質す。自らの襟首を引っ張り、「どうなった？」と答えを求める。

「死んだじゃないか」と答えるのも俺自身だ。歌の最後、父親が馬で館についた時、腕に抱えられた子はすでに死んでいた。子供の俺は、そのことにひどく恐怖を覚えた。「オオカミ少年」のように、自らの嘘が招いた悲劇であればまだ納得できたのだが、何の非もない子供がどうして死ななくてはならないのか、理解できなかった。魔王の存在に気づき、親にそれを伝えていたのに、救ってもらえなかったのだ。

消防車のサイレンが聞こえたのは、俺が到着してどれくらい経ってからなのだろうか。とにかく、遠くからけたたましい音が響いた。俺は目が覚めたかのように首を振り、それから先ほどよりも、もっと落ち着いた思いで周囲を眺めた。

アンダーソンがいた。はじめは、炎に照射された黒い影として、ほどなく、しっかりとした輪郭と色を持った人の姿として、俺の前に現われた。数メートル先で、膝を地面につき、平屋を見ていた。彼が膝を立て、そして、野次馬に振り返った。つまりは俺を見た。

そして、弱々しく歩き出すと、真っ直ぐに寄ってきた。長身で体格のいい彼は、どこか足を引き摺るように、ゆったりと近寄ってくる。心なしか、野次馬たちに緊張が走った。

「安藤さん」俺の前に立った、アンダーソンはそう言った。

「あー」と俺は母音を伸ばすことしかできない。

「燃えちゃいました」彼は眉毛を、悲しげにゆがめた。

「ああ」何と声をかけていいものか、何と弁解をすべきものか、何と謝罪すべきものか、まるで分からず、気づくとその場にへたり込んでいた。

「大丈夫ですか、安藤さん」頭上から、アンダーソンの声が落ちてくる。

首を曲げ、彼を見上げる。ごめんなさい、の声が出ない。彼は寂しげに、けれど、しっかりと微笑んで、「生きてると、こういうこともありますね」と言った。

家に帰ると、潤也と詩織ちゃんが寄り添うようにして居間にいた。テレビの前に座っている。俺に気づくと、「兄貴」と潤也が手を挙げた。「おかえり」二人の顔色は、テレビ画面の色が反射しているせいか、赤緑に照っていたが、その面持ちは不安げだった。

「兄貴、アンダーソンが」と彼はぶつ切りに言う。

「ああ、今、見てきた。アンダーソンは無事だ」

「家は？」

「燃えてる。消防車も来た」携帯電話もどうにか見つけて拾ってきた。

「兄貴、俺は何だか怖いよ」潤也は視線をテレビに向けたまま、隣に恋人がいるにもかかわらず、弱音を吐く。

「わたしたち怖いから、とりあえず、元気の出る映画、観てるんです」詩織ちゃんがやはり、テレビから目を離さず、言った。

画面に目をやる。宇宙から来た生命体と、人類が肉弾戦を繰り広げる映画だった。俺も一度観たことがあるが、これのどこに元気が湧いてくる要素があるのか不可解だった。

「とりあえず、この世界では」潤也はテレビを指差し、「人類は結束している」と理由を説明するかのように言った。

結束するのが悪いこととは限らない。俺の中で、「ドゥーチェ」のマスターの声が聞こえた。

「兄貴、死んだらどうなるんだろうな」不意に潤也がそんなことを口にするので、俺は驚いた。「何だよ、突然に」

「この映画、人がばたばた死ぬんだよ。あまりに呆気ないから、怖くなってさ」

「死んだって、どこかにはいるんだろ」

「どこかってどこだよ」

「元気ですか、って声をかけたら、返事をするんじゃないか」

「死んだ人に、元気ですか、って質問も皮肉ですね」詩織ちゃんが力なく笑う。

「でも、忘れられるよりは時々、そうやって声でもかけられるほうが嬉しいだろ」俺は何の根拠もないのに、そう言った。

「じゃあ、もし俺が死んだら、兄貴も定期的に呼びかけてくれよな」

「潤也、元気か、って？　そうしたら、おまえはどうしてくれるんだ」

『死んだのに元気なわけないだろう』って答えるよ」潤也は笑った。

それから俺は部屋に戻り、ベッドに横になる。消灯の時間ですよ、と自分に言い聞かせて、目を瞑る。

25

二日後、俺は一人で家にいた。潤也と詩織ちゃんは一日前から、「でかいものを見に行きたい」という訳の分からない理由で、列車の旅行に出かけていた。おそらくは、岩手山を眺めに行ったのだろう。

アンダーソンはあの後で一度、挨拶に来た。疲労困憊《こんぱい》した表情ではあったが、怒りや憤りは見せていなかった。友人の家でしばらく暮らします、と言い残し、「隣の家に火が移らなくて良かった」と三度も言った。

「じゃあ、また」そう挨拶をしたが、どういうわけか二度と彼には会わないような予感もあった。

会社は休んでいた。九州出張が間近であるから、休んでいる場合でもなかったのだが、どうにも体調が思わしくない。座って食パンを齧《かじ》っているだけでも息苦しくなり、背広を着るだけで、息絶え絶えという具合だった。

「これは副作用ではないか」

そう気づいたのは、ベッドで横になってじっと天井を眺めている時だ。上下する胸の動きに合わせ、自分の身体が揺れるのを感じ、ぼんやりとしていると、「そうか」と閃《ひらめ》いた。

肉体の変調と言うのであれば、ずいぶん前からあった。劇的で荒唐無稽《こうとうむけい》な、例の、腹話術だ。人の身体の中に、思念を潜らせるようにし、呼吸を止め、相手に喋らせる。あれこそが、俺に生じた身体の異常とは呼べないか。そうなると、この息苦しさは、その異常に伴う副作用とは考えられないだろうか。

「腹話術をやめれば、息苦しさも去るのか？」最近は自問自答ばかりだ。

「インフルエンザに罹《かか》ったようなものか」

「そもそも、腹話術の能力というのは、本当に実在するのか？」

「実在しないのか？」

「俺がそう思い込んでいるだけではないのか。自分に能力があると思い込み、それが活用できていると思い込んでいるだけではないのか。実際には、俺は、現実に起きたことを、後から、自分のやったことだと勘違いしているだけかもしれない」

「それはつまり、精神的に歪んできているというわけか」

「息苦しさはその症状の一つかもしれない」

夜になり、一階へ降り、台所で一人分の夕食を作った。茹《ゆ》でたパスタを、にんにくと唐辛子で炒め、塩で味付けした簡単なものだったが、それを作っている最中も息苦しくなった。眩暈も感じた。

皿に盛ったパスタを抱え、居間に行き、目的もなくテレビの電源を入れる。

夜の報道番組で、画面の中央に、犬養の姿が見えた時、俺は、「あ」と声を出していた。

番組の趣旨は分からないが、犬養が貫禄のある理性的な表情で演説をしていた。公開番組なのか、犬養を離れて囲むように、一般人らしき者たちがぐるりと座っている。

犬養が訴えているのは、「日本の未来」についてだった。アメリカを批判するのではなく、日本の潜在的な、経済力、技術力を語り、独自の精神性、情緒について話す。おもむろに、こう言った。「民族は、どの民族でも、善と悪について、独自のことばで語っている。国家は、善と悪についてあらゆることばを駆使して、嘘をつく。

国家が何を語っても、それは嘘であり、国家が何を持っていようと、それは盗んできたものだ。ニーチェはそう言った」

また、ニーチェだ。この間、マスターもその思想家の言葉を引用していた。

「国家に騙されるな。私は、善と悪について、嘘をつかず国民に説明をする。嘘で作った橋の向こうに未来はない。こうも言える。今までの政治家は、国民の意見や迷信、流行に奉仕してきた。真理に奉仕してきたのではない。政治家は、未来に奉仕すべきではないか。私は、国民に迎合するつもりはない。なぜなら、それでは未来は築けないからだ」

ムードだ、と俺は思う。犬養を取り巻く、この国を取り巻く状況が、犬養を受け入れるムードを作り出し、違和感をなくしている。

「日本は唯一の被爆国である」犬養は口にした。「今までの政治家が、この事実を外交上の、有効な武器として主張したことは一度もない」と断定する。「飼い慣らされているんだ、私たちは」次々と断定した。

あやふやな空気の流れる、諦観と無責任の蔓延した今の世の中に、断定口調がとても心地よく感じられるのは、認めざるを得なかった。

考えろ考えろマクガイバー。俺は自分の頭を必死に回転させていた。フォークを刺したまま、パスタを動かすこともできなかった。

そして何度も、腹話術を試みた。先日の実験で、テレビ画面越しには、相手を喋らせることはできない、と分かっているにもかかわらず、やらずにはいられなかった。犬養と自分を重ね、息を止め、念じる。何を喋るべきか思いつかなかったが、これ以上、犬養に喋らせてはいけない、と思った。数回繰り返すと、息が切れた。鼓動が早くなる。嫌な予感があった。このまま彼が喋り続ければどうなるのか、俺は想像する。犬養が、「最後に」と威厳のある、魅力的な声で言った。「私の好きな宮沢賢治の詩の最後を引用しよう」

来たぞ。俺は息が止まるような驚きを感じ、上半身をびくんと動かしてしまう。川の氾濫を抑えてきたダムが決壊する、その瞬間を傍観する、ゆったりとした絶望感に、俺は潰されそうだ。

「諸君は」犬養の口が動く。

ついに来た、と身構える。歯を噛み締め、フォークを握る手に力を込める。

テレビに映る犬養は、俺に向かって微笑むかのようにすると、一気に例の詩を口ずさんだ。「諸君は、この颯爽たる、諸君の、未来圏から吹いて来る」

そして、はっきりとした声を発した。「透明な清潔な風を感じないのか」

目は冴え冴えとし、それからじっとテレビと向かい合っていた。画面に向かってはいるが、俺の目に見えるのは、艶《なまめ》かしさすら浮かべて朱色に燃え盛る、アンダーソンの平屋だった。

壊れたダムから水がこぼれるように、凄まじい音で雨が降り出したのが、窓の外から聞こえてきた。唐突な雨だ。

ふと気づくと目の端に、恐ろしい形相をした、悲壮感と切実さを滲ませた顔があるぞ、と気づいた。魔王か、と思い、目をやれば、テレビの画面に映る自分の顔面の影だ。

26

翌朝、玄関の鍵を締め、外に出ると、晴天でこそなかったが、空気は涼しく、猛暑が唐突に止んだかのようだった。自転車にまたがり、漕ぎはじめただけで、風が首筋を撫でてくる。

潤也からはまだ、連絡がなかった。けれど、おそらくは岩手山周辺で、子供のようにはしゃいでいるに違いない。

会社に着いた俺を待っていたのは、平田さんの困惑した顔だった。

「何だかこんなことになっちゃったけど」と課内の人間に頭を下げていた。「でも、もともとそういう話にはなっていたんですよ」

今月一杯で、平田さんは退職するらしかった。今月と言っても、あと二週間しかないじゃないか、と誰かが茶化すような声が響いた。

岩手県にある実家では、小さな惣菜《そうざい》屋を経営しているらしく、「意外にあっちでは慕われていて、店がなくなると困るんですよ。私もたぶん、そっちの仕事、嫌いじゃないと思いますので」と誰かに説明をしている。

「課長には言ってあるんですか？」

平田さんが席に腰を下ろしたタイミングで、満智子さんが訊ねた。

「ええ、課長にだけは以前から話をしていたんですよ。いろいろお世話になりましたし。ただ、しばらくしたら、挨拶を兼ねてお見舞いには行こうかと」

「そうなんですかー」と平淡な声で、満智子さんは答える。

「課長には本当に感謝しているのに」平田さんは心底、つらそうだった。

俺はそこで、自分の思い込みが誤っていた可能性に気づく。課長は、平田さんをいつも苛め、理不尽に叱っていたようにしか見えなかった。けれど、二人の間には何らかの信頼感があったのかもしれない。おまえがよけいなことをしたから、あの課長が弱ってしまった、あれは余計なお世話だった、と平田さんになじられる気分になる。

「安藤さん、九州の件、午後一番で打ち合わせしてもいいですか？」正面の後輩が、席を立って、言ってきた。

分かった、と俺はうなずく。

パソコンの本体に指を伸ばし、電源を入れてみた。深い響きを発して、震動する。修理から戻ってきて、はじめてパソコンが起動した。これは吉兆かもしれない。

午前十一時過ぎ、珍しく、部長が顔を出した。「京都の客先まわり」という名目で夫婦旅行をしている、と噂になっていたが、「ごくろうさん」という快活な挨拶と、罪悪感の混ざったような笑みを見ると、どうやら真実のようだ。

そして部長は、課長の容態について大きな声で周囲に訊ねた後で、「そういえば今日」と嬉しそうに言った。「今日、あの政治家が来てるんだな。今、駅に人だかりができていたから、何かと思ったんだが」

「誰ですか？」質問したのは平田さんだった。

俺は自分の首元を握られたかのような思いだった。誰がこの街に来ているのか、聞かずとも察しがついた。

犬養だ。

「犬養だ」部長が言う。「駅前で、演説するらしいぞ。若いが、私は結構好きだな、あの犬養」それから豪傑を装うためなのか、派手な笑い声を出した。

「駅ってどっちのですか？」俺は考えるより先に、部長に声をかけていた。顔も名前も覚えのない、平社員から唐突に質問をされたせいか、部長は意表を突かれた面持ちだったが、「ああ、ＪＲのだ」と答えた。「地下鉄ではなくてな、ＪＲ」

打ち合わせ、別の日にならないか？

直後、俺は後輩にそう頼んでいた。「午後から、急用があるのを忘れていたんだ」

昼食も取らず、俺は早足で駅へと急いだ。ガードレールに挟まれた狭い歩道を、小さく蛇行しながら進む。

「兄貴、対決するつもりなのかよ」潤也が耳元で囁いたかのような気配があって、躓《つまず》きそうになる。空耳だった。もしくは、潤也が、岩手山を見上げながら突発的に俺の置かれている状態に気づき、忠告だけでも届けようと、声を発したのだろうか。

「対決するつもりなのかよ」潤也の声がまた、した。

歩道橋を駆け上がる。足に疲労を感じたが、勢いを弱めるつもりはなかった。主婦らしき女性が数人、歩道橋の上で立ち話をしていた。通り過ぎる瞬間、婦人の誰かが、「犬養」と言ったのが耳に入る。反射的に、鼓動が早くなった。急げ、と何者かに煽られている気分だった。

走りながら、遠くに目をやると、駅の外観が見えた。高架線路と隣接して、長方形の白い建物がある。快速列車や各駅停車の列車、複数の路線が乗り入れている、比較的、大きな駅だ。

人だかりがあり、それを見た瞬間、俺の頭の中に雪崩《なだれ》のようなものが起きた。頭の中が空《から》になったのか、それともさまざまな考えがいっぺんに広がったのか、とにかく何も考えられなくなった。

群集があった。駅の出入り口から少し離れたところを囲むようにして、何十人かの人だかりがある。その輪は、じわじわと拡大している。

「兄貴、考えすぎだよ」声がまた響く。潤也、どこにいるんだ、と俺は内心で訊ねる。駆けながら、周囲を見る。

直後、足元の歩道橋が忽然《こつぜん》と消え、その代わりに、眼下に水田が広がり、松の木の生える小高い丘が現われた。

ぎょっとし、自分の心臓がふわりと持ち上がる感覚に襲われる。

自分が今いる場所が空だ、と理解する。戸惑う暇もなく、顔の汗を拭おうと手を出すとそれが翼であったために、俺は自分が鳥であることも察した。鷹の仲間に違いない。飛んでいるのか。下から昇ってくる気流を羽根で捌《さば》いて、空中を泳いでいた。

ずっと下、百メートルも下に、人影が見える。

なぜかすぐに、潤也だ、と分かった。潤也は双眼鏡でこちらを見つめていた。俺には合図の送りようがない。「空に溶けるよ」と潤也が囁くのが耳元に聞こえ、その瞬間、俺は雲の中に入り、消えた。

本当に溶けた。「潤也」と叫んだ。祈るような、依頼をするかのような、そんな言葉を投げようとするが、やはり鳥の鳴き声しか出ない。

気づくと、下り階段を踏み外していた。尻餅《しりもち》をつく。手すりに張り付くように、寄りかかり、呼吸を整えた。「見て見ぬふりも勇気ですよ」と誰かが言ってくるのが耳元で聞こえたが、それが何を意味するのかも分からない。走りながら夢を見るなんて、救いようがない、と俺は呆れる。もう少し、もってくれないと困るんだ。

27

「犬養！」という声が響いた。乱暴で粗忽《そこつ》ではあったが、怒声や罵声《ばせい》ではない。むしろ好意的な、エールのようだった。

車の上に、不穏な立体感を見せる雨雲を背負い、犬養が立っていた。真っ青に塗られた、大型のワゴンの上だ。専用に改造されているのか、小さな舞台のようなものが設置されている。

人だかりの一番後ろに辿り着き、前方に見えるワゴンと、姿を見せた犬養に目をやる。

青いワゴンや、犬養の立つ台は、特別派手な装飾がなされているわけではなかった。けれど、どこか落ち着いた貫禄のようなものを備えていた。従来の政治家が選挙演説で使うような車とは、明らかに雰囲気が違う。古臭さがない上に、浮ついた印象もない。「ご通行中の皆さん！」と訴えるような、見慣れた政治家の演説とは明らかに異なっている。おそらく、こういったイベントを企画するにも、犬養の周りには、ムード専門のセンスを発揮する協力者たちがいるに違いない。よく考えられている。

とイメージ、世の中を動かすのは、それだ。

　息を整えてから、人だかりを押し分け、中に行こうと思うが、呼吸はまるで楽にならない。ぜいぜいと鳴る息が、収まらなかった。

「犬養首切れよー！」と若者が声を上げた。揶揄するかのような口調ながら、親近感の滲んだ声に聞こえた。「犬養、アメリカをどうにかしてくれって」

　マイクがあって、犬養がその前に立った。「あ」とマイクの音量や状態を確かめるために、犬養が声を発した。

　すると、そこにいる人々がいっせいに口を閉じた。示し合わせたかのように、しんと周囲が静まり返った。俺は左右に首を伸ばし、群がっている人たちの横顔を確認する。目が見開かれ、誰もが緊張と期待の表情を浮かべていた。背広を着て、スマートに立つ犬養の動作を、言葉を、呼吸を見逃すまい、聞き逃すまい、と必死になっている。

　息が落ち着くのを待つ余裕もなかった。俺は左手を前に伸ばし、目の前にいる、学生服の男と水商売風の露出度の高いワンピースを着た女性の間に、割って入った。

　先へ行こう。三十歩圏内、と頭に浮かぶ。三十歩の距離まで近づかなくてはならない。聴衆の、観衆の間を抜けるのは、なかなか大変だった。一歩進むのにも、足が重く感じる。無理やり押し入る俺を、何人かが憎らしげに睨んだ。

「何をやる？」俺は自分で、問いかけていた。口に出していたかもしれない。

「腹話術をやるに決まっているだろう」と俺が答える。

「腹話術で、犬養をどうするつもりなんだ」

「分からないが、俺にできることはそれしかないだろうに」

「ところで」俺の中でさらに声がする。問いかけが反響する。「ところで、たかだかそんなことで、世界は変えられるのか？　世の中の流れを、洪水を、堰き止められるのか？」

「無理だ」と認めざるをえない。前にいる、若い社会人が振り返ったから、それは声として出たのかもしれない。「無理だ、俺がどうこうできるものじゃない」

「なら、どうして進むのか」

また質問が聞こえる。そして、そこでようやく俺は、その声が、自分のものとは違っていることに気づく。

立ち止まり、もう一度、首を振る。人と人の隙間から、周りを眺めた。肩が上下する。苦しい。落ち着くどころか、時間が経つほど、胸が前後から圧迫されてくるのが分かる。何だよこれ。口を歪め、眉を傾け、苦しさと滑稽さに耐えてから俺は、「マスター」と呟いていた。

右方向だ。人と人の頭や肩の間から、俺は、人だかりの中に、「ドゥーチェ」のマスターがいることに気づいた。例の短い髪で、鋭い目つきで、立っていた。ライブハウスの会場で見かけた時と、まったく同じ位置関係にいるかのようだった。気を抜くと、王様の命令は絶対か、という叫びが耳に飛び込んでくる気がして、右耳を押さえる。耳の縁を内側に折るようにした。

マスターの視線は、俺に向いていた。店のカウンターで浮かべる、体温を感じさせない、植物的な目でもなければ、前回、喫茶店で向かい合った時の、不気味な輝きを持った目でもなかった。レンズの焦点を合わせ、こちらを睨んでいる。

頭に石を置かれたような、重さを感じた。頭の上ではなく、中だ。表皮や骨のさらに内側に、石や臼《うす》を強引に押し込まれたような感覚だった。足が崩れる。考えが鈍くなる。前に進めない。

犬養が演説をはじめた。とても、はっきりとした口調だった。迫力はあるが、威圧的ではない。

犬養が何を喋っているのか、聞こえてこない。頭の回転がこれきりというくらいに鈍くなり、「人を掻き分けて、ワゴンに近寄らないと」とそればかりを考えている、ありさまだった。

犬養がすぐ近くに見えた。俺の前には五人分くらいの列があるだけで、三十歩圏内という意味では、ぎりぎり範囲内に感じられた。上半身を反らし、息を吸い込む。かすかに、呼吸ができる。鼻の穴が痙攣するのが分かる。瞼がひくついた。とにかく俺はすぐさまそこで犬養を睨みつけ、そして、腹話術を試みる。

どうにかしないとならない、というその使命感しか、俺にはなかった。

「いい気になるんじゃない」

声が聞こえ、ぎょっとした。首を振るが、喋りかけてきた者がいるようにも思えない。気のせいか、と思い直そうとしたところで、右後方に、マスターがいるのが目に入った。彼は、俺をじっと凝視していた。「いい気になるんじゃない。君がやろうとしているのは、ただの自己満足な、邪魔じゃないか」

俺の頭に聞こえる声は、まさにマスターのものだった。「え?」

遠く離れた場所に立つマスターが、俺に話をできるわけがないのだから、これはすべて俺の作り出した幻の声なのだろう、と思いかけたがそこでふと、喫茶店で聞いた話を思い出した。「得てして人は、自分の得た物を、自分だけが得た物と思い込むというわけですよ」

あれは、と考える。錆《さ》びた自転車を押すかのような必死さで、鈍い頭を動かす。考えろ考えろマクガイバー。あれは、「君は腹話術の能力を手にしたかもしれないが、だとしたら、他の人間が、特別な能力を得ることもありうるだろ」と、マスターはそう言いたかったのではないか。

自分を襲う、息切れと頭の鈍痛は、その何者かの力によるものではないか、と思い至った。マスターが、俺に攻撃をしかけているのではないか、と。「荒唐無稽！」と笑い飛ばそうとするが、受け入れようとする自分もいる。

マスターから視線を逸らす。とにかく俺には、犬養に腹話術を行う、という目的があった。呼吸をするのが先ほどよりも、いっそう難しくなった。膝に手を当て、地面に顔を伏せるが、どうにか前を向く。犬養は力むことなく、口を動かしていた。

俺はその中に潜り込むイメージを膨らませる。犬養の姿と自分を重ね、皮膚を被る感覚を想像する。頬にぴりぴりと電気のようなものが走る。「来た」と声を出す。が、そこまでしておいて、何を喋るべきかも、俺は考えていなかったのだから、滑稽と言うほかない。

果たして何を喋らせれば適切なのか、咄嗟には思い浮かばなかった。考えろ考えろ。そうこうしている間にも、自分が真っ直ぐに立っているかどうかも自信がなくなってきた。実際、正面の駅の建物が傾きかけているのは、俺が倒れ掛かっているからだった。

切れ切れの息を止め、俺はとにかく念じた。「私を信じるな！」

そして犬養に目をやる。すでに、斜めに倒れそうな俺からは、犬養の姿は妙な角度に歪んで、見えた。

犬養がそこで、「私を信じるな！」と口を開いた。

けれど周囲の人だかりはそれに対して、微笑みを浮かべるだけだった。その台詞も、犬養のユーモアの一種だと感じ取ったのかもしれない。

足を踏ん張り、もう一度、やる。奥歯を嚙み、閉じそうになる瞼に力を入れて、犬養を睨む。犬養の身体に重ねて、念じる。「目を覚ませ！」とやった。

犬養がそれに従って、同じ台詞を発した。けれど、だ。けれど、周囲の人間はその言葉に、拳を突き上げて、興奮を見せただけだった。

「無駄なんだ」マスターの声がする。「よけいなことをするんじゃない」

俺は、胸に手をやっていた。今までにないくらいに、押し潰されそうな痛みがある。ああ、これはもうまずいな、とようやくそこで、気づいた。正確には、客先で、故障が起きたシステムを眺めるような、他人事に近かった。「これはもう、まずいですね。交換したほうがいいです」

覚悟はできているのか？　課長の台詞がなぜか突如として、頭に鳴り響いた。病院で療養中の課長は今、どんな顔でベッドに臥せているのだろうか。俺は覚悟ができていますよ、と思わず返事をしたくなる。課長はどうですか？


海かと思ったが、空だった。

俺は、地面に倒れていた。仰向《あおむ》けで、目の先には、空があった。黒い雨雲で覆われていて、そこから小さな滴が落ちてくるのが分かる。左右に、人の足が見えた。胡散《うさん》臭そうに、そして警戒するように、煩《わずら》わしそうに、周囲の人間が俺を見下ろしていた。何人もの顔があった。背中からアスファルトの冷たさが伝わってくる。

どいてくれないか、と俺は思った。すでに痛みは感じず、身体が宙に浮かぶような、麻痺《まひ》した感覚がある。どいてくれないか、君たちの顔が邪魔で、空が見えないんだ。空を飛ばないと、とも思った。

見下ろしてくる者の中に、資材管理部の千葉君がいることに気づく。硝子《ガラス》玉のような、感情のこもらない目でじっと見ている。そうか君も、犬養を見に来たのか、と思った。俺の何を見て安心したのか分からないが、一仕事を終えたような顔つきで彼は退《しりぞ》いた。

「人生を無駄にしたな」また声が聞こえた。マスターが言ったのかもしれないし、俺が自らをからかったのかもしれない。

そうじゃない、と俺は反論している。声にはならなかったが、言い返す。「でたらめでもいいから、自分の考えを信じて、対決するんだ」と。以前、喫茶店で見た、ストローを落とした、悪臭混じりの老人を思い出す。なぜかまた、涙が溢れてくる。するとそこで、俺の頭にはあるアイディアが過ぎった。あ、と思い、身体をどうにか引っくり返し、四つん這いになった。

膝立ちになり、前を向く。周囲の野次馬が邪魔で、犬養が見えなかった。どけよ、と罵《のの》りたかった。腹話術をやるんだ。俺にはそれしかできないじゃないか。

島の顔が、俺の脳裏には浮かんでいる。学生時代の長髪の島が、その後で今現在の、立派な社会人となった島が、見えた。台詞が聞こえる。「巨乳大好きー!」あれだ。犬養にそう言わせてやろう。「女子高生、最高ー!」それでもいい。大人から貫禄を失わせるには、ぴったりの台詞ではないだろうか。やってみるべきだ、と念じ、首を伸ばした。犬養が見えない。待ってろ、今、おまえに喋らせてやるからな。「今、巨乳って言わせてやるからな」と自らを鼓舞するように唱えた。が、そこで、そのあまりの馬鹿馬鹿しさに、息を洩らした。息苦しさは相変わらずだったが、ふっと頰の筋肉が緩み、鼻から息が噴き出していく。可笑しくて、力が入らない。俺の最後にやろうとすることが、それか、と笑った。巨乳かよ、と。

また膝をつく。仰向けになった。

潤也のことが頭に浮かんだ。彼が言った、「兄貴は安らかに死ねるよ」という話が思い出された。犬はいないが、それは正しい予言だったようにも感じられる。現に今の俺は、妙な清々しさを覚えていた。これはこれで面白かったじゃないか、とどこかさばさばとした気持ちだ。

目の前が、かっと光ったかと思うと、真正面に青空が現れた。雲という雲が消え去り、周囲が青天白日に包まれている。錯覚かもしれないが、俺にはそう見えた。こういう終わり方も悪くない。潤也が読んでいた、宮沢賢治の詩が蘇る。

　だめでせう
　とまりませんな
　がぶがぶ湧いてゐるですからな
　ゆふべからねむらず血も出つづけなもんですから

どうしてか分からないが、反芻《はんすう》すると、気持ちが穏やかになっていった。

血がでてゐるにかゝはらず
こんなにのんきで苦しくないのは
魂魄《こんぱく》なかばからだをはなれたのですかな
たゞどうも血のために
それを云へないがひどいです

まさにその気分に俺は近かった。俺は今、とても愉快な満足感を覚えているのだが、それを潤也に伝えられないのが、残念だった。

両親を失い、兄である俺も失い、あいつは何て不幸なんだろうな、ほとほとついていないな、と同情を覚える。その不幸と引き換えに、少しばかりおまけや褒美《ほうび》があってもいいだろうに、と。潤也に何か残すべきだったのではないか、と思いもした。

仰向けのまま、動けない。頭の中に黒い液体が充満し、次第に、明晰《めいせき》な部分を埋め尽くしていくのが分かる。洞窟内の灯が、少しずつ消えていくかのようだ。この黒さで埋め尽くされたなら、それが終わりの時なのだな、と覚悟をしながらも、その覚悟をしている部分自体が、黒の液体で圧迫されていく。浸食される。視界が狭くなり、頭が重くなる。何も考えられなくなって、それで消えるんだ、と思うか思わないかのうちに、最後の最後、俺は、その微かに明るいままでいる頭の部分で、詩の終わりを読んだ。

あなたの方からみたらずゐぶんさんたんたるけしきでせうが
わたくしから見えるのは
やっぱりきれいな青ぞらと
すきとほった風ばかりです。

賢治いいこと言うよな。そして、同感だな、と思ったところで、頭が真っ暗になった。消灯ですよ。

呼吸

「消灯ですよ」と言わないうちに、私は眠っていたらしい。夜中に目を覚まし、潤也君の上半身にかかった毛布を、じっと見る。息をしていないのではないか、と不安になり、視線を逸らすことができない。毛布からは、うつ伏せになった潤也君の肩が出ている。

時計を見ると夜の一時だった。窓にはカーテンが閉まっているが、廊下の電気を点けたままだったので真っ暗ではない。潤也君は瞼を閉じ、鼻を敷布団にくっつけていた。薄茶色の毛布がゆっくりと、隆起する地面さながらに浮き、そして、萎《しぼ》む。私は知らず、自分の呼吸も合わせている。

私も潤也君も裸のままだった。ほんの数時間前、私たちはこのダブルベッドで、二人で抱き合って、もみくちゃになって、気持ち良くなって、それでそのまま眠っていた。

仙台は東京に比べると寒い、と聞いてはいたがその通りだった。四月となっても春めいた様子はない。裸のまま横になっているとその冷たさのせいで眼を覚ましてしまった。ベッドをまさぐり、下着を発見し、脚を通した。トイレに向かう途中で、サイドボードに載った写真が目に入る。

私と潤也君と、彼のお兄さんの三人が写っている写真だ。場所は東京の遊園地で、お兄さんが亡くなる少し前に、三人で行った時のものだった。

お兄さんが真ん中で、その両脇に私と潤也君が並んでいる。私が指を二本出して、Vサインをし、潤也君はガッツポーズのつもりなのか、拳を小さく構えていた。チョキとグー、じゃんけんだと考えると、この時にも負けていたことになる。

「詩織ちゃん、潤也ってよく弱音を吐くけどさ」生きている時のお兄さんが、そう言っていたのを思い出した。「それはそれで、心配することはないから」

「何ですか、それ」

「強がって、頑固な人ほど、何かのきっかけで倒れちゃうじゃないか」

「仕事一途な人が、定年後にぼけちゃうってやつですか」

「そんな感じ。だから、潤也みたいに弱音を吐くほうが強いと思うんだ。へらへらしてるようでいて、実は鋭い。何かやるとしたら、俺じゃなくて、潤也だよ」

「『能ある鷹は爪を隠す』的な、やつですね」

「そうそう、それそれ、その、的なやつだよ」

まさかお兄さんが自分の夭逝《ようせい》を想定してそんな発言をしたわけではないだろうが、五年前、お兄さんが亡くなった時、潤也君は弱音をたくさん吐いた。「兄貴がいなくなったから、もう駄目だよ」と毎晩のように泣き、へこたれていた。でも今はどうにか立ち直りましたよ、お兄さんの写真を見て、そう報告する。

「寒い」トイレから戻って、ベッドに潜ると、潤也君の声がした。すぐに寝息に変わる。裸の彼に、私は再び絡みつく。冷たい肌と肌が触れ合って、それがじんわりと暖かくなってくるのは、嬉しい。

1

「詩織さんはどうして、仙台に来たんですか」目の前にいる、赤堀君が訊ねてきた。私よりひとつ年下と聞いているから、二十七歳だ。「三ヵ月前、うちの会社に来るまでは、東京のほうにいたんですよね？」

　仕事が終わった後の、名目なしの飲み会だった。仙台駅前の、ダイニングバーに来ていた。

「三ヵ月前に東京から来て、それで派遣会社に登録したら、〈サトプラ〉を紹介されて」〈サトプラ〉というのが、赤堀君たちの会社、プラスチック製品のメーカーの名前だった。そこで、事務仕事をする派遣社員として働いている。

「詩織っちはあれだよね、旦那さんの仕事の関係でこっちに来たんだよね」隣に座る、蜜代《みつよ》っちが言う。彼女は、〈サトプラ〉の正社員で、年も近く、一番親しい。細身の身体で、背筋がしゃんとしていて、短い髪のせいか首筋が目立ち、それがまたとても艶かしい。一言で言ってしまえば美人なのだけれど、その一言では零れ落ちてしまう魅力がいくつもある。子供の頃から両親の仕事の関係で、海外に住んでいた期間が長かったらしく、そのためか語学が堪能で、頭脳明晰、仕事も速く、ユーモアの感覚だってある。

「え、詩織さん、結婚してるの？」

「赤堀君、何をいまさら」と蜜代っちが笑い、隣にいる大前田《おおまえだ》課長が、「三ヵ月前に詩織さんが来た時、最初に俺がそう紹介したじゃないか。おまえさ、ほんと上司の話を聞いてないよなあ」と嘆いた。

大前田課長は、大前田課長と言うだけあって当然、課長職なのだけれど、三十九歳で課長職というのは〈サトプラ〉では異例の早さらしく、でもその異例も当然のような、優秀な上司に見えた。仕事の割り振りも的確で、反論を許さない力強さを時折見せることもあれば、お酒の席ではざっくばらんな先輩のように接してくる。下品な冗談を口にすることもないし、愛妻家の子煩悩《こぼんのう》だ。だから、私の一目《いちもく》置く蜜代っちも、大前田課長には一目置いている。私から見ると、つまり、二目《にもく》だ。

「旦那さんって何をやってる人なんですか」

「環境に関する調査をする仕事なんですよ」

「環境に関する調査？」三人が三人とも聞き返してくる。

「わたしも詳しくはないんですけど、主に鳥を調べる仕事らしくて」

へえ、とこれもまた三人全員が相槌を打った。

2

三ヵ月前、潤也君は突然、「仙台にでも住もうか」と言い出した。潤也君のお兄さんが亡くなって五年が、私たちが結婚してからも三年が経っていて、少しずつ生活が落ち着いてきたところだったから少し驚いた。驚いたが、反対する理由もなかった。ただ、「盛岡じゃなくていいの?」とは確認した。

「盛岡?」

「だって、岩手山があるでしょ」

潤也君は岩手山が好きで、お兄さんが亡くなったその時も、私と一緒に岩手山に登っている最中だったくらいだ。それ以降も二回、訪れた。特に理由があるわけでもなく、でかいし安心する、とそれだけのことらしいけれど、どっさりと積まれた千切りキャベツの山を見て、岩手山みたいだ、と喜ぶくらいに愛着を持っていたから、もし引っ越すようなことがあれば、盛岡に違いないと私は思っていた。

「仙台でいいんだ。岩手山と東京の中間って言えば、たぶん、仙台くらいだと思うし」

「お兄さんのお墓はこっちだよ」お兄さんは、潤也君の両親と同じ、小さいながらに滋味《じみ》溢れるお寺の墓地に入っていた。

「兄貴はどこにでもいるよ」

どこにでもいる、の意味合いが分からなかった。「仕事は?」

「知り合いが、仙台の会社を紹介してくれるかもしれないんだ」

それが、環境調査、猛禽《もうきん》類の調査の会社だったわけだ。本来であれば、それ相応の経験や知識が必要らしいが、潤也君はどういう抜け道を使ったのか、働けるめどが立っているとのことだった。すぐに、仙台行きが決定した。幸運にも、東京の家の借り手はすぐに見つかり、仙台での住居や私の勤め先も順調に見つかった。


「俺さ」潤也君が、私に話してくれたのは東北新幹線の中でのことだった。福島を抜けた後、いくつものトンネルを通過しているあたりだ。トンネルを出ては、また入り、抜けては進入する、そのリズムを私がこっそり楽しんでいる時だった。

トンネルに入ると、レールを走る新幹線の音や風の音がぎゅっと凝縮されて、低く唸《うな》るような響きになる。トンネルを抜けるとそのうるささが蒸発するかのように、薄くなる。オーケストラの演奏を思わせた。トンネルに突入した途端、しかめ面をした指揮者が指揮棒を小刻みに揺すり、身を乗り出した演奏者が激しく音を鳴らす。トンネルの外に出ると、指揮者の表情も仕草も緩やかになり、演奏者は姿勢を戻し穏やかに弦楽器を揺らす。そういう雰囲気がある。トンネルに入ると、すなわち、「はい、激しく演奏を」の合図があり、外に出ると、「ゆったりと優雅に」と指示が出される。

「俺さ、ずっと前に、夢を見たことがあるんだけどさ」

「夢？」

「兄貴の死に方を、本で読む夢なんだ。人の死に方が載っている本でさ。それを読むと、犬に近寄った兄貴が、安らかに死んじゃうんだけどさ」

「変な夢だね、それ」

また、トンネル内に入り、周囲の窓がいっせいに暗くなる。

「でも、あながち的外れでもなかったな。兄貴が死んだのは、犬養の街頭演説のところだったじゃないか」

「お兄さん、何しにあんなところに行ったんだろうね」

「分からないけど」潤也君は窓に目をやってから、「でも、犬養も犬のうちだったのかもしれないよなあ」とぼそっと言った。

「え」

「犬養に近づいたから、死んだのかもしれない」

駄洒落《だじゃれ》よりも酷い、と私は笑った。

3

「大前田課長はどうするんですか？」蜜代っちが言ったのは、さらに二十分ほど経ってからだった。頼んだ料理がすべてテーブルの上に届き終わった頃だ。「国民投票。どっちに投票するんですか？　あと二ヵ月ですよ」

「そういうのは人に聞いたら駄目なんだろ」

「俺は当然、賛成ですよ」酔って顔を赤くした赤堀君が割り込むように、手を挙げた。「憲法は変えないと駄目に決まってるじゃないですか」

「わたしは反対だよー」と蜜代っちが言い返す。「なるほど」と大前田課長は興味深そうに、赤堀君と蜜代っちを交互に眺めた。まるで行司のようだ。国民投票かあ、と私はのんびりと思う。そう言えば、それに関するお知らせがポストに入っていた気がするな、と。

「じゃあ、聞きますけど、蜜代さん、今の自衛隊は違憲ですか？　合憲ですか？」

「違憲に決まってるじゃない。あれは軍隊でしょ」

「ほら、おかしいですよ。憲法で戦力放棄を謳《うた》っているくせに、軍隊を持ってるなんて矛盾ですって。どこの国も笑ってますよ。戦争放棄の憲法を持った国が、平然と軍隊を持ってるなんて、大掛かりな冗談じゃないですか。憲法が前振りで、自衛隊がオチですよ」

うんうん、と大前田課長は満足げに首を振る。私もとりあえず、それに合わせて、うなずいてみた。

「じゃあ、わたしも聞くけど、赤堀君は、憲法の九条は意味がないって言うわけ？」

「ないですよ。武力放棄なんて理想を言っても、現実に自衛隊は武力を持ってるし、自衛隊が海外の戦地に、ばんばん行ってるじゃないですか」

「でも、もし九条がなかったら、日本はもっと前から軍隊を作って、海外にどんどん派兵してたと思わない？　九条があるから、こんなんで済んでるんだってば」

「本末転倒です。九条があるから、まだマシとか言ったって、憲法と現実は合わせるべきだし」

「そういう言い方はおかしいよ」蜜代っちは首をひねり、前に読んだ本の受け売りなんだけれど、と断ってから、「たとえば憲法には、『人は誰でも平等に扱われる』って書いてあるでしょ。でも、現実では男女差別とかあるわけじゃない。その時に、『現実に合わないから、男女差別はあり、って憲法を改正しましょう』なんてならないでしょ」と言う。

もっともだ、と思うけれど赤堀君は怯まない。「意味合いが違いますって。だって、男女差別のほうは、男女雇用機会均等法とか、差別をなくす方向で法律とかできてるじゃないですか。方向としては、憲法と現実は合ってるんですよ」

それももっともだな、と私は思い直す。

「でしょ？」蜜代っちが、赤堀君の言葉を引っくり返すように声を出した。「憲法があるから、そうやって、法律ができるんだって。九条も一緒。本当なら九条に合わせないと駄目なのに、勝手に政治家が違う方向にしているだけじゃない。戻さないと。だってさ、勝手に家に他人が上がり込んできて、『現実に私がここに住んでるんですから、いっそのこと、ここを私の家でもあることに、しちゃいましょうか』って言うの、変でしょ」

「それは意味が全然違います」

「蜜代さんの言いたいことは分かるんだけど」大前田課長がそこで、蜜代っちへ顔を向け、穏やかな物言いで、「ただ、そう頑なに反対するのは間違っていると思うんだ」と言った。

「ですよ」赤堀君は援軍を得たかのように、声を強めた。「何か、後ろ向きな感じがしますよ」

「実は俺も昔は反対だったんだ。憲法改正に。与党が必死に、改憲したがっていたけど、あれは結局、政治家の我儘《わがまま》だった気がするんだ」

「我儘と言うと?」赤堀君は、大前田課長が議論の味方なのか敵なのか判断がつかないらしく、探るような口ぶりになる。

「ちょっと前まで、日本はアメリカにべったりだったじゃないか。アメリカに、どうして軍隊を海外に派遣しないんだ、と叱られて、困っただけなんだ。そこで、断固たる態度で、『これはアメリカが作った憲法だろうが。自衛隊を海外に出せるわけがないだろ。自業自得だ』と突っぱねる度胸もなかった。ガキ大将に睨まれた子分みたいなもんで、どうにかアメリカの機嫌を損ねないようにしたかった。国際社会の一員として、金だけ出すわけにはいかない、なんて言ってたけど、俺はどこまで本気でそんなことを考えていたのかは疑問だった。ただ、親分の叱責に耐えられなかっただけじゃないのかな、あれは」

「それは断定しすぎですよ」赤堀君が不服を申し立てる。

「俺はとにかくさ、自分たちのビジョンもなく、アメリカが言うので自衛隊を中東に送ります、とか、アメリカが言うので憲法を変えます、とか、そういうのは理解でき

「なくて、だから、反対だったんだ」

「ですよね」蜜代っちが強くうなずく。

「アメリカが悪い、って言うのは陳腐すぎますよ」

「アメリカが悪いなんて陳腐だぜ、って言うのも、また青臭いよ」蜜代っちが続けた。

「でも」と大前田課長は言う。「今回は違うような気がするんだ。日本が独自のビジョンを持って、自衛力を強くしようとしている。本来あるべき、自衛力について検討しているだけだ。こういう状況なら、俺は喜んで、憲法九条を改正するべきだと思う」

「みんな、いろいろ考えているんですね」私はただひたすら、感心するしかなかった。そしてふと、昔、潤也君たちの家の近くに住んでいたアメリカ人、アンダーソンのことを思い出した。英会話教室をやっていた彼はいつも穏やかで感じがよく、会うとほっとできる人だった。「わたし、テレビも見ないし、新聞も読まないから、ぜんぜんそういうの分からなくて」

「テレビとか新聞って、まったく？」蜜代っちが確認してきた。

「うん。まったく。ネットのニュースとかも無縁だから」

「嘘でしょ。本当なの？」蜜代っちが目を丸くした。

「それは凄いな。新鮮だ」大前田課長も口を開いた。

「過去から来たみたいだ」赤堀君が感心の声を出す。

「五年くらい前からそうなんです」つまりはお兄さんが亡くなった後からだった。政治家の街頭演説の場で変死した男性、というのはそこそこのニュース価値があったのか、お兄さんの亡くなった事件は、当時のテレビで何度か取り上げられた。潤也君はそれを見るのをとても嫌がった。だから、あらゆるメディアの情報から目を逸らし、耳を塞いで、それがきっかけでテレビも新聞もネットも見なくなった。「だから本当に、わたしたち夫婦は世間知らずですよ」

「凄いな」と赤堀君は、ほとんど大道芸人に感動する面持ちだった。「じゃあ、最近の流行とかまったく分からないんですか？」

未開の地の生活を問われるようで、何だか可笑しい。「あ、でも、ファッション誌は見るし、映画も観ますよ。でも、それだけかな。だから、今の首相が誰かも分からない」

「嘘でしょ？」赤堀君が目を丸くした。

「犬養首相のことも？」蜜代っちも驚く。

その名前に私ははっとした。お兄さんが死ぬ前に演説を聞きに行った人ではないか。「犬養さんってまだ、政治家なんですか？」

「何と」蜜代っちがのけぞり、「そこまで」と赤堀君がぎょっとし、「本当に知らないのか」と大前田課長が歯を見せた。

「というより、首相なんですか！」

「前の総選挙で未来党が躍進したんだ。それから、参議院の選挙が一回あって、去年の衆議院選挙で、未来党が政権を取った」

「急に、支持されたよね、犬養って」蜜代っちが苦笑する。

「俺、犬養って嫌いじゃないですよ。最初は、ファシズムだ何だって反感買ってたけど、当然のことをやってるじゃないですか。アメリカとか中国に毅然とした態度を示すし。言うことも分かりやすいし」赤堀君が鶏肉を噛み砕きながら、そう続けた。

「今までの政治家みたいに曖昧な言葉とか使わないじゃないですか。前に中国とかに、過去の戦争の話をした時も」

「『遺憾に思う』事件？」蜜代っちが言い、赤堀君が、「そうそう」と首肯《しゅこう》する。

「イカンニオモウジケン？」

「普通、政治家って責任取るのが嫌なのか、遺憾に思う、とかよく分かんない言葉使うじゃない。なのに犬養は最初の外遊の時に、堂々と謝罪の言葉を口にして、波紋を呼んだんですよ」赤堀君は鶏肉を飲み込んで、さらに新たな鶏肉に箸を出す。さては美味しいのだな、と察し、私も手を伸ばした。確かに美味しいので、こっそり、もう一個食べた。

「堂々と謝る、って変な言い方ですね」

「でもまさに、それが犬養の偉いところだよ。目先の利害だけを見て、謝罪を先延ばしにするよりも、さっぱりと謝罪して、後は文句を言わせない。補償の問題も、ここまでと決めて後は受け付けなかった。だらだら、と引き摺るよりはよっぽど建設的だ、と俺も思う」

「それで、襲われちゃいましたけどね」

「襲われた？　犬養首相が？」私は訊ねる。

「そうか、それも知らないよな」大前田課長は、私を尊敬するような口調だ。「犬養のやり方に反発を感じる人間は多いからね。特に、謝ることを屈辱と感じる者も多い。で、何度か襲われた。これまで、五回は狙われてるんじゃないか」

「でも、無事ですよね。あのしぶとさも俺、好きなんですよね。しかも、いろんなイデオロギーの団体から襲われてるんですよね。結局、どのイデオロギーに属してるのかみんな分かんなくて、戸惑っているんですよ。でも、ここにきて本格的に、景気も回復してきたし。悪くないですよ」赤堀君はひと通りそう訴えると、「さっきの話に戻しますけどね」と声を裏返した。「蜜代さんは、武力はどんな場合でもいっさい、否定するんですか？」

「うん、わたしはそれでいいと思う」

「たとえば、どこかの国がどこかの国に攻め込んだ時も、お金は出すけど、人は出さないっていうやり方でいいと思ってるんですか？」

「わたしはそれでいいと思う」

「でもそれって、無責任じゃないですか。自分のところさえ良ければいいって」

「そうなの、わたしは無責任なの。でもさ赤堀君だって、世界の責任を常日頃、感じているとも思えないんだよね」

「ど、どういうことですか」

「たとえばさ、普段は、平気で、ゴミをポイ捨てしたり、他人の迷惑も顧《かえり》みないで、『別に法律に違反してないじゃんか』って列に割り込んだりしている人たちがさ、こういう時だけ、国際社会の一員としての義務、とか知った顔で言い出すのが、わたしは気味悪いんだよね。いつもは、自分のことしか考えてないくせに。それに、日本の領土が、とか国益だ、とか言ってる人が、『国のためになるなら』って喜んで税金払ってるとも思えないし」

「俺は、ポイ捨てもしないし、割り込みもしないし、税金も出し渋ってないですって」

どっちの言ってることが正しいのかも分からず、私は行司の判断を求め、大前田課長を見た。すると彼は、蜜代っちと赤堀君を見て、「どっちもどっち」と笑った。

相撲の行司が実際、軍配を上げる際にそんなことを言ったら大問題だろうが、この場合は、相応しかった。

「そうかも」と蜜代っちが笑う。赤堀君は不貞腐《ふてくさ》れていた。

4

私は、みんなの話を聞きながら、潤也君のお兄さんがまだ生きていた時のことを思い出した。私は結婚する前から、潤也君の家に居ついていて、だから、私にとって潤也君のお兄さんは本当のお兄さんのようでもあった。

その時、私たちは三人で食卓に座って、テレビを観ていた。お兄さんが亡くなる半年ほど前だったかもしれない。流れてくるニュースをぼうっと眺めていた。

ニュースは、太平洋戦争の頃の史料についてだった。新しい文書だか録音テープが発見された、とかいう内容で、「これで日本の起こした戦争が、侵略目的ではなかった、と証明された」と政治家がコメントをしていた。

お兄さんが何か発言をするのではないか、と思っていると案の定、「こういうさ」と言った。「こういうさ、いったい何が真実なのか分からないことに、俺はあまり興味はないんだけれど」

「まあ、侵略かどうかなんて分からないからね」潤也君も話を合わせるように応えた。

「ただ、よく言う人がいるだろ。日本の歴史教育は、自虐的で、だから若者が国に誇りを持てない、って。あれが俺には納得できないんだよな」お兄さんは言った。「若者が日本に誇りを持ってなくて、大人を小馬鹿にしてるのは間違いないけどさ、それって、歴史教育のせいなのか？　日本が、侵略戦争をしたと教わったから、誇りを持ってないのか？」

「どうだろうね」潤也君が笑った。「俺、歴史の授業を真面目に受けていないし、学校で、反戦反戦って叫ぶ教師にげんなりさせられてたからなあ、逆に」

「だろ？ どっちかと言えば、誇りが持てないのは大人が醜いからだよ。政治家がテレビの前で平気で嘘をついたり、証人喚問で、禅問答のような答弁をしたり、そういうのを見てるから、舐めてるに決まってるんだ。どこにどう誇りを持てって言うんだよな」

「兄貴は相変わらず、無駄なことをたくさん、考える」

「考えすぎで死ぬなら、俺は百回くらい死んでるよな」

5

家に帰ると、潤也君はすでにお風呂から出て、食卓の椅子に座り、本を読んでいた。２ＬＤＫのさほど大きくない賃貸マンションだが、東京に比べると家賃はぐっと安く、暮らせば暮らすほど得をした気分になる。

お帰り、と潤也君が言ってきて、私は、ただいま、と鞄を置く。服を素早く着替えて、潤也君の向かいの椅子に座った。

「どうだった？」潤也君が本から顔を上げる。

「憲法談義は新鮮だったよ」

「憲法って何の話？」

「国民投票って来月、あるんだよ。潤也君知ってた？」

「ああ、うん。職場でみんなが話してたな」

「うちもみんなが言い合いしてた」私は言ってから、蜜代っちと赤堀君の議論のことを説明した。へー、と声を出しながらも潤也君は本に目をやったままだった。喋っているうちにいつの間にか私の話は、蜜代っちがどれだけ賢くて、愛嬌《あいきょう》があるか、というほうへ逸れていき、最終的には、蜜代っちの旦那さんって出版社に勤めているらしいんだけれど、変な雑誌を作ってるらしいよ、怪しいよね、とそんな話になった。

潤也君が自分の手にある本を閉じた。私たちが本を読むようになったのは、テレビを観なくなってからで、つまりお兄さんが亡くなった後からなのだけれど、家にはお兄さんが残していった本がたくさんあったので、私たちはそれを好きなように読んだ。

「名言集を読んでた」と潤也君が本の表紙を向けた。古くて、色褪《あ》せた文庫本だった。「いろんな人の名言が載ってる。名台詞とか」

「面白い？」

「それなりに。たとえば、犬養首相って知ってる？」

「犬養って今の首相なんだってね」

「いや、その犬養じゃなくて昔のだって」潤也君は笑う。そして、あの犬養が現在の首相だということも知ってる、と断わってから、「この本に載ってるのは、五・一五事件で殺された、犬養毅《つよし》のこと。殺される前に犬養首相が言ったのが」と言った。

「言ったのが？」

「『話せば分かる』」

「それって名言かなあ」

「そういえば、さっき電話があったんだ。兄貴の友達のさ、島さん」

「島さん、何だって？」

島さんは、お兄さんの学生時代の友人だった。葬式で、潤也君が動揺と落胆と号泣でどうにもならなくなっている時に、段取りや雑用を手伝ってくれた男性だった。葬儀の時以降、何度か会っているし、引越しの時も手伝ってくれた。

「今度、仙台に行くから会わないか、って」

コーヒーが飲みたいね、と私が言ったのはそれから二十分ほどしてからだった。二人で黙って、本を読んでいたら喉が渇いた。

「じゃんけんで負けたほうがコーヒーを淹《い》れることにしよう」潤也君が言う。

「嫌だ」

「さすがに？」

「さすがに嫌」絶対に負けるからだ。「でも、じゃんけんに絶対負けない、ってギネスブックとかに載らないのかな」

「載っても良さそうだけどな」潤也君も腕を組んで首をかしげたので、その隙を突くかのように、「じゃんけん」と私は大きな声を出し、右腕を揺すった。潤也君が慌てて腕を解き、手を出してくる。ぽい、と言うと同時に、指を開く。潤也君がグーに私はチョキ、というわけでやっぱり負けた。

「どういう理屈なんだろう」

「もしかすると、これ、兄貴が憑《つ》いてるんじゃないかな」

「お兄さんが？　憑く？」

「そうそう、運がいいことを『つく』って言うだろ。だいたい、俺の運が良くなりはじめたのって、兄貴が死んだ後からだし」

その通りだった。潤也君が何かと運が良くなりはじめたのは、五年前からだった。満員電車で潤也君の前だけが空席になったり、ファストフードで、銀の部分をこする籤《くじ》をやれば賞品が当たったり、仙台でも賃貸マンションを借りる時、実は複数の借主候補が現われ、抽選が行われたのだけれど、それでも見事、当選した。お兄さんが亡くなる前まではそんなことはなかった気がする。

一番顕著だったのは、じゃんけん、だ。

私たちはよく、家事の分担を決める時に、じゃんけんをやる。最初は、「何だか潤也君が勝ってばかりだなあ」とその程度に思っていた。それこそ、「わたし、ついてないなあ。じゃんけん弱いなあ」と嘆くくらいで、特にその勝敗に意味があるとも思わなかった。ただ、つい先日だったけれど、ようやく私たちは重大な事実に気がついた。

「詩織、俺さ、ふと思ったんだけど、じゃんけん、俺が全部勝ってないか？」

私は一瞬答えに詰まるが、今までのことを思い出し、「かも」と顎を引いた。「かもしれない」

「一度も負けてない、っておかしいよな」

私たちは二人で顔を見合わせると、示し合わせたかのように、「せえの」でじゃんけんを連続でやってみた。じゃんけんぽい。じゃんけんぽい、じゃんけんぽい、と矢継ぎ早に三連戦を行ったのだけれど、結果は、潤也君の三連勝だった。引き分けすらなかった。「実はさ」潤也君がそこで、職場の同僚とも試してみたのだけれどやはり負けないんだ、と打ち明けた。「俺、全部、勝つんだよ」

私たちは眉をひそめた。けれど、原因や意味が分かるわけもなくて、むしろ、じゃんけんに強いことは不吉なことではないし、不都合も不気味さもないではないか、と納得することにした。

「予知能力が身についちゃったわけ？」

「予知能力？」潤也君が怪訝そうな顔つきになる。

「じゃんけんで勝つというのはさ、相手が何を出すのか事前に分かる、とか、自分が出すべきものが頭に浮かぶ、とかそういう感じじゃないの？」

「それはないんだよなあ」潤也君はすぐに答えた。「頭に、これを出せ、って命令が来るわけでもないし。ただ、グーを出したければグーを、チョキならチョキを、出すだけなんだ」

「それなのに勝っちゃうんだ？」

食卓の上に置かれている百円硬貨に気がつき、手を伸ばした。桜の花が描かれているほうが表で、数字の描かれているほうは裏ですよ、と確認し、食卓に置き直して、手で隠した。「表か裏かどっちだ？」

「裏」と潤也君が言う。

「何か頭に浮かぶの？　百円玉の映像とか」

「当てずっぽうだよ。どうせ、確率は二分の一じゃんか」

まあそうだね、と私は答え、手をめくると確かに数字と年号がある。裏だ。「当たり！」と私は言って、もしかすると隠し方が悪かったのかもしれない、と今度は念入りに、でたらめに引っくり返して、隠した。

「どっちだ？」

「じゃあ、今度は表にするよ」本当に、思いつくままに言ってるだけみたいだ。

手を開くとこれがやっぱり、表だった。鈍い銀色の、桜の花がある。

「潤也君、これ、何なわけ？」

「さあ。単に運がいいんだよ」彼自身は落ち着いたものだった。「理屈じゃなくて、運が俺のところに集まってるのかもな。そういえば、この間からパチンコ行くと結構、出るもんな。そんなことよりも、コーヒーを淹れようぜ。さっさとじゃんけんするか」

「どう考えても、じゃんけんはなしでしょ」

すると潤也君は、仕方がないなあ、と立ち上がり、奥の部屋まで行くと、古い箱を持って戻ってきた。箱は紙製で、表面は日焼けのせいか色褪せ、角も削れていた。埃を丁寧に、ゴミ箱の上で払ってから、テーブルに置く。中身を訊ねると、「消しゴム」と嬉しそうに彼が答え、「ほら」と蓋を開けた。私はその色とりどりの小さな人形を手に取る。古いゴムの臭いがする。どれもこれもが小さな怪獣の形をしていた。

「ウルトラマン消しゴム」と潤也君は、それだけ言えば分かるだろ、というような言い方をする。「ガキの頃さ、よくこれで兄貴と対戦したんだよ」中身を出して箱を引っくり返した。その底には、コンパスで描かれたのか、円がサインペンで丁寧に描かれている。「相撲だよ、これで。怪獣相撲。詩織も子供の頃やっただろ？」

「やらなかったよ」手に持った赤い怪獣をその土俵の上に置く。「これで？」

「こうやって」潤也君が人差し指で、箱の表面を叩きはじめた。箱が震動し、上に載った消しゴムが微かに動く。「土俵から先に出るか、倒れたほうが負け」

ふーん、と私はその清潔とは言いがたい消しゴムを摘む。「紙相撲と一緒だね」

「これなら、運とか関係ないだろ。これで、コーヒーを淹れるほうを決めようぜ」潤也君は張り切った声を出し、好きな力士を選べよ、と消しゴム群を指差した。力士って言うか怪獣じゃないの、と思うが、とりあえず、食卓の上に広がった消しゴム人形たちを眺め、そして、人間の形に近い、青の消しゴムを選んだ。「潤也君、これウルトラマンでしょ？」

「ああ、それそうだよ。ゾフィー」と潤也君がうなずく。最後の、記号とも渾名《あだな》ともつかない発音の意味は分からなかったが、とにかく、私はそれを土俵に置く。潤也君も仁王立ちした恐竜みたいなやつを、箱の上に載せた。

「ウルトラマンが一番強いんでしょ？」せえの、で二人で叩き出す。あまり強くやると両者共に倒れてしまうから、慎重な突き方になった。箱が揺れ、消しゴムが左右に動く。動く、と言うよりは震えているようにしか見えない。

そのうちに私の消しゴムがぱたんと後ろに倒れた。よし、と潤也君が満足げに顎を引く。「そういうウルトラマンみたいなのはさ、尻尾ないから弱いんだよ。俺のレッドキングは、こんなに太い尻尾があるだろ。これで安定してるんだよな」

「それ」私はあまりのことにきょとんとしてしまう。「先に言うべきじゃないの？」

「だよなあ」あっけらかんと言う潤也君は本当にのんびりとしている。私は仕方がないから立ち上がって、台所へと向かった。

「週末、競馬場行ってみようか？」と潤也君が提案してきたのはその後だ。

6

競馬場は、仙台から国道四号を北に向かって、車で三時間程度の場所、岩手県に入って少ししたところにあった。

運転するのは私だ。お兄さんが亡くなった後、私たちは教習所に通い、免許を取得したのだけれど、忘れ形見の一つとなったそのセダンを動かすのはたいがい私の役割だった。国道から外れた後、地図を見ながら潤也君が右折だ左折だと案内をしてくれて、それにしたがっていくと無事に競馬場に到着した。

どれくらいついているのか、実験する予定だった。「兄貴の憑き具合を」

近くの有料の駐車場に車を停め、十一時少し前に競馬場に到着した。古くて煤《すす》けた、廃屋に限りなく近い、建物だ。入り口をくぐり、パドックを横目に、馬券売り場に足を踏み入れると、その暗さと薄汚れた雰囲気に戸惑う。床はでこぼことし、マンホールの蓋がいくつも見えている。天井を見上げれば、様々な配管やケーブルがいくつも伸びて、埃だらけだった。新聞を片手に、観客がうろついている。野球帽を被っている人が多いな、と私は思った。心なしか誰もが浮かない表情で、みんなの吐く溜め息のせいで、空気が濁っているとしか思えない。

マークシート置き場には人が張り付き、記入や検討をしていた。空いている場所に入り込むと、競馬新聞を潤也君が広げる。私は競馬のことはあまり知らなくて、競馬場に来るのも潤也君に付き添って三度目くらいなので、要領を得ていないのだが、とりあえず新聞の第二レースの欄を見て、その十頭立ての名前を眺めた。

詩織も何か買ったら、と言うので、「サンゴー」と伝える。「そういう買い方はオーソドックスだよな」と潤也君が微笑む。三月五日が、私の誕生日なのだ。

「じゃあ、俺は、ジュウゴー」十月五日が潤也君の誕生日だ。

そしてさらに、当てずっぽうなのか、それ以外にもいくつか数字の組み合わせを選んだ。場内には先ほどから、馬券購入の締め切りまで何分です、とアナウンスが流れていて、騒々しい。

「お金は全部百円でいいかな」目的は儲けることではなくて、憑き具合の確認だったから、百円でも一円でも問題がなかった。

馬券を購入するのは、私がやった。自動券売機がこれ見よがしに並んでいたけれど、私自身は、窓口の人から直接、買うのが好きだ。

透明の窓口の小さな穴からマークシートを渡すと、向こう側に座るおばさんは、

「はい」と受け取って、「これ、枠連だから、五─三ってなってるけど、三─五になるからね」と言った。よく分からないけれど、「お願いします」と答える。

おばさんは眉間の皺が深く、言葉の語尾も強かった。怒ってるのか、と思ったが、お釣りをくれる時に、「彼氏と来てるの？」と顔を寄せた。

「ええ」

「ギャンブル好きの男は気をつけたほうがいいよ。わたしの旦那も、それでまいっちゃったんだから。ずっと前に家を出てったきりだけどね。競馬なんて大嫌い」

「なのに、今はここで働いてるんですか？」

「ここにいたら、いつかうちの旦那が現われるかと思ってね」

「何だまだ、旦那さんのこと好きなんじゃないですか」

馬券を持って、後ろへと移動する。大きな柱が並ぶその先は、安っぽいベンチが並んだ観覧席になっている。そのさらに先に、レース場がある。観覧席の中ほどまで進むと、晴天の空とレース場の緑色が目に飛び込んできた。ずっと遠くのレース場は、はっとするくらいに綺麗だった。黄色い柵に囲まれた、楕円形のコースには土が敷かれ、その中心部は芝生となっている。馬券売り場の薄暗さや汚さに比べると、馬の走るレース場には清潔感があって、その対比が私には面白かった。それはそのまま、馬券を買う者の邪《よこし》まな気持ちと、走る馬の無心な様子を反映させているかのようだ。

「さあ、どうだ」座ると、潤也君が馬券をいじりながら、声を弾ませる。

「適当に買ったの？」

「そう。思いつく数字を並べてみただけ。オッズも見てないし」

儲けるつもりはないはずなのに、馬が姿を現わし、ゲートの前に集まり、スタートの合図なのかファンファーレというか犬の遠吠えというか、軽やかな音楽が聞こえてくると、私も緊張を感じた。「赤、黄、赤、黄」と三枠と五枠の色を連呼する。

ゲートに馬が入った、と思った直後、ぱんと爽やかな音と小さな煙が立ち、馬が一斉に飛び出した。「行け！」私と潤也君は同時に言う。

結果は全滅だった。

私の誕生日はもとより、潤也君の誕生日も、でたらめに選んだ組み合わせも全部、外れた。かと言って穴馬が来たわけでもなくて、怒りのやりどころも、失敗の言い訳も見つけにくい外れ方だった。

「駄目だったね」

「やっぱり、関係ないのかな。憑いてるわけじゃないのかなあ」

馬券を買うために施設の中に戻った。気を取り直し、第三レースに挑むため、競馬新聞を開き、並んだ十頭の名前をまたじっと見た。馬券売り場の外に、食堂が並ぶ場所があって、それはお祭りに並ぶ出店のようでもあるのだが、その向かい側のベンチに座って、馬券の検討をした。私は懲りずにまた誕生日を主張し、潤也君はでたらめの数字の組み合わせを三つ選んで、塗りつぶした。各々、百円分だけ買う。

さっきの二の舞になりそうだな、と私には予感があった。潤也君が本当に憑いているのだとしたら、特別な能力があるのだとしたら、第二レースは外れて、第三レースは当たるということはないような気がした。むしろ、それは普通の、「当たったり、外れたり」という現象に過ぎないし、それならわざわざ確かめる必要もない。

だから私はすでにお昼ご飯に何を食べようか、とそんなことに興味が移っていて、馬券売り場のすぐ脇にある立ち食いのラーメン店に目をやり、「牛タンラーメンって美味しいのかなあ」と思わず呟いた。看板がかかっている。

「牛タン？」

「あそこに書いてあるでしょ。あ、よく見ると、牛タンタンメンだ。タンメンなのかタンタンメンなのか、紛らわしいね」

「タンタンかあ」潤也君はその音を楽しむように発音した。そして、「単勝も買ってみようかな。ついでに」いかにも、タン、という響きから連想しました、という安直さだ。

「単勝って、一位に来るのを当てるやつだっけ」

「そうそう」

「十頭のうち一頭を当てるんだから、十分の一でしょ？　何か、当たりそうな気がするけどね」

「気がするだけで当たるんだったら、誰も苦労しないって」潤也君は言った後で、「三番単勝、タンタンメン」とマークシートを塗る。

「何で三番にしたの？」

「何となく」

空いている窓口もあったけれど私は、先ほどと同じ窓口に並び、馬券を買った。「あら、さっきの」というような表情を見せ、窓口のおばさんが微笑んだ。「まだやってくわけ？」

「まだ、三レースですから」

「楽して稼ごうとしたら駄目だって、彼氏に言いな」おばさんは言い、馬券を渡してくれる。

第二レースを観た席がまた空いていたので、そこに腰を下ろした。「来るかな？」

「そもそも、死んだ兄貴が、俺に憑いてる、という考えが変だったのかなあ」

「わたしは、お兄さんは、潤也君を見放すとは思えないけどね。たかだか死んだくらいで」

潤也君が噴き出した。「そうだな、死んだくらいで、俺を見放さないよなあ」

後ろを見ると、モニターの前では、二十人近くの中年男性が真剣な目を向けている。手には新聞とペンがある。無言で頭を悩ませる彼らは、研究熱心な学者たちにも思え、彼らが一人一人で、馬券を選ぶのではなく、全員で知恵と情報を交換し合えば、当たり馬券の的中はおろか、治療法の明らかになっていない病の薬であるとか、外交問題の有効な解決手段であるとか、そういうことまでやり遂げられるのではないか、と思えた。けれど、彼らは決して手を組まないんだろう。

ファンファーレが鳴った。場内の観客の期待が、その人いきれが、空気を濃くする。

音とともに一斉に馬たちが飛び出した。「行け」とわたしは声を上げる。そうだ行け行け、と後ろに座るおじさんの声が聞こえたけれど、果たして私たちとおじさんの応援している馬が一緒かどうかは分からないですよ。

三番の馬はそれなりに人気の、速い馬だったらしい。レース中盤からすでに、頭一つ抜け出すと、最終コーナーを回っても先頭を譲らず、徐々に後続との距離を広げたかと思うと、悠々とゴールした。嘆息とも歓声ともつかない、「やっぱりそう来たか」と「つまんねえなあ」がないまぜとなったような声が場内に短く、響いた。

「来た！」潤也君が拳を振る。「単勝だけどなあ」

「でも、とりあえず当たったんだから」

二人でその場で座って待っていると、やがて、配当が表示された。一着、二着ともに人気の馬だったらしく、どよめきが起きることもなければ、悲鳴が沸くこともなかった。

「いくらだったの」

「二百円」と潤也君が笑う。「百円買ったら、二百円になるってこと」

私たちはどの馬券も百円ずつしか買っていなかった。「うーん、これって、憑いてるってことなの？」

「まあ、他の馬券は外れてるから、全体的には赤字だよなあ」

けれど、私たちの快進撃は、つまり潤也君の憑きの威力が発揮されるのは、ここからだった。

7

当然のように私たちは、第四レースも買った。しかも閃きでもあったのか、潤也君は、「これからは単勝しか買わない」と宣言し、ろくに新聞を見ないうちから、「五番にする」と決めた。

「どうして単勝だけ？」

「特に意味はないんだけど、でも、単勝のほうがじゃんけんに似てると思わないか？　じゃんけんも、グーチョキパーの中から一つでたらめに選ぶだろ？　単勝も、まあ選ぶ候補はじゃんけんより多いけど、一つ選べばいい」

「でも、新聞見てからでもいいんじゃない？」新聞に並ぶ十頭を見ながら、私は提案した。

「俺、じゃんけんする時は本当に何も考えないで、やってるからさ、これも同じような気がするんだよな。考えないほうがいいような」

「考えないほうが？」

「そう。考えない考えない。で、勝ったお金を全部賭けよう」

取る。

「二百円だけどね」

私にとってはすでに馴染みとなった、例の窓口に並んだ。現金を渡し、馬券を受け取る。

「今度は、一点買いなんだね？」おばさんが言う。

「これからは一点買いにします」私はうなずいた。

レースはまたしても、私たちの、潤也君の勘の、勝利だった。私たちの二百円を乗せた、黄色の帽子の騎手を乗せた、栗毛の馬は、序盤こそ後ろのほうでもたついていたが、そのうちに川を流れるように先頭集団に並び、最後の直線に入ると、「ここに到って、私、走る喜びを知りました」と言わんばかりの加速を見せ、美しい前足で綺麗に地面を蹴り、一着でゴールした。

「よし」と潤也君が喜ぶ。そのせいかどうかは分からないが、横の男が舌打ちをした。配当金が表示されると、「九百三十円」だった。

「千八百六十円になったよ、詩織」

どう頑張っても大金とは呼べないけれど、一点買いで的中させた、という爽快感はあった。

その後、私たちは例の、牛タンタンメンを立ったまま食べて、これは牛タンなのかハムなのか分からないね、と笑い合い、トイレに行って準備万端、第五レース、第六レースに挑んだ。

結果だけ言ってしまえば、両方とも当たった。

どちらも単勝を一点だけで、まず、第五レースは、一番を買った。賭け金は、第四レースで得た千八百円を全部だ。結果は、配当四百二十円がついて、私たちは払い戻し機から、七千五百六十円を手に入れた。もちろん驚きはしたけれど、それ以上に愉快さのほうが上で、このあたりまでは私たちも暢気《のんき》にはしゃいでいた。

第六レースで、潤也君が選んだ、「単勝三番」の馬券を買いにいって、窓口のおばさんに、「だんだん、賭け金が高くなってくるね」と言われた時も、ごく普通に、「さっき勝ったので、そのお金を全部賭けるんですよ」と応じた。

けれど、その七千五百円を賭けた、三番の馬が一着でゴールし、その配当金が、「三百五十円」と表示されると、少しずつ怖さを感じたのも事実だった。喜びの声を上げるよりも先に、唾を呑む。

「二万六千二百五十円だ」私が計算をすると、「結構なお金になってきたなあ」と潤也君が言った。「全部、当たったりしてね」

「帰り、百万円くらいになってたらどうする?」潤也君が夢でも話すように言い、

「上カルビだ」と私は能天気に、焼肉を食べるつもりになっていた。

競馬で勝つという状況について、その程度の認識でしかなかった。

第七レースの、七番の単勝馬券を買う時におばさんは少し目を丸くした。「二万六千二百円？　さっきも当たったの？」

「憑いてるんです」と私は答えた。そのレースでまた、潤也君の予想が当たり、配当が四百二十円と表示されたあたりで、私と潤也君は口数が少なくなった。ゴールの瞬間に声を上げることもなくなり、二人で顔を見合わせてしまう。口の中が渇き、何度も舌で唇を濡らさなくてはならなくなった。私たちの手元には十一万四十円が入った。

第八レースでは、おばさんは本当にびっくりし、嘘でしょ、と私をしみじみと見つめた。これが麻雀や別のゲームなら、何かいんちきでもしたのではないか、と疑ったのかもしれないが、競馬ではどうにもならないと思ったのか、「本当についてるんだね」と感心した。

「これも来ると思うか？」

「なんか、来そうだよね」

電光掲示の倍率表示を眺めた。潤也君が予想した八番の単勝倍率は、「14・2」とあった。つまり、これが当たれば、一気に百五十万円以上のお金が手に入ることになる。思わず、息を飲む。「最初にやったレースは、当たらなかったのにね」

「単勝を狙ったら急にだ」

「どういう理屈なんだろ」

「運がいいんだ、きっと」と潤也君は自分でも半信半疑の口調だった。

ほどなく、第八レースがはじまった。私たちは初めの頃のような、無邪気な楽しみ方はできず、どこか畏怖を感じ、不安を抱えているところもあった。黙ったまま、じっと走る馬の様子を見る。

八番のゼッケンをつけた艶々《つやつや》とした体の馬は、颯爽とダートを駆けている。倍率からするとさほど期待を背負っていない馬に思えたが、今までは本性を潜めていたのか、それとも、今日から生まれ変わる決心でも固めていたのか、もしくは、潤也君のお兄さんが見えないところで必死に鞭《むち》を振っていたのか、スタート直後から圧倒的な速さを見せた。文字通り、群を抜き、跳ねるような蹴りを見せる。晴天の下、陽射しが馬の茶色い毛に反射して、眩しい。地響きを立て、馬たちの蹄《ひづめ》が、心地よく競馬場を揺らした。八番の馬は大差をつけてゴールし、歓喜よりも悲鳴が場内には多く、あがった。しばらく私たちは言葉を発しなかった。他の観客たちが席を立って、散り散りになっていく中、座ったきりだった。

「当たっちゃった」

「本当に当たった」

配当金が表示されると、千三百五十円で、私と潤也君はどこか現実味を感じられなかった。「百万超えちゃった」

百万円以上になると、自動払い戻し機ではお金をもらえないのではないか、と私は心配したけれど、どうやらできないことはないらしい。ただ、潤也君が、「高額払い戻し用の窓口なんて、一生のうち、滅多に使えないんだから、そっちに行こう」と主張するので、それはそうかも、と私も賛成した。

行ってみると何てことはなくて、一番端の窓口に、「高額払い戻し、百万円以上。読み取れない馬券専用」という貼り紙がしてあるだけだった。

窓口に、ホテルのフロントでよく見る、チャイムがあり、それに触れる。音の響きが、他の人たちからの注目を集める気がして、私は怯えた。奥から、おじさんがやってくる。馬券を見せると、その男性職員はじろっと私たちを見て、そして計算なのか確認なのか、機械をいじくった後で、封筒に入ったお金を寄越してくれた。呆気ないものだった。その間も、このお金を狙って、掏摸《すり》や強盗が集まってくるのではないか、と気が気でなくて、周囲を何度も確認した。きょろきょろするとよけいに目立つよ、と潤也君が言う。彼は、私に比べれば数倍、落ち着いている。

「気をつけてお持ちください」と窓口の男の人が声をかけてきた。封筒をポケットに入れた潤也君は、「百四十八万円くらいじゃあ、ガードマンとかついてくれないのかな」と言った。

「たかだか百四十八万円ごとき、だからね」

「はした金だよな」と潤也君が笑った。そうでも言わないと、怖くて仕方がなかった。

潤也君は当然のように、次のレースもやる、と宣言をした。全額、賭けるんだ、と。それは、行くところまで行ってやるよ、とたがが外れて欲を出した、というよりは、実験だから最終的な結果を見届けないとな、という冷静沈着なものに感じられた。私としては、賭けを続けるのはまだしも、惜しげもなく全額を投入することに少し驚き、同時に、誇らしくも感じた。「潔い」

「金儲けに来たわけじゃないからなあ」

さて、次の第九レースでの潤也君の予想は、「十一番」だった。

「それ、予知能力とは違うわけ？」と私は念のため、もう一度確認せざるを得なかった。

「数字が頭に浮かぶんでもない。ただ、思いついただけ。今度は十二頭立て、だろ。何か十一がいいな、って思ってさ」

マークシートに記入をする。ただ、マークシートの、一行分で買える金額は、三十万円までで、つまり、30という数字と、万円という単位を塗り潰すのが精一杯なので、百四十八万円分購入する意志を表現するのには、何行も使う必要があった。

窓口のおばさんもさすがにここまで来ると、卒倒しそうになっていた。私の出したマークシートをじっと見つめ、「馬券って現金払いなのよ」と優しく、教えてくれる。

ええ、と私はおずおずと、封筒に入ったお札を出す。おばさんは、「あらあ」と溜め息をつく。まるで、私がどこかで強盗でも働いてきたのだ、と不憫に思っているようでもあった。「どうしたの、これ」

私はなぜか笑ってしまう。「当たったんです。さっきの十一万円が」

「嘘でしょ？」

「びっくりしてます」

「ねえ」おばさんは少しばかり口を寄せて、「何か、コツでもあるの?」と目を輝かせた。

「無欲ですよ無欲」

「無欲が一番よねえ」おばさんはうなずいた。

場内を女性のアナウンスがかき回す。馬券を持って、潤也君のところに戻ると、彼は競馬新聞に目を通しているところだった。

「どうかした?」

「十一番の単勝が来ると、いくらになるか倍率を見てたんだけど」

「どう?」

「おかしいんだよな。新聞だと三百円くらいの配当なのに、今見ると、百五十円だ。ずいぶん、違う」

「何だろ」と私は首を傾げたけれど、でも、少しも経たないうちに潤也君が、「なるほど」と気づいた。「こういう地方競馬だとさ、百四十万も買うと、オッズに影響が出るんだ」

「そうなの?」

「俺たちがかなり賭けたから、かも。でも、まあ、それでも、二百二十万にはなるけど」潤也君はどこか、現実味を持てないような言い方をして、「何か、実感ないけど、今までの流れからすると、来そうだよな」と呟いた。

けれど、第九レースは外れた。

ものの見事に、と言うべきなのだろうか、私たちの百四十八万円の重みに耐えられなかったのか、十一番の痩せた馬は、出遅れたスタートの失敗を最後まで取り戻すことができず、ビリから三番目でゴールした。

8

帰りの車中、私たちはいったいどうして第九レースで外れてしまったのか、を話し合った。

「きっと、俺のつきは、連続して何回までしか効果がないって決まってるんだ。結局当たったのは、第三レースから第八レースまでだったから、六回連続まで、とか」

「じゃんけんなら何回でも勝つのに」私は言う。「もしかすると、儲けがいくら以上にならないように、調整されているのかな」

「調整って誰が調整してんだよ」

「お兄さん」

「兄貴が、払い戻し金額に応じて、調整をしているってこと？　二百万円以上は駄目とか？　ないよ、そんなの。じゃあ、もしくはさ、第九レースの時だけ、俺、事前に新聞を見ちゃっただろ？　あれが関係してないかな」

「倍率を確かめたから、ってこと？」

「そうそう」

「でも、確かその前のレースでも倍率、確かめなかったっけ」と私はハンドルを回すと同時に、アクセルの踏み込みを強くする。

「でも。当たってたら、怖かったよなあ」

私はハンドルを戻しながら、「だね」と答える。そして思い立って、「じゃんけん」と声を発した。びくっと身体を震わせて、潤也君は身体を起こし、慌しく右手を出す。グーを出した私は負けた。

「何だよ急に」

「潤也君のつきも消えちゃったのかな、と思って、試してみたんだけど」

「なるほど」と潤也君は言って、「まだ、健在なのかな、俺のじゃんけん力は」と微笑み、「ちょっと眠っていいかな」と申し訳なさそうに断った。「俺はじゃんけんで、世界を支配する」と馬鹿げたことも言った。そんなことを言っているうちは眠れないではないか、とからかおうとしたけれど、すぐに助手席は静かになり、赤信号で停まった時に視線をやると、潤也君は安らいだ表情ですっかり眠っていた。シートベルトの締められた胸が、呼吸に合わせ、ゆっくりと上下する。せわしくもなければ、のろくもない絶妙の間隔で、息が続く。眺めているうちに、釣られて眠りそうになった。

9

蜜代っちが、私たちのマンションに来たのはその翌日、日曜日だった。お昼過ぎに突然、電話があり、何かと思えば、「今から、詩織っちの家に行ってもいい？」とはきはきとした声が飛んできた。今まで私のマンションに来たこともなかったし、休日に電話がかかってきたこともなかったから、「どうしたの」と聞き返すと、「旦那と喧嘩した」と言う。

「あなたが、詩織っちの旦那さん?」やってきた蜜代っちは、電話の時よりも落ち着いていて、潤也君にそう声をかけた。

出版社勤務の旦那さんと喧嘩をし、腹が立ったので家を飛び出し、行くあてもないから、とりあえず、「テレビや新聞のない生活」を送っている家庭を見学しようと閃いたらしい。「本当に、テレビないんだね。すごい」

はじめのうち私と潤也君は、きっと旦那さんも悪気はなかったんだよ、であるとか、今頃いなくなった妻を捜してうろたえているに違いない、であるとか、喧嘩するだけ仲がいいんだ、であるとか、どこかで聞いたことのあるような言葉で宥《なだ》めていたのだけれど、蜜代っちは、「うちの旦那、何の話をしても、気のない返事しかしないんだよね。こっちの話を聞いてないんだって」と張り合いのなさを嘆き、「最近は、耳掻きばっかり、持って帰ってくるし」と妙な愚痴を零した。

「耳掻き?」

「耳掻きの専門誌作るようになったんだって。『月刊耳掻き』」

最初は冗談かと思ったけれど、話を聞いていると真実味があって、なるほど世の中には様々な嗜好《しこう》や専門があるものだな、と感動を覚えた。『月刊耳掻き』の発行部数は小説の載った月刊誌よりも何倍も多いらしいよ、とも蜜代っちは続けた。

潤也君の淹れたコーヒーを三人で飲んでいると、蜜代っちが、旦那の悪口を列挙しはじめる。私はいちいち、「それはきっと蜜代っちの誤解なんだよ」「旦那さん、元高校球児だからきっと、根は誠実なんだよ」と根拠のない、どちらかと言えば偏見に満ちた台詞を並べ立てた。が、愚痴と慰めの応酬も一段落がついた頃、蜜代っちが、テーブルの上の競馬新聞を見つけた。「競馬行ってきたの？」

「うん。単勝ばっかり買ってたんだけど」実は百万円以上の金額をつぎ込んだのだ、と言うわけにもいかない。

「こつこつと稼いでいけば、大金になるからね」蜜代っちは特に深い意味はなくそう言ったのだろうが、それはまさに、百円を百万円以上のお金に変えた昨日の私たちの戦術に近かったので、「なぜ、それを？」と一瞬、びくっとした。

「そう言えば、昔、兄貴が面白いこと言っていたな」潤也君が突然、話しはじめた。

「兄貴？」蜜代っちが聞く。

「潤也君のお兄さん、五年前に亡くなっちゃったんですけど、仲良しだったんですよ」例の、サイドボードに置かれた写真を指差した。「お兄さん、何言ってたの？」

「すげー昔だったけどさ、テレビでやってたんだって。紙ってあるだろ」

「紙？」

「そう、新聞紙とか。それでさ、紙を二十五回折り畳むとどれくらいの厚さになるのか、っていうクイズがあったんだ。どれくらいになるか、答え、知ってる？」

「紙を？　二十五回？」私は言いながら、頭の中で一回二回と紙を折ってみる。「三十センチくらい？」

違います、と潤也君は司会者気取りで答えた。

「五メートルくらい？」

「それも違う。正解は、富士山くらいなんだって」

「は？」私は呆気に取られて、ぽかんとしてしまう。すぐに、「嘘だー」と否定した。蜜代っちも、初対面の潤也君にどう対応して良いのか分からなかったのか躊躇《ちゅうちょ》しつつ、「富士山って、何それ」と困惑した。

「俺も、最初は馬鹿げてると思ったけど、計算するとそうなるんだって。兄貴が言ってた」

「何で、そんなこと思い出したの？」

「いや、単勝で買った馬券のことを思い出していたんだ。少ない倍率でもそれが重なれば、大金になるよなあ、と考えてたら、紙を何度も重ねていくと、富士山くらいになるっていう仕組みと似ているような気がして。数字のマジックって言うのか」

「よし、計算してみる」蜜代っちが言い出す。

私は分厚いメモ用紙とペンを持って、テーブルに座り直した。「定規も」と蜜代っちに言われ、用意する。テーブルの上のそのメモ用紙を手に取ると蜜代っちは、「まず一枚の厚さを計算しよう」とメモ用紙の束に定規を当て、おもむろに紙の枚数を数えたかと思うと、「五十五枚で、五ミリって感じかな。ということは」と計算した。

「一枚、〇・〇九ミリってところか。で、これを折り畳んでいくってことは、どんどん倍にしていけばいいんだよね？」

「うん、そういうことだと思う」紙を折れば、厚さは二倍になる。

「二十五回、二倍にすればいいんでしょ」蜜代っちは言ったかと思うと、メモ用紙に数字を書きはじめた。数字を次々に二倍にしていく。私と潤也君は座ったまま、肘をついて顎を支え、その計算を大人しく見る。

最初のうち、計算した数字は全然、大きくならなくて、十回目の計算を終わったところで、「全然、駄目だね」と蜜代っちに声をかけた。

「だね、十回折り畳んでも、九十二ミリにしかならない」

「おかしいな。兄貴、嘘ついたかな」

もう少しやってみよう、と計算は続く。そのうちに、「おや」と私は異変に気づきはじめた。正確には、蜜代っちが、おや、という表情をしはじめたことに、気づいた。

　あっという間に、数字が大きくなっている。

ペンを走らせる蜜代っちは、「これは」と驚きを隠せない様子だった。「意外に、凄いかも」と。倍、倍、と数字が大きくなるのだから当然かもしれないが、違和感を覚えるほど数字の桁《けた》が増える。何枚もメモ用紙を使い果たして、二十五回の計算を終わった後で、「できた」とペンを置いた。

「結果はどれくらい？」

「ちょっと待ってね」蜜代っちが指を置きながら、いちじゅうひゃくせん、と単位を確認し、計算結果を口にする。「三千メートルだ」

おー、と潤也君が拍手をした。「富士山に近いなあ。あながち嘘じゃなかった」

私はメモ用紙の数字を見直し、計算が誤っていないことを確かめた。潤也君は暢気なもので、そう言えば昔、ドラえもんも、「倍々にどんどん増えていく怖さ」を語ってたよなあ、と漫画の話を思い出してもいた。

　午後三時を越えたあたりで、せっかくだからわたしが夕食作るよ、と蜜代っちが言い出した。夕食の時間までこの家にいるつもり、という宣言にも聞こえる。旦那さんは今頃、どこで何をしているのか。「さっきからわたしの携帯電話、全然、鳴らないでしょ。心配ならかけてくるよ。あっちはあっちで、意地張ってるんだから、いいのいいの」

「そういうものかなあ」

「でも、つくづく思ったんだけれど」蜜代っちがそこで言いはじめた。

「何でしょう」

「夫婦喧嘩一つでもさ、こうやって苛々《いらいら》したり、憂鬱になったりするでしょ。夫が浮気したとか、妻が家出したとか」

「うん」

「そんな状況の時にさ、憲法の改正がどうとか、自衛隊はどうなるとか言われてもさ、正直、それどころじゃないよね」

「ああ、なるほど」急に憲法の話が出てきたので戸惑う。

「これがもっと深刻な問題を抱えたさ、たとえば子供が難病にかかった、とか、親の暴力に悩まされてる、とか、そういう人たちからしたらさ、憲法とか自衛隊のことを気にしている場合じゃないよね」

「世界の問題よりも、目の前の自分の問題だ」潤也君が言う。

「ってことはさ、逆に言えば、世界とか環境とか大きいことを悩んだり、憂慮する人ってのは、よっぽど暇で余裕のある人なのかもしれない。さっき、そう思っちゃったんだ。小説家とか、学者とか、みんなさ、余裕があるから、偉そうなことを考えるんだって」

「なるほど」

「でね、そんな暇な人間の、偉そうな言葉が一般人に届くとは、とうてい思えないんだよねえ」

「かもしれないなあ」と潤也君が答えた。

私はサイドボードの上から投票についてのお知らせの冊子を持ってきて、「これだよね？」と眺めてみる。はじめて開くその冊子には、今回の改正内容について、「現行の憲法の条項と改正案」について、書かれている。「結構、あちこち直るんだね」

「九条ってこんなんだっけ？」潤也君はしみじみと言う。「意外に、読んでみると、現行バージョンは、凄いこと書いてあるよなあ」と感心した。「武力を永久に放棄する、とかさ、戦力を保持しない！　とかさ」

「理想的、と言うか絵空事と言うか」

「絵に描いた餅？」蜜代っちが苦笑した。

絵に描いた餅、という表現自体をひどく久しぶりに聞いたけれど、「そうかも」と思った。この間の赤堀君じゃないけれど、「陸海空軍は持たないって言ってるくせに、陸上自衛隊、海上自衛隊ってあるし。しかも、自衛隊は海外にどんどん出かけていってるし。現実とはかけ離れまくりじゃないか」という疑問はある。

「今のところは、自衛隊のやる平和活動は、軍事じゃないっていう理屈なんだよね」蜜代っちはムキになるでも、教え諭すでもなく、淡々と言う。「平和活動だけやってても、自衛にならないよなあ」

「でも、もしどこかの国が攻めてきて」潤也君が腕を組む。

私はそこで、どこからか見知らぬ国の軍隊が大量に攻め込んできて、その間、みんなが井戸を掘ったり、救援活動に勤《いそ》しんでいる姿を思い描いた。確かに、それはそれで大事な作業だけれど、そんな、「平和」なことをしているうちに、肝心の敵はずんずんと各地を占拠していくに違いない。それが自衛力か？　と問われれば、違うとしか言いようがない。「やっぱり、敵と戦わないと、守れないね」

「そうだね、無理があるかも」意外にも蜜代っちはすぐに認めた。

「それに比べると、改正案はうまくできている気がするなあ」潤也君が声を上げる。

異を唱えるというよりは、純粋に自分の思ったことを口にしただけなのだろう。「自衛のための戦力、って謳ってるわけだし、しかもこの文面からすれば、徴兵制はないんだし。いいね」

「うんうん」私も同意する。改正案の第三項には、国民は、第一項の軍隊に参加を強制されない、という条項が加わっている。すごく分かりやすい。

「そうなんだけどさあ」蜜代っちはどこか承服しがたい様子だった。「わたしもね、昔は思ってたの。近所に、護憲派のおばさんがいてね、強烈だったのよ。護憲御前と言うか。ヒステリックで、国民投票反対、平和憲法を守れ、戦争反対、って死ぬほど訴えてて。何だかさ、わたしも子供ながらに、そんなに九条を守りたいなら、国民投票をやって、勝てばいいのに、って思っちゃったんだよね。本当に自分たちの意見が正しいと思うなら、投票で決めればいいのに、って」

「うんうん、それは正しい考えのような気がする」

「だけど最近は、少しわたしも考えるようになってさ、投票やるのも結構怖いかもなあ、って」

「怖いかも？」

「政治家とか国とか、権力を持ってる人って、ずるいんだよね」

「ずるい？　と言いますと？」とそれこそ権力者のお答えを伺う気分になる。

「たとえば、国民投票って、昔、学校で習った時、憲法の改正は国民の過半数の承認が必要だ、って聞いた気がするんだよね」

「違うんだっけ？」私にもそういう記憶が、薄っすらとだけれど、あった。

「憲法自体にはね、過半数としか書かれていないんだよ。だから、どうとでも解釈できるわけ。国民全部の過半数、とも、有効投票の過半数とも。で、今は国民投票法ってやつで、有効投票の過半数ってなってる」

「いつの間に」

「だから、投票率が低くても、投票率二十パーセントとかでも、過半数を取れば、改正される」

「いつの間に」

「それに、一番怪しげなのは、改正案に足されてる、『自衛のための戦力』って言葉だよね。『自衛』の定義なんて、漠然としてるんだし」

「でも、ある程度はイメージがあるけど」

「考えてみてよ、今の憲法の、『戦力を持たない』って言葉すら、解釈で好き勝手されてるんだよ、『自衛のため』なんて言葉はいくらでも解釈できると思わない？　『自衛のために核兵器を持って、まずはひとつ、発射しておきますか』ってのだって、自衛行為だと解釈されるよ。本当に自衛に限定するなら、もっと事細かに、書かないと駄目なんだと思う」

「でも、それは被害妄想と言うか、考えすぎのような」私は正直に言った。

潤也君はしばらく腕を組んで、相変わらず、憲法の条文を読んでいた。ああやって、真面目な顔つきで集中をしている潤也君は、いつもよりも二重の瞼が際立って、色気がある。「でも、これはやっぱり、改正したほうがいいように見える」潤也君は言い切った。「権力者はそんなにずるいものかな」

「たとえば」蜜代っちはまた、口を開く。「猫田市の像の話って知ってる？」

「猫なのか、象なのか」私は知らない、と首を横に振った。

蜜代っちが説明をするにはこういうことだった。数年前、猫田市で、市の象徴としての大きな像を作った。市の名産が鶏卵であったために、卵を持った鶏を芸術的にデフォルメした、立派な像だったらしい。「それなりに、悪くない像なんだけどね」と蜜代っちは言った。問題が起きたのは、それに名前をつける際だった。市長が命名しようとした、「ケイコ」という名が、市長の孫娘の名前と同じだったのだ。「鶏の子と書いて、ケイコだ、って市長は主張してたけど、胡散臭いよねえ。孫の名前を付けたかっただけなのよ、きっと」

「それで？」

「当然、市民の投票で決めようってことになったわけ。住民投票でね。で、いったいどこでどういう決定があったのか分からないけれど、投票の際には五つの候補があったの。『ケイコ』『ネコッ太』『猫田君』『鶏卵ちゃん』『ねこっけい』ってね」

「どれも酷いなあ」潤也君が苦笑する。

「つらい選択だね」私も顔をゆがめる。

「そうそう」蜜代っちは笑った後ですぐに真顔に戻り、「で、ケイコ支持派は、市長の関係者でみんな、団結してるでしょ。一方の、『市長の孫娘の名前は嫌だ』って思ってる他の市民はね、別に情報交換も意思の統一もやってないから、思い思いに投票するわけ」

「つまり、『ネコッ太』『猫田君』『鶏卵ちゃん』『ねこっけい』に分散しちゃったわけだ」潤也君は結果が推測できたのか、言った。「それにしても、どれも酷い」

「その通り。反対派の投票は四つに分散して、住民投票の結果は、『ケイコ』になったわけ。他の四つを足したら、断然、『ケイコ』票より多かったのに」蜜代っちはそこで、演出なのか無意識になのか、咳払いを一つした。「そこから得るべき、教訓は」

「下らないことで、住民投票をするなってこと？」潤也君が聞き返した。

「反対派も結束を固めないといけないってこと？」私も、彼女を見返す。

「偉い奴らは、ずる賢いから気をつけろってこと」蜜代っちが断定した。

「なるほどー」と私と潤也君は納得した声を出して、小刻みにうなずいた。ただ私は内心では、蜜代っちは少し極端に考えているのではないかな、と思ってもいた。「残りの四つの選択肢も、かなり酷いと思うよ。それに、権力者ってそんなことまで、考えるのかなー。そんなに知恵があるなら、もっと日本は良くなっていそうだけど」

「よく言うじゃない、よく当たる占い師も、自分の未来は分からない、って。他人のことしか占えない。それと一緒で、政治家も、自分の利害に関係することにしか、知恵が回らないのかもよ」蜜代っちが苦笑する。「まあ、でも」

「でも？」

「今の犬養って、あの首相は違うよね。自分の利害とは別のところで動いてる気がする。賢いし。怖いくらい」

「政治家が賢いのと馬鹿なのでは、どっちが怖いんだろう」潤也君がぼんやりと口にした。

それから私たちはまた、蜜代っちの旦那さんの話題で遊んだ。『月刊耳掻き』って雑誌はいったいどうなのよ、と笑い、「今時《いまどき》は、新素材で凄くよく耳垢を掻き出せるものがあるらしいのよ」とも笑い、「あの雑誌が週刊になったら、どうしよう」とさらに笑った。「わたし、うちの旦那の頭を膝に載せて、耳掻きをしている時にいつも思うんだよね。こういうことができるのは本当に平和な証拠だなあ、って。だってさ、戦争とか起きたら、耳掻きしてる場合じゃないでしょ」

「センソウ」私と潤也君はここでまた声を合わせて、発音してしまう。蜜代っちはやっぱり、いろいろ考えすぎだ、とも思った。戦争なんて現実的じゃない。

「戦争中にさ、セックスはできても耳掻きはできないよ、たぶん。だからね、旦那が耳をこっちに向けて、じっとして、でも息をしてるから、ゆっくりと身体が動くでしょ」

「呼吸で?」

「うん、そう。その呼吸を感じながら、のんびりしている時間が、わたしは好きなの。こうやって、耳掻きができる時間をありがたく思わないとなあ、って」

結局、蜜代っちは近所のスーパーマーケットで買ってきた材料で、豚汁とカレイの煮つけを作ってくれて、それを三人で食べた。根負けした旦那さんから電話がかかってきたのは、夜の十時だった。

その直前まで蜜代っちは、「二十五回、折り畳んでみよう」とスーパーで買ってきた新聞をテーブルの上で折っていた。

「数回、折り畳んだら、もう無理だと思うよ。物理的に。兄貴がそう言ってた」潤也君が忠告したが、蜜代っちは、とにかくやってみる、と譲らなかった。

「詩織っち、マンション壊しちゃったら、ごめんね」と言う蜜代っちは、富士山並みの高さになった新聞紙が天井を突き破る光景が目に浮かんでいるに違いなかった。

10

数日後、セダンを運転し、仙台市を越え、小さな町に向かった。平日だったが私の職場は休みで、これはチャンス、とばかりに潤也君の仕事現場を見学に行ったのだ。

海岸脇のトンネルを抜け、蛇行する細い道を越えると小さな山があり、そこの麓《ふもと》をなぞるように進むと、水田の広がる場所に出た。空いている場所に車を止める。会社の車なのか、潤也君が運転してきたと思しきバンが隣にあった。

水田の畦道《あぜみち》を歩いて、開けた場所に出ると、潤也君の姿が見える。携帯用の小さな椅子に腰を下ろしていた。その前には三脚があって望遠鏡が載せてある。首には双眼鏡をぶら下げていた。

私が近づくと潤也君は、「本当に来たのかー」と言った。

「たまたま通りかかったんだよ」

「こんな、里山に囲まれた場所に？　たまたま？」

「これって何してるの」

「猛禽類の定点調査」潤也君は向かいの山を指差した。「たとえばさ、今度このあたりに大きい道を通すとか、道路を拡大するとかいった場合に、ああいう山を削る必要が出てくるだろ」

「うん」

「その時に、そこに棲む野生動物にどれくらい、影響を与えるのか、調査しないといけないんだ。鳥の生活するエリアが分かれば、じゃあ、それを避けて道を通そうか、とか」

首を傾け、空を見上げる。本当に晴れ渡っていて、澄んだ水色をしている。筋肉質な肉体を思わせる、白い雲が見えるけれど、それ以外は何もない。空《から》っぽの空《そら》、だ。ぐるっと一周、見渡してみる。「鳥、いないよ」

「そりゃ、いないって」潤也君が噴き出した。「七時間も八時間も待って、一羽も出てこないこともあるんだから」

「本当に？」

「本当、本当」

「え、じゃあ、何やってるの」

「何やってるの、って失礼だな。だから、こういう仕事なんだって。これが仕事なんだ。山から鳥が姿を現わしたら、動きを観察して、その飛行経路を記録する。それを重ねていけば、この一帯でどういう種類の猛禽類がどういう行動を取っているか分かるだろ。ただ、それも、姿を見せてくれなければそれまでだけど」

「変わってるね」

「やってみて分かったけど、現代社会で、空をぼうっと眺めているだけっていうこの仕事は、かなり変だよ」潤也君は自嘲気味に、そしてどこか自慢げに言った。手元にあった双眼鏡を渡してくる。「詩織はこれ使って、見てみろよ」

双眼鏡を受け取り、首から下げ、両手で持って覗いた。使い方をひと通り教わると、構えてあちこちを眺める。遠くの山の杉であるとか、楢《なら》の木の葉が見えて、それだけで私は新鮮に感じる。空の色や雲の塊を眺め、後は、山を眺めた。山と空の境界線あたりを舐めるようにして観察してると、鳥が背景に消えなくて見つけやすいよ、と潤也君がアドバイスをしてくれたが、要領が分からない。

三十分も私はそうしていた。一向に鳥の姿は見えない。背後の山から、鳥の鳴き声が聞こえてきたので、あれは？　と振り返ると、「エナガだよ」と潤也君が教えてくれる。スズメみたいな可愛い鳥だ、と。

「鷹、いないのかなー」私は椅子に腰を下ろし、でもまあこうやって車の音一つ届かない、のんびりした場所にいるだけで楽しいな、と思ったのだけれど、その時に、「オオタカだ」と潤也君が立ち上がった。え、え、と私もすぐに腰を上げ、首を振る。どこだどこだ、と空を見やる。潤也君が北の方角を指差し、双眼鏡を覗いていた。私もすぐに真似をする。なかなか位置が分からず、双眼鏡には空しか見えない。焦りながら顔を動かして、ほどなく、「あ」と声を上げる。

捕まえた。レンズの中に、茶色い鳥が見えたのだ。羽根を広げ、飛ぶというよりは浮遊するかのように、そこにいた。後ろは水色一色の空だから、遠近感がまるでつかめない。

「キャッチした？」潤也君が双眼鏡を覗きながら、訊いてきた。

「キャッチ？　うん、見えてる見えてる」

オオタカは優雅に旋回をはじめた。右回りで弧を描いたかと思うと、しばらくして、今度は緩やかに、逆回りをする。見入ってしまう。鷹をこんなに近くに、レンズ越しとはいえ、じっくりと見たことなどなかった。オオタカの移動に合わせて私も首の角度を変えていくので、だんだんと首が痛くなる。けれど、目を離せない。

「三番です」潤也君の声が聞こえた。双眼鏡を外すと、隣で彼がトランシーバーに向かって、喋りかけている。オオタカが見えている位置を説明し、旋回しながら飛んでいく方向を伝えた。そして、オオタカの姿が背後の山の陰に消えたところで、「ロストです」と言う。姿を見失った、という意味だろうか。トランシーバーから、「こっちから見えます」と返事が聞こえてきた。

「四箇所に、調査員がここと同じようにいるんだよ。それで、それぞれの見える場所で、鷹を追うんだ。今、俺はあそこの山に消えていくところまで見ただろ。それ以降はあっちにいる、別の担当者が追ってるんだ」と言いながら手元の地図のようなものに、ぐりぐりと鉛筆で線を書きはじめた。「これ、今、飛んでいた経路だけど。ここで、旋回してただろ？　あれはさ、下の水田に餌がないか探してたんだよ。ぐるぐる回ってさ」

「あんなに上から？　だって、百メートル以上は高かったでしょ、あれ」

「鳥は目がいいんだって。俺たちの顔だって、すぐに判別してたよ、あそこから見下ろして」

「鳥って目が悪いんじゃなかったっけ？」

「鳥目のこと？　あれは夜に目が見えないってだけだし、それにしても、鶏だけだって」潤也君が顔を綻ばせた。「鳥は目がいいんだ」調査用紙のようなものに、記号や数字を書いてもいる。

私はもう一度、双眼鏡を覗き、空を見る。白い雲が視界に入ってくる。

「あ、潤也君、あれ」私は西側の山の木々の上に、鳥の影のようなものを発見して、声を上げる。双眼鏡を覗いて、必死に位置を合わせようとする。

「お、どう？　キャッチした？」

「見えた、見えた。あれもオオタカ？」広げた羽根の先を、どこか力なくだらんと下げるようにしながら、風に乗っている。

「鳶《とんび》だよ」潤也君が説明してくれた。

「鳶？」

「あれは調査対象じゃないんだ。調査の対象は希少猛禽類だから」

「希少猛禽類というのは何を指すわけ？」

「オオタカとかノスリとか、ミサゴとか、と言うよりも、希少じゃない猛禽類を訊いたほうが早いかもしれない」

「希少じゃないのって何？」

「鳶」

「え、それだけ」私は双眼鏡から目を離した。

「そう。鳶だけ」と言って潤也君が陽気に笑い、その笑い声が私の胸を通過し、それがそのまま青空に昇っていくような、清々しさがあった。「俺、この仕事をするようになってから、つくづく思うんだよな。テレビも新聞も見ないでさ、こういうところで、鳥が出てくるのを待ってるだろ。何時間も待って、姿を見ても、たいがい三十秒もしないうちに消えちゃうけど、とにかく鳥を待って、ぼうっとしてる」

「うん」

「で、何か、こうしてれば世界は平和なんじゃないかなあ、って思うんだ」

「実際は平和じゃなくても？」

「この地面をずっと延長していったどこかで、事故とか事件とかあるわけだろ？　もっと延ばせば、戦争だってあるし、飢えとかそういうのだってあるんだろ。知らないけどさ。でも、そんなの考えなくて、ここでぼうっとしている分には、関係ない。深く考えなければ。考えない考えない」潤也君が口元を緩め、少し照れ臭そうだった。「ここで七時間も空を眺めているなんてさ、嘘みたいだろ。こう言っちゃなんだけど、俺は七時間、鳥を探して、呼吸をしているだけだ」

「呼吸だけかー」私ものんびりとした声になった。「憲法が変わろうが、変わるまいが、関係ないって気持ちになるかも」

首を傾け、頭を倒し、真上の空を見やった。空が広がっている。緩やかに流れる白い雲の欠片を見つめていると、砂時計の落ちる砂を見ているような安堵感を覚え、肩から力が抜け、体から強張りが消える。前方を見れば、杉の並ぶ小さな山が泰然とした貫禄を備えている。時間の感覚がなくなる。当然ながら、政治も社会問題もここにはなくて、私と潤也君と鷹が、それから水田の稲や蛙がいるだけだった。地続きの災いはどこにも存在していなくて、吹《よ》いてくる風は、その不幸を微塵も運んでこない。目の前を颯爽とツバメが過ぎり、急旋回をし、ぱっと消えた。蛙の声がずっと響いている。

11

島さんが仙台にやってきたのは、翌週の土曜日だった。約束通り、午後の一時に新幹線の改札口の手前に立っていると少し前方が騒がしくなった。言い合いをしている男の人たちがいるなあ、と思ったら、その一人が島さんだった。

「仕事で来たんですか？」ネクタイのあたりを指差しながら訊ねると、島さんは、

「まあ、そんな感じだなあ」と曖昧に答えた。

「前の営業の仕事、まだ、やってるの？」潤也君が訊く。

「あれはもう辞めたよ。ずいぶん前だな。それから髪を伸ばして、まあ、これじゃあ、営業は無理だし」と島さんは自分の耳を覆《おお》う髪を触った。

「短い髪のほうが似合いますよ」と私は言った。

「自分の身体の一部を切るのがもったいないんだよ」島さんが得意そうに言い返してくる。「とにかく今は、手伝いやってんだよな」

「手伝い？」

「政治活動って言うか、未来党の党員活動って言うか。手伝いだ」

「おい、おまえ、逃げるのかよ」先ほど島さんと口論をしていた男が、こちらはずいぶんと髪の毛が短くて、顎鬚《あごひげ》を生やしていたが、寄ってきた。

「どうしたんですか?」私が訊ねると、島さんは面倒臭そうに言う。「新幹線で隣の席だったんだよ。で、議論をはじめたら、言い合いになって」

「おまえが、憲法九条なんて馬鹿らしい、とか言うからだろうが」男の鼻息は荒い。

「言ってないって。ただ、改正には賛成だ、と言っただけだ」

「おまえな、平和憲法を」と鬚男がまくし立てようとしたのを、島さんが制した。

「俺は不思議なんだけど、平和を訴えるあんたたちみたいなのが、どうしてそうやって、つかみかかってくるんだよ」

二人がそこで再び、やり合いをはじめるのを私はただ、たじろぎながら傍観しているほかなかったのだけれど、そこで横から潤也君が身を乗り出した。「そうやって言い合いしてても、平行線だしさ、いっそのことじゃんけんで決着をつけようか」

「何だ?」島さんと男がこちらを向く。

「俺とじゃんけんをやって、俺が勝ったら、もうお互い、無駄な議論はやめよう。俺を負かしたら、好きにしてくれていいから」

「どういう種があったんだ？」席について、注文を終えると、島さんが言った。

私たちはアーケード通りを歩き、地下の喫茶店に入った。急な階段を下り、さらに薄暗い通路の突き当たりにあるそのお店は、綺麗な内装で、コーヒーも美味しいのだけれど、なぜか携帯電話の電波が届かず、店の存在を知っている人もいないのか、いつも空いていた。しんと静まり返った店内は心地良い。

駅の改札近くで急遽開催された、じゃんけん勝負は結局、顎鬚の男性相手に潤也君が三連勝を収めた。しかも彼の勝ちっぷりにいかがわしさを感じた島さんが、「俺とも勝負だ」と言いだした。潤也君はさらに三連勝した。いったい何の余興だったのか、と二人とも途方に暮れた顔になり、納得したと言うよりは、気勢を削がれた様子で、うやむやのまま顎鬚の男は去った。

「何で、勝てるんだ。昔からかよ」

「兄貴が死んでからなんだ」

しばらくして寡黙なマスターが、足音一つ立てないような静かさでやってきて、コーヒーカップを三つ置く。どうも、と答えた時にはすでに、マスターの姿はカウンターの奥にある。神出鬼没、お化けみたいだった。

「じゃんけんで、俺が何を出すか分かるっていうわけか？　予知能力ってやつか？」

「潤也君が言うには、そうじゃないんだって」

「たまたま、相手に勝つのを出しているってことか」

「そうだね。たまたま」潤也君も苦笑しつつ、こめかみを掻く。

「じゃんけんで勝つ確率って何分の一なんだろうな」島さんが言った。

「勝つ確率？」

「でたらめに出して、勝つ率だよ。グー、チョキ、パーの三種類で、相手も三種類だから組み合わせが三かける三で」と計算をしようとするので私は、「相手がたとえば、グーを出したとしますよね。それに勝つのはパーで、負けるのがチョキ、グーだと引き分けですよね。ということは、相手に勝つのは、三つのうち一つだから、三分の一じゃないですか」と考えを話した。

「あ、そうかも」

「潤也は三分の一の確率を自分のものにしたんだな」島さんの言い方は、女をものにした、とか、師匠の芸を自分のものにした、とかそういう言い回しと似ていて、そぐわない気もした。

「兄貴の死後から」

「でも、ありえるのかよ、そんなの」

「さあ」と潤也君は肩をすくめる。「急に超能力が使える、みたいな感じでうそ臭くねえか？　リアリティがねえじゃんか」

「昔ね、三本しか映画を撮らなかった、孤高の映画監督がさ、ある評論家にこう言ったらしいよ。『リアリティ、リアリティとうるさいが、映画ばかり観ているおまえはさぞかし、現実社会に詳しいいんだろうな』って」

「理屈っぽい監督だな」

「蛍《ほたる》のように輝く森のシーンが綺麗だったのを、覚えている」潤也君は言う。私も覚えていたので、そうだったね、と相槌を打つ。

「よし、それなら、これはどうだ」島さんが言ってきた。「次に、この店に入ってくるのは男か女か。これなら二分の一だ」

潤也君は面倒臭さを感じたのか、すぐには答えず、手元のコーヒーカップに鼻を寄せて、その後で一口飲んだ。ずず、と啜ってから、「じゃあ、男で」といかにも根拠なく選んだ、という顔で言った。

最初のうち、私は、次の来客を緊張した面持ちで待っていた。けれど、よく考えれば頻繁に客が来るお店でもないことに気づいた。島さんも似た気持ちだったのか後ろの入り口を窺うのはやめた。

「安藤が死んでから、五年だなあ」島さんは言った。「あの時、ちょうど犬養が注目を集めてた頃だよな。いろいろ事件も起きて。サッカー選手が刺された事件があった」

「うちの近くに住んでた、アンダーソンの家が燃えちゃったのも同じ頃だね」

放火が原因とされたが、結局、犯人は捕まらなかった。当時、大国アメリカに対する反発なのか不満なのか、周囲の人間はみんな短絡的に、アメリカ人を憎んでいて、それで誰かが火を放っても、「よくやった」と快哉《かいさい》を叫ぶような、不気味な気配があった。今もそのムードは継続しているのかもしれないが、ニュースから遠ざかっている私には分からない。

「兄貴はあの時、もしかすると、世の中がおかしくなっちゃうのを止めたかったのかもしれない」潤也君が記憶を辿るようにして、ゆっくりと言う。

「おかしくなる？」島さんが眉根を寄せた。

「群集心理じゃないけれど、みんなが冷静さを失って、わーっと行動するのが、兄貴は嫌いだったからさ。兄貴は、人が自分で考えずに、勢いに流されるようなのが嫌いだった」

「それであの時、犬養の演説のところに来てたのか？　犬養に時代を変えてもらいたくて？」

「さあ、どうなんだろう」潤也君は首を捻る。

「とにかく、その犬養も、今や首相だからな。そう言えば、潤也たちは相変わらず、ニュースなしの生活なのかよ。鎖国状態？」

「黒船はまだか、って感じです」

島さんは、すげえな、と呆れた。

「景気が回復してるってことも、この間、知りました」

「嘘だろ」

「景気って、意外に、普通に暮らしてる分には実感ないんですよねえ。可笑《おか》しなもんですけど。強いて言えば、タクシーの空車が減ってたりするのかなあ。本当に景気が良くなってるんですか？」

「まあ、未来党が与党になってからな。犬養は、公共事業だとか、議員年金だとか、無駄だと思ったやつは、片端から削減しただろ？」

「しただろ、と言われても、俺たちは分からないけど」

「面倒臭い奴らだな」島さんは笑った。「犬養はそうしたんだよ。でもって、年金制度の整備に力を注いだ」

「年金？」

「景気が悪いってのは、金が動かないからだろ。で、みんなが金を持ってないかって言えばそうでもない。みんな、貯め込んでるだけだ。なぜかって言えば、将来が心配だからなんだよ。もう国にも、政治家にも信頼がないからな。だから、犬養はそれを変えることにした」

「国と政治家の信頼を？　そんなのできるんですか？」

「まあな」島さんは、恋人の長所を指摘されたかのような赤みを頬に浮かべた。「で、まず、年金制度の改革に着手したわけだ。将来への不安が消えれば、金を使う余裕も生まれる」

「そんな単純なことで、景気が良くなるわけ？」潤也君が拍子抜けした声を出した。

「じんわりじんわり、効くんだよ。人間はムードで流されるからな。とにかく、景気が良くなりそうだっていうムードができれば、みんな、動き出す。ようするにみんな、自分だけが馬鹿を見たくないってそれしか考えてないんだ。単純なもんだ」

「犬養って、いつの間にそんなに力を付けてきたんですか？」お兄さんが演説を聞きにいっていた頃はまだ、小さな野党の党首に過ぎなかったはずだ。五年で、首相になったり、年金のことを好き勝手に決められる立場になれるものだろうか、と疑問に感じた。

「いくつか理由はある」島さんは言って、カップに残ったコーヒーを一気に飲み干した。「まず一つ目は、犬養が、自分たちに厳しい、ってことだ」

「自分たちに厳しい？」

「今までの政治家は、自分たちの不利益になることからは逃げてきた。偉そうな割に、自分に甘いんだよ」

ちょうどそんなことを蜜代っちが言っていたな、と思い出した。占い師が自分の未来を占えないように、政治家は自分のことしか考えられない。

「犬養はそこをまず変えた。議員年金の廃止なんて、あっという間に決定しちまった。しかも、自分の選挙区だとか、特定の団体や企業におもねる議員を次々と、批判した」

「よく、他の議員が賛成しましたね」

「それが二つ目の理由なんだが、犬養はラッキーなんだよ。反対する議員が、その親玉みてえのが、ことごとく舞台から姿を消した。昔の下らない不倫が発覚したり、不正献金の事実がすっぱ抜かれたり、後は、犬養を異様に敵視していた当時の与党の古株が死んじまったのが大きかったな」

「犬養もついてるわけだ」

「もしかして、犬養が敵を暗殺してたりして」私は深い意図があったわけでもなく、口にした。

島さんが苦々しい表情で、「死んだのはみんな、脳溢血《いっけつ》だとか、心筋梗塞《こうそく》だったからなあ。ようするに、爺《じじ》いばっかりだったってことだろ」と言う。

「兄貴も脳溢血だった」潤也君がささめくようにこぼす。

「あ、でも、犬養さんっていろいろ襲われたりしてるんですよね?」私も口を挟んだ。

「俺もその場に居合わせたことあるぜ。犬養の取材中に、記者の恰好をした男が拳銃を取り出したんだよな。あれはまじで、びびった」

「え、まじっすか」

「まじまじ。銃を構えて、犬養の頭を狙ってさ。まわりのマスコミの奴らはみんな、固まって動けないのによ、犬養はすげー落ち着いてたんだ」

「撃たれなかったわけ?」

「不思議なことに、その暴漢はさ、銃を構えたまま動かなかったんだよな。緊張してたのか、何なのか。で、真っ青な顔で、『おまえは国を駄目にする』とか金切り声で叫んだわけよ。そうしたら、犬養はそれを真正面から睨んで、静かに言ったんだよな」

「何て？」

「『おまえは、日本の歴史をどこまで知ってる？　日本のアジアでの位置づけを、世界との関わりを、俺よりも考えているのか？　それならば意見を聞こう』とか言ってよ、かと思うと、低くておっかねえ声で、『もし万が一、おまえの考えが、そこらのインターネットで得た知識や評論家の物言いの焼き増しだったら、俺は、おまえに幻滅する。おまえは、おまえが誰かのパクリではないことを証明しろ』って続けたんだよな」島さんの目が妖《あや》しく光った。私にはそう見えた。暗記している聖書を朗読する、そういう恍惚《こうこつ》が見えた。

「で？」潤也君が促す。

「そいつはその場に倒れた。転がったんだ。病院にすぐ運ばれたけれど、死んでたよ」

「何それ」

「さあ。ドゥーチェのマスターが言うには、極度の緊張のせいじゃないか、ってことらしいけどな。犬養はあの時も、命拾いしたんだ」

「ドゥーチェのマスター？」私は訊ね返してから、記憶に引っ掛かりを覚える。「それって、お兄さんの、行きつけだった飲み屋の？」お葬式の時に、やっぱり手伝いをしてくれた人だ。坊主頭で知的な顔立ちだった。お兄さんがよく通っていたバーの店主だったはずだ。

「そうそう。ドゥーチェって名前のバーをやってた、マスター。今さ、俺と一緒に、未来党の党員やってんだけどさ。あの人は鋭いぜ。市場とか、資本主義とか、世の中の仕組みについていつも考えてる」

「世の中の仕組みなんて、考えて分かるものなんですか？」私は思わず、聞いた。

「分からないってことが分かるらしいぜ」島さんは冗談めかして言った。「とにかく、マスターは一目置かれてる。それに、ラッキーマンだ」

「ラッキーマン？」

「犬養が襲われて助かった時ってのは、たいがい、マスターが一緒にいたんだよ。だから」

喫茶店のドアが開いた。そちらに目をやると、髪の長い、無精鬚を生やした男がのっそりと姿を現わしたところだった。

「正解」と島さんが、潤也君を指差した。「男だ」

12

「起きてる?」夜、ベッドに入った私は枕に頭をつけ、天井を眺めながら、声を出した。私たちの住むマンションは築年数の割にはしっかりとした造りで、防音も行き届いているのか、夜になるとしんとする。私の声は、広げた真っ白の紙に、不恰好な小石をぼそっと落として皺を作るような響きがあった。

「起きてるよ」

私たちはお互いに下半身を下着で隠しているだけだ。さっきまで汗をかきながら抱き合っていたのだけれど、やっぱり時間が経つと、寒い。かと言って、抱き合ったまま眠るわけにもいかない。「島さん、元気そうだったね。髪がやたら、伸びてたけど」

「変な人だよな」

「結局、島さんって国民投票、どっちに投票するんだろうね」島さんは散々、犬養の業績や戦略について語っていたけれど、自分の意見については話さなかった。

「憲法なんてさ、目に見えないというか、普段はまったく意識してない物なのに、それの文章を数行変えるとか増やすとか、そんなことで、どたばたしてるなんて、少し滑稽《こっけい》だと思わないか？」潤也君は枕に頭を載せたままだ。

「そうだねえ、本当に」

「兄貴が生きてたら、国民投票について何と言ったのか、俺には想像できるんだよな」

私は、潤也君の口から、お兄さんのことを聞くのが好きだった。無条件の信頼や依存というものは、怪しげな側面もあるけれど、でも、潤也君が、「兄貴がそう言ってたから」とか、「兄貴の言う通りで、間違ったことないから」とか、ごく普通に話すのを見ると、幸福な気持ちになる。

「兄貴は、九条は改正される、って断言しただろうな」

「そうなの？」

「兄貴はいつも言ってたんだ。人間ってのは、特に頭が良い奴ほど、平和とか健康とかをダサいと思うって。そういう風に仕組まれてるんだってさ」

「出た、陰謀説」

「まあ、実際、誰が仕組んでるってわけじゃないんだろうけど、ただ、声高に、『戦争反対』とか『平和な世の中に』って正しそうなことを叫ばれるとさ、こっちも、うるせえな、って思うじゃんか。偉そうに言うんじゃねえよ、とかさ」

「潤也君は思うわけだ」

「思っちゃうなあ。昔、俺が高校の時とか、みんなで煙草を吸ったりするだろ。そうすると、同級生に一人さ、煙草は健康に良くない、とか、ポイ捨てはやめろ、とかいちいち言ってくる奴がいたんだよ」

「正しい」

「けど、俺たちは馬鹿にしてた。健康なんか気にしてられるかよ、ってさ。そういうものなんだよな。健康に悪いから、煙草をやめなさい、って言われて、ありがとうございます私たちが誤ってました、なんて禁煙をはじめる人間はいないよ。それと同じで、どんなことも、平和や健康とは逆方向に進んでいくことになってるんだよ。ずるずると、磁石に引っ張られるみたいに、物騒な方向に向かっていくんだ。兄貴がそう言ってた」

「そっかあ」兄貴がそう言ってた、の言葉がやはり私には心地いい。

「兄貴、前に一度だけ、憲法改正のことを俺の前で喋ったことがあったんだけど」

「いつ頃？」

「兄貴が大学生の頃でさ、こう言ってたんだ」潤也君は記憶の歯車を手動で回転させはじめたのか、しばらく無言の間が入り、もしかするとこのまま寝入ったのかな、と疑いかけた時に、「この国の人間はさ、怒り続けたり、反対し続けるのが苦手なんだ」と呟いた。

「怒り続けるのが、ってどういうこと？」

「初回は大騒ぎでも、二度目以降は興味なし、ってことだよ。消費税導入の時も、自衛隊のPKO派遣の時も、住基ネット開始も、海外での人質事件も、どんなものだって、最初はみんな、注目して、マスコミも騒ぐ。ただ、それが一度、通過すると二度目以降は途端に、トーンが下がる。飽きたとも、白けたとも違う。『もういいじゃないか、そのお祭りはすでにやったじゃないか』っていう、疲労まじりの軽蔑が漂うんだ」

「潤也君？」私は隣から聞こえてくるその声が、確かに声自体は潤也君のものではあるのだけれど、どこかいつもとは異なった暗さを含んでいて、しかも記憶を辿りながら話すにしては流暢に過ぎる、と気づいた。もしかすると横に寝ているのは、潤也君に似た、別の人間ではないか、と引っ掛かった。

「だから、もし、俺が政治家だったならば」と潤也君の声は続く。「こうやるよ。最初は、大きな改正はやらないんだ。九条は、『自衛のための武力を保持する』とその程度にしか変えない。『徴兵制は敷かない』と足してもいい。それだけでもおそらく、大変な騒動になるだろうな。マスコミは連日、この件について論じるし、知った顔の学者が様々な意見を言う。そして、たぶん、憲法は変わる。大事なのはその後だ。時期を見計らって、さらに条文を変えるんだ。マスコミも一般の人間も、一回目ほどのお祭りは開催できない。抵抗も、怒りも、反対運動も持続はできないからだ。『もういいよ、すでに九条は改正されてるんだからさ、また変えればいいじゃないか』という感じだろうな。既成事実となった現実に、あらためて歯向かう気力や余裕はないはずで、『兵役は強制されない』の条文を外すことも容易だ。一度、認められた消費税は上がる一方で、工事は途中では止まらない」

「どうしたの、潤也君」私はその、魘《うな》されるにしては理路整然とした、けれど、正気にしては無感情の口調にどぎまぎとして、再び確認の声を上げる。

「可能であれば」潤也君はさらに言う。「一度目の改正で、憲法改正の要件を、つまり九十六条を変えることができれば、もっと都合が良い。二度目以降の国民投票をやりやすくしておくわけだ。とにかく、賢明で有能な政治家であれば、唐突に大胆なことをやるのではなく、まずは楔《くさび》を打ち、そこを取っ掛かりに、目的を達成する。そうする。俺ならそうする」

「潤也君？」

三度目の問いかけには、今度は返事がなかった。ねえ、と粘り強く言ってみると、そのうちに寝息が聞こえてくる。

もしかすると今の潤也君は通常の彼ではなく、潤也君にお兄さんが乗り移ったものではないか、と私は考えてみるが、現実にそんなことがあるとは思えず、おそらくは過去にお兄さんから聞いた内容が、寝惚けた頭の中の、開放された記憶庫から流れ出てきたのではあるまいか、それが一番可能性の高い説明ではないか、と思った。いつの間にか私も眠っていた。

13

朝、潤也君に昨晩の話をすると、予想通り、覚えていなかった。「何それ？　俺、寝言喋ってた？」

「お兄さんが言うようなこと言ってたよ。憲法について」

潤也君は目をしばしばさせた。「俺も難しいことを言うようになったのかぁ」

「駄目だよ、お兄さんみたいに考えすぎて、それで、倒れちゃったら元も子もないから」

トーストから零れ落ちそうなバターを舐めながら潤也君が、「そう言えば」と言った。「犬養の演説会場で死んだじゃないか」

「会場って言うか、街頭演説だけど」

「それってさ、昨日、島さんが言ってた、犬養を殺そうとした、偽記者と似てるよな？」

私は眉間に力を込めて、無言で、首を傾げる。

「そいつもその場で死んだ。兄貴と同じ脳溢血だ」

「だから？」

「兄貴も、犬養に近づいたから死んだんじゃないか」

「何それ」

「犬養にはそういう力があるんじゃないか？　近づいてくる敵を、脳溢血にしちゃうような」

「しちゃうような、って潤也君、真面目に言ってるんじゃないよね」

「半分真面目で、半分冗談」潤也君がくしゃっと顔を崩し、笑う。「でも、そういう力があってもおかしくはない」

「おかしいって」

そこで話は終わり、私たちはトーストを齧るのに専念した。「確率なのかな」と潤也君が言ったのはしばらくしてからだ。

「確率なのかな、って何が」今度は何の話だ。

「今、閃いたんだけど、俺のつきって、効き目のある確率が決まってるんじゃないか?」

「どういうこと」

「昨日も言ってたけど、じゃんけんで勝つ確率は三分の一だろ」

「あ、そうだね」

「来店する客の性別を当てるのは、男か女かだから、二分の一」

「競馬の単勝は?」

「十頭のうちから、一頭を選ぶんだとしたら、十分の一だよなあ」

「あ」そこで私と潤也君は同時に、驚きの声を発した。二人の声がぶつかって、ぽかんと食卓の上で破裂するかのようだった。

「そう言えば、あの、外した第九レースは十二頭立てだった」

「わたしも今、思った。あれは、十二分の一だったよね。十分の一までは大丈夫ってこと？」

「だから、連勝馬券は当たらなかったんだ」潤也君はすでに、自分の理屈に確信を持ったのか、力強く言い放つ。「一着二着の両方を当てる確率は、ぐんと低くなる。十分の一どころじゃない。だからかな」

「だからかな？」

「十分の一が上限かもしれない。条件が分かってきた。俺は、十分の一までなら当てられる。そうかもしれない」

「潤也君にとって、十分の一イコール一ってこと？」

「もしそうだったら、どうかな」

「どうかな、も何も、非常に胡散臭いよ」私は言いながら、テーブルで向かい合ったままなのに、潤也君との距離が開いた気がした。どこへ行っちゃうのだ、と思った。

14

翌朝、私が出勤すると、まだ始業時間前にもかかわらず、大半の社員が出勤していた。遅刻してしまったのか、と時計を見るが、遅れているわけではない。

赤堀君が目に入る。席に座らず立ったままで、受話器を耳に当て、怖い顔で喋っていた。よく見れば、大半の人たちが電話にかかりきりだ。ある人は顔を赤らめて目を三角にしているし、ある人は眉をひそめて、平身低頭、謝罪しているかのようだった。熱気と言えば聞こえはいいが、それぞれの顔には清々しさがなく、どこか薄暗い。フロア内を駆け回る人もいるし、窓際の会議卓では、大前田課長をはじめ、二十人ほどが顔を突き合わせている。顔ぶれからすると、役職のある人たちばかりのようだ。

「詩織っち、おはよー」後ろから蜜代っちが通りかかった。書類の束を抱えている。

「あの、これ」私は目の前の光景を指差す。

「びっくりしたよね。昨日の夜に緊急で連絡が入って、社員は朝一番で呼び出されたの」

「どうして」

「あのね、うちのプラスチック製品って基本的に、東南アジアの工場で加工されてるんだけど」

「東南アジア？」

「前は中国だったけど、例の天然ガス採掘で外交がぎくしゃくして以降、どの企業も撤退してきてるし。で、とにかくね、一昨日あたりから、嫌な情報が入ってきたんだって」

「嫌な情報って」

「うちの製品に、有毒な物質が混入されてるって。工場の製造過程で入ってるって。電子レンジで熱したりするとね、微量なんだけどその物質が空気中に出る。妊婦とか幼児がそれを吸うと、影響がある」

「それは酷い」

「という噂。うちのプラスチックは、電子レンジに使うのが主要目的だから、やばい」

「噂なんだ？」

「一週間くらい前に、会社に匿名の連絡があったんだって。メールで。で、うちの会社の担当者が昨日、現地に入って、それを確認しているみたいなの。どこまで本当なのか分からなくて、でもね、どこから洩れるのか、インターネットにも情報が出はじめて。で、ここの部署の社員には全員、呼び出しがかかったわけ。携帯メールで一斉に。便利な世の中」

私はもう一度、周囲を見渡した。いつもはコーヒーを飲みながら談笑しているおじさんやおばさんが、みんな殺気立った様子で電話や書類に向かっている。問い合わせへの対応なのか、それとも取引先への説明なのか。「今、調査しているところなので、申し訳ないのですが、その出荷はまだ、待っていただけないですか」赤堀君が切実な声を出している。事務職の派遣社員に過ぎない私には、どうすることもできない。胃のあたりが痛かった。視線に気づいたのか蜜代っちがほどなく、こちらにちらっと目をやって、そして、顔の緊張を緩めた。「みんな、一杯一杯で怖いでしょ?」

「わたしだけ役立たずで申し訳ないなあ、と思っちゃって」

「詩織っちには詩織っちの仕事があるんだし、いいんだよ」

蜜代っちは作業に戻り、私は、社員の人たちが提出してきた出張費の計算をはじめる。

「何を考えてるんだ!」大前田課長の怒鳴り声が響いたのは、少し経ってからだ。受話器を握った人たちも、ディスプレイに向き合っていた人たちも、一斉に窓際の会議卓に目をやった。

大前田課長は席から立っていた。表情はいつもよりも険しかったけれど、興奮している様子でもない。ただ、右手をぶんと振ると、通る声で、「全部、正直に公表すべきでしょうに」と言った。「正義感や綺麗事で言ってるんじゃない。大局的に見れば、それが一番、リスクもコストも少なくて済むはずなんだ」

大前田課長を見上げるほかの偉い人たちは、困ったことを言うなあ、という品のない笑みをいちように浮かべていた。「闘え、大前田課長」と隣の蜜代っちがパソコンの画面を見つめながら、呟く。

私はそこで、「きっと今、ここで、日本の憲法のことを気にしている人なんて、一人もいないんだろうな」と考えた。むしろ、こんな事態の時に、そんなことを考えている社員がいたら、それこそ誤っている。自分の生活から遠い問題については、誰も考えない。考える余裕もない。考えたつもりになっているだけだ。考えろ考えろ。そう嘆く声が、私には聞こえてきた。誰かの声に似ているな、と思えば、潤也君のお兄さんのようで、怖かった。怖くて、それ以上に、懐かしい。

「あっという間の午前中だったね」近くの喫茶店で、ランチタイムのパスタメニューを注文した後で、蜜代っちが溜め息をついた。

正午を回った頃には、フロアも少し落ち着きを取り戻した。もちろん、一件落着と言うよりは、万策尽きて事態の展開を待つ、という疲労感と諦観の混じった落ち着きではあったが、慌しさは若干、収まった。

「どうなるのかなあ」

「どうなんだろうね」蜜代っちは小さく笑い、手元の水が入ったグラスを指で撫でる。「とりあえず、商品の流通は止めて、消費者に渡った商品は回収するつもりなんだろうけど。マスコミにも発表しないとまずいし」

「さっき、大前田課長怒ってたけど」

「東南アジアの工場で問題が起きたとなると、そこを管理しているうちの責任は問われるし、たぶん、現地と契約した際に、製品検査の抜け道とか黙認した人がいるんじゃないの。で、真実を隠蔽《いんぺい》したいと思った偉い人たちがいて、何か馬鹿なことを言ったのよ。だから、大前田課長が呆れたんでしょ、たぶん」

「大前田課長って、偉い」

「そう。あの人は偉いよ」蜜代っちはパスタを食べ終え、水を飲んで、うなずく。

「こういうトラブルが起きた時に、上司の能力が分かるよね。傾斜のきついコースに行って、はじめてスキーの上手さが分かるのと一緒で」

「犬養首相はどうなのかな」私はふと口に出した。

「どうしてここで、犬養の名前が」

「いや、あの人は優秀なのかなあ、って急に思って」自分でもどうしてその名が口から出たのか、理解できなかった。「上司の能力」という言葉を耳にして、反射的に、犬養の立ち姿が頭に浮かんだ。「あの人、いい人なのか悪い人なのか、どっちなのかなあ」

「いい人か悪い人かなんてさ、あの人の奥さんでも分かってないんじゃないのかな」

「犬養首相って結婚してるの？」

「二年前に、美人で若いモデルと結婚したんだよね。と言うかさ、証拠はまるでないんだけど、話によれば、今まで、数百人と関係を持ってたらしいよ。しかもたいがい、一回きりで。前に誰かがテレビで言ってたけど、ムッソリーニもそうだったらしいけど」

「ムッソリーニ、ってあのムッソリーニ？」

「そうそう」

「そういう女性関係って、政治家の弱点にならないの？」

「不思議だよねー」蜜代っちがしみじみと頭を振った。「そういう倫理的なこととかって、政治家の生命線かと思ってたけど、違うんだよね。他の党もさ、必死で、ムッソリーニを叩こうとするけどことごとく、効果がない」

「ムッソリーニ？」

「あ、間違えた。犬養。でもね、そこも犬養の強いところだよね。女関係のスキャンダルは山ほどあるけど、政治に関する汚職は一切、やらない。潔癖なくらいで、弱みはまったく見せない。議論は得意だし、あの目で射竦《いすく》められれば、相手はたじろぐし」

「ずいぶん昔、五年で景気が回復しなかったら死んでもいい、とか言わなかったっけ？」私の頭にそんな記憶が残っていた。

「言った言った。俺に政権を取らせれば五年で景気を回復させる。失敗したら首をはねろ、ってやつね。あったねー」蜜代っちが懐かしげに首を振る。「でも、実際、今は景気が良くなってきてるからね。大したもんだよ」

「どうして、犬養にそんなことできたんだろ」先日、島さんに聞いた話を思い出しながら、質問をする。

「思い切ったことをやる決断力と、自信、それと、他人の恨みを買っても平然としてられる肝《きも》があるんじゃない？　たぶんさ、今までの政治家だって、何をやるべきかは分かってたんだよ。ただ、それをやると、怒る人が山ほどいるし、怖いし、だから、やれなかった。でも、犬養はやるべきことをやっちゃう」

「景気が良くなってるから、奔放な女性関係くらいは大目に見ようってことなのかな」

「それもあるけど、一つ大きいのは、犬養の奥さんがさ、前にテレビに向かって言ってたんだよね。『女性関係を追及されて、しどろもどろに弁明して、うろたえる男に国が任せられますか？』って、美しい顔でしれっと。あれ観たら、みんな何も言えないよ。それに、本当なのかどうか、捨てられた女のほとんどが文句を言わず、いまだに犬養を支持しているんだってさ。それも大きい」

「夫にはしたくないけど、でも、政治家としては正しいのかなあ」

「さあ。でも、だから、支持されてるのかも。いろんな面で破格だし、魅力があると言えばあるし。何より」

「何より」

「自分の利益や安全は度外視してる」これは政治家としては本当に凄い資質だ、と蜜代っちは感心した。「前の選挙の時、犬養の党は議席を凄く増したのに、みんな険しい顔をしてた」

「当選したのに？」

「これから国のためにやるべき責任を考えたら、万歳などできるわけがないって言ってた」

それを聞いて私も、なるほど選挙で勝って、喜んでいるような人達は覚悟がないのかもしれない、と思った。「昔、宮沢賢治の詩を口ずさんでるのを、テレビで観たことがあるよ、わたし」

「今も時々、言ってる」蜜代っちは頬杖を色っぽくついて、窓に目をやりながら、囁くような声で暗誦をした。

諸君はこの颯爽たる
諸君の未来圏から吹いて来る
透明な清潔な風を感じないのか

「なんてさ、聞いてると、いいなあ、とか思っちゃうよね」

「それ、わたしも知ってる」お兄さんがまだ生きていた頃、潤也君が本で読んでいたのかもしれない。「でも、蜜代っちは、犬養が嫌いなんだ?」

「怖いんだよね。いろいろ今喋ったけどさ、わたしは、犬養が不気味で嫌」

「前に潤也君のお兄さんが言ってたんだけど、若者が国に誇りを持てないのは、大人が醜いからだ、って。過去の歴史がうんぬん、とかじゃなくて、大人が馬鹿みたいだから、国なんてどうでもいいと思ってるんだって」

「その通りだね」蜜代っちが、強くうなずいた。「今、犬養はまさに、その醜い大人のイメージを覆《くつがえ》して、強い大人の象徴になってきてるんだよ、きっと。俺たちの自慢の大人、犬養首相、って感じ。今、若者に一目置かれる、手っ取り早い方法って知ってる?」

「外見とか腕力?」

「そうじゃなくてね、きっと」蜜代っちが優しい口調で、否定をした。「より新しくて、より信頼できる情報を、よりたくさん手に入れること。つまり、情報量だと思うんだよね。情報が尊敬に繋がっている。犬養のブレインって物凄いらしいんだよ。情報の質や量が圧倒的だから、議論も負けないでしょ。若者が揶揄する隙を与えないのよ。それがだんだん、憧憬《しょうけい》とか信頼に変わってきて、支持されてる」

「蜜代っちはそれが怖いわけ？」私はさっきから、質問ばかりだ。

「どっかに落とし穴がありそう、と言うか、犬養は考えてるけど、一般大衆は考えてない、そんな雰囲気を感じるんだよね、犬養は凄いけど、群がる人達が恐しい」

「考えてるけど、考えてない」

蜜代っちが自嘲気味に、「『月刊耳掻き』が百万部くらい売れちゃう世の中になれば平和かもなあ」と言った。かもしれない、と私も思った。

「ムッソリーニの話なんだけど」店を出て、会社まで歩いているところで、蜜代っちが言った。

「犬養？」

「ううん、今度は本物のムッソリーニ」彼女は笑う。「ムッソリーニは最後、恋人のクラレッタと一緒に銃殺されて、死体は広場に晒《さら》されたらしいんだよね」

「あらら」

「群集がさ、その死体に唾を吐いたり、叩いたりして。で、そのうちに、死体が逆さに吊るされたんだって。そうするとクラレッタのスカートがめくれてね」

「あらら」

「群集はさ、大喜びだったんだってさ。いいぞ、下着が丸見えだ、とか興奮したんじゃないの。いつの時代もそういうノリなんだよ、男たちは、いや、女もそうだったんだろうね。ただ、その時にね、一人、ブーイングされながら梯子《はしご》に昇って、スカートを戻して、自分のベルトで縛って、めくれないようにしてあげた人がいたんだって」

「あらら」私は言いながらも、その時のその人の立つ状況を思い浮かべ、その度胸に圧倒された。「それはまた、勇敢な」おまえはその女の肩を持つのか、と罵倒され、暴力を振るわれても文句は言えない場面だったのではないか。

「まあ、実話かどうかは分からないけど、何だか偉いなあ、とは思うよね」蜜代っちは大切な物に息を吹きかけるような口ぶりだった。「実は、わたしはいつも、せめてそういう人間にはなりたいな、と思ってたんだ」

「スカートを直す人間に、ってこと？」

「他の人たちが暴れたり、騒いだりするのは止められないでしょ。そこまでの勇気はないよ。ただ、せめてさ、スカートがめくれてるのくらいは直してあげられるようなな、まあ、それは無理でも、スカートを直してあげたい、と思うことくらいはできる人間ではいたいなって、思うんだよね」

「蜜代っちは大丈夫な気がするけど」

「わたしは無理かも。でも、この間、詩織っちの家に行ったら、詩織っちと潤也君こそ、そういう人間なんじゃないかな、って思っちゃったんだよね」

「わたしたちがスカートを？」

「大きな洪水は止められなくても、でも、その中でも大事なことは忘れないような、そういう二人に思えました、とさ」蜜代っちは、冗談のつもりなのか、語尾を丁寧にし、昔話でも語るようにした。

15

マンションに帰ると潤也君が浴室の掃除をしていた。部屋の電気は消えていたのに、浴室の明かりが照っていて、みしっみしっと床が響くのも聞こえる。扉から顔を出した潤也君は、スポンジを片手に、裸足で中腰、という体勢だった。「あ、帰ってたのか」

「掃除したくなったんだ？」

「最近、やってなかっただろ。見たら少し、黴《かび》が出てきてたし、気になっちゃってさ」

気になると、いても立ってもいられなくなって徹底的に掃除をはじめる、というのが潤也君の性質だった。夜中に部屋の床磨きをはじめたり、靴入れの靴を片端から磨いたり、早朝から書棚の整理に忙しかったこともある。

黴取り用の洗剤を撒いているせいか、塩素の臭いが鼻を突いてくる。

「それにさ」と潤也君は顔をしかめ、「あれが出たんだよ、あれが」と言った。

「あれ？」

「せせらぎだよ、せせらぎ」彼は忌々《いまいま》しい名前を口にするかのように言って、手をひらひらとさせた。

「せせらぎ、って何だっけ」

「そうか、詩織には言ってなかったっけ」潤也君は顎を引いて、「虫の呼び名」と言った。

「せせらぎ、って可愛い感じの虫だけど」

「馬鹿な」

私は服を着替えて、化粧を落とし、と帰宅後の一連の作業を終えて、食卓に座ったが、ちょうどその時に、潤也君が浴室から戻ってきた。冷蔵庫から牛乳パックとコップを持ってくると、注いで、一気に飲んでいる。コップを離した彼の唇の端には、白い滴が付いていて、その乳幼児を髣髴《ほうふつ》とさせる匂いが、漂ってくる。

「会社で、何かあった？」

「え、何で分かるわけ？」私は職場での騒ぎ、例の、有害物質の件を思い返していたところだったので、驚いた。

「考え事してる顔だから」

私たちはお互いの会社での出来事を淡々と話したが、それがいったいどういうわけかいつの間にか、憲法改正の話になった。

「俺さ、この間も言ったけど、正直、反戦とかって何だかうそ臭くて嫌なんだけど、今日、オオタカの定点調査をやってる時に閃いちゃったんだ」

「何を」

「最近みんな、憲法がどうの、とか、軍隊がどうの、とか言ってるだろ」

「うん」

「もう、思い切ってさ、自衛隊も何もかも全部、やめちゃうっていうのはどうかな」

「どうかな、って」

「丸腰になっちゃうんだよ。武力も兵器も何にも持たないわけ。好きにしてくれーってさ」

「それでどうするの」幼稚な意見に私は笑う。

「だって、そうなっていったいどこが攻めてくるんだよ。領土も小さくて、資源もないこの国をわざわざ攻めてくる理由なんてないんじゃないかって。今、日本が採めてる大半のことは、日本が武力を持つことが原因のような気がする」

「でも、中国だって、日本の天然ガスを吸い取ってるわけだし」

「そんなの武力を持ってようが、持ってまいが、やられちゃうよ。正直さ、本気で軍備を整えるつもりなら、相手の武器と同じ強さの武器を持たないと意味がないだろ？他国が核兵器を持っているんだったら、こっちだって持たないと意味がないし。きりがない。それなら、いっそ、ゼロにするんだよ」

「効果あると思う？」

「矢吹丈のノーガード戦法と同じでさ、相手もびっくりするぜ」

「矢吹丈って何やった人？　絶対無理だよ」私はぴしゃっと言う。びっくりさせてどうするのだ。「たとえば、素っ裸で美女が寝てたら、誰も襲わないと思う？」

「俺は襲わないな」潤也君が堂々と胸を張る。「俺、服を脱がすのが好きだから」

「たとえが悪かった。じゃあね、たとえばさ、家中の鍵を全部かけないで、裸で眠っていたら、強盗には入られないと思う？」

「狙われるだろうな」

「でしょ。それと一緒で、無防備だから攻められないなんて、現実的じゃないって」

「駄目かー」

「後ね、牛乳を口のまわりにくっつけた人が何を言っても説得力がないよ」

潤也君は慌てて、トレーナーの袖で口を拭った。「まあな」と恥ずかしそうに彼は続け、「でも、島さんに、俺、訊いたんだ」と顔を引き締めた。「もし、世の中を変えたいと思ったら、どうしたらできるのかってさ」

「え」私は聞き返す。

「世界は変えられるのか、って」

私は、潤也君を真正面から見た。彼はまばたきもしなかった。眼光鋭く、眉が強張り、口にはミルクの匂いなどまるでなく、真剣さに満ちている。潤也君であって潤也君ではない、と私は咄嗟に感じ、慌てて目をしばたたいて、改めてもう一度見やるが、すると前に座っているのは、安穏とした気配に満ちた、普段の潤也君だった。

「世界、変えたいんだっけ？」

「たとえば、だよ」

「島さんは何て言ってたわけ」

「最初は笑ってたけど、『意志と金があれば、国だって動かせるんじゃないのか』だってさ」

「意志と金？」

「莫大な金だよ。現金でさ、何億も何十億、何百億も持っていて、しかもそれを政治に利用する、という意志があればさ、どうにかなるんじゃないか、って島さんは言ってたな。政治家はみんな、金に困ってる。政治家を助ければ、政治家を操れる。官僚だって動かせる」

「そんなものかなあ」

「まあ、そんなに的外れな意見ではないと思ったよ」

「ノーガード戦法よりは、的外れではないね」

「だろ」潤也君は理由もよく分からないが自慢げだった。「でさ、俺、今度の土日、東京に行ってくることにした」

「え？」

「兄貴の墓参りに行って」

「わたしも行っていい？」

「いや、俺、一人で行ってくるよ」

まった。

「え、嘘、駄目なんだ？」

「仕事も兼ねてるからさ、俺一人で行ってくるよ」

潤也君の口調には、有無を言わせない力が込められていて、だから私は、「ぼうっと鳥を眺めている仕事をしているくせに、何で、東京に用事があるんですか？」と説明を求める気持ちも、「仕事なんて嘘でしょ、それ」と非難する思いも、削がれてしまった。

ぱちんと音がした、と思った直後、部屋の灯りが消え、私たちの座る食卓がじんわりとした薄闇に包まれる。あ、電球切れた、と私は呟いた。「消灯の時間でもないのに」

「島さんに聞いたんだ。兄貴が学生時代に言っていた台詞」暗くなった室内で、潤也君が口を開き、その言葉が急造の灯りのように光る。ように感じた。

「え、何のこと」

「『でたらめでもいいから、自分の考えを信じて、対決していけば』」

「いけば？」

「そうすりゃ、世界が変わる。兄貴はそう言っていた」潤也君は起きながらにして、寝言を口にするかのようだった。「兄貴はそう言っていたんだ」

16

週末、予告通り、潤也君は東京に行ってしまった。私は一人きりでマンションにいるのも居心地が悪いため、目的もなく街中をぶらつくことにした。

途中で偶然、歩いている最中に、〈サトプラ〉の入ったビルの前を通ったのだけれど、見上げると、電気が点いているのが分かった。

東南アジアの有害物質騒動はまだ、解決していない。むしろ、悪化していた。有害物質が混入している、製品に練り込まれている、という噂はインターネットを発端に、世間に広がり、現地での調査は一向に成果を見ず、「何も分からない、ということだけが分かっている」という状態が続くばかりだった。だからこの週末も、課内のほぼ全社員が出勤しているに違いない。

犬養の姿を目撃したのは、たまたま入った電気量販店の、薄型の大型テレビが陳列されているところでだった。画面には、生放送らしかったが、犬養が映っていた。背広を着て、大きな机の前に座っている。ニュース番組のようだ。犬養の顔を見たのは、久しぶりだったけれど、昔の印象とあまり変わっていない。むしろ、数年前よりも精悍《せいかん》さが増したのではないか、まるで若武者ではないか、と驚いた。四角い輪郭に、鼻筋が通っている。

もちろん話題は、憲法改正の国民投票についてだった。白髪頭の司会者は、犬養よりも年上のせいか、踏ん反り返っていたが、どこか心配そうに探るような態度もあった。「国民投票が一ヵ月後にいよいよ、迫ったけれど」と言った。「犬養首相、この大事な国民投票を前に、ジャーナリスト、新聞各紙が、自分たちの意見を口に出来ないのは、やはりおかしいんじゃないですか」

国民投票のやり方を定めた、国民投票法というものには、「国民投票までの期間、国民投票の結果に影響を及ぼす報道、発言、世論調査等についてはこれを禁止する」という一文があるらしく、そのことについて、評論家や司会者が憤《いきどお》っていた。

「今さら何を言うんだ。法律は法律だ。ルールは守らないといけない」犬養は臆することも、憤慨することもなく、口を開く。「国民投票法は四年も前に定められている。四年も経ってから、その議論をするのは意味がないし、この期に及んでのその抗議は論外だ」

「議論なく作られた、国民投票法は、言論の自由に違反してますよ」評論家が唾を飛ばした。「立派な憲法違反ですよ」

憲法違反が立派、というのも可笑しな表現だな、と私は、テレビの前で思った。

「憲法違反が立派、というのも可笑しな表現だな」と犬養がテレビの中で言った。

「言葉遊びをしている場合じゃない」評論家が興奮を見せると、犬養がそれを手で制した。鋭く射竦める視線は、画面のこちら側の私も刺すようだった。

「使命を感じるのならば、恐れずに、国民に伝えればいい。法律に文句を言う前に、自分たちの臆病を責めるべきだ」

「そんなこと言われてもねえ」

「いいか、私は」犬養は、評論家と司会者の言葉を撥ね返した。「覚悟を決めているのか、と訊ねたいんだ。君たちに、国民に、だ。一ヵ月後の国民投票で、日本の未来は大きく変わる。武力を持たない、と明記していた憲法に、自衛のための武力について、明記される。そのことの意味をよく考えるべきだ。考えて、投票するべきだ。思いつきや、ムードに流されるな。他国からの批判も覚悟しなくてはならない。非難と反発が押し寄せてくる。いいか、そのことを、国民は覚悟しているのか？　覚悟が必要だ。それを理解しているのか？」

「犬養さん、それはまずいですよ」司会者の顔からは少し、血の気が引いていた。

「それは改正を掲げる与党のトップとしては、不用意な発言だし、投票にも影響を」

「構わない」犬養は端厳とした表情だった。「必要なことであれば、言うべきだ。違うか？　信念と使命感があるのならば、だ。私は、最近の議論を耳にして、危惧を抱いている。もちろん、私は、憲法改正が必要だと認識している。憲法は改正すべきで、武力は持たなくてはならない。ただ、この日本が独立した一つの国として、確固たる意志と誇りを持つためには、自分の投票に対する意味と責任を理解すべきだ。逆に言えば、もし国民が国の未来を必死に考え、その上で、一切の武力を放棄し、無防備こそが最大の防御である、と方針を定めるのであれば、それも正しい選択だ。ムードに流されるな」

「暴論だ」評論家が叫ぶ。

「犬養さん」司会者はかなり、動揺していた。生放送でのこの展開は、自分たちの番組にとって損なのか得なのか、責任は自分にあるのかないのか、来期の人事異動に影響があるのか、必死に算盤《そろばん》を弾いているに違いない。「それは無責任ですよ。憲法改正を言い出したのは犬養さんであるのに、この期に及んで」

「憲法は改正すべきだ。ただ、国民にも覚悟を持ってもらいたい。どうでもいい、だとか、俺には関係ない、だとか思っている人間は後になって、後悔をする。後悔をするし、逃げる。無責任に意見を翻す。政治家や周囲の人間の巧言に流され、投票をするような真似はしないでもらいたい」犬養は明晰な物言いで、もう一度カメラを見つめると、「諸君」と語調を強めた。そして、すうっと息を吸い込むと、樹木に空いた空洞にも思える、眼球をこちらに向けて、こう言い切った。

「私を信用するな。よく、考えろ。そして、選択しろ」

おまえ達のやっていることは検索で、思索ではない、とも言った。

手で突かれたかのような鋭さを感じ、私は後ろにのけぞりそうになる。こんなことを堂々と喋る政治家を、初めて見た。この後で彼が攻撃を受けるのは必至だ。味方は落胆し、怒り、敵は大喜びするのではないか。

テレビ番組がコマーシャルに入ったところで、その場から立ち去る。パソコン売り場の前で、店員と若い男性が話をしているのが耳に入ってきた。

店員が、「これ、絶対にお買い得ですよ。賭けてもいいです」と熱を発散させ、客も、うーんそれなら、という顔になりつつあった。

賭けてもいい、という台詞に微笑んでしまう。一瞬、店員が、潤也君の姿と重なり、まさにその潤也君が、「賭けてもいい」と請け合ったように見えたからだ。潤也君が、「賭けてもいい」と保証すれば、それが単なる山勘であっても、かなりの説得力がある。

じゃあ、これください、と客が応えていた。

17

さらに二週間が経った月曜日、宮城県の北東部の里山周辺を訪れた。例によって、潤也君の仕事を見学に行ったのだ。朝方は少し雨が降っていたがすぐにそれも上がり、先ほどまでのあの黒雲は何の脅しだったのだ、と呆れたくなるような、打って変わっての晴天だった。

潤也君は、私の姿を見ると、「出たな」と言った。お化けのような言われようだ。

「だって、潤也君、最近、週末いないしさあ」

この二週、潤也君は週末となると私を置いて、出かけていた。盛岡への出張、と彼は説明をするし、実際、彼の仕事は東北六県なら調査範囲になるのだけれど、私は、嘘だな、と睨んでいた。盛岡に行く彼が、岩手山のことを話題にしないわけがなかったし、お土産をまったく買ってこないのも怪しい。何よりも私に説明をする時の彼は、私と目を合わせようとしない。

「浮気かなあ」と蜜代っちに相談すると、蜜代っちは、「平気だよ」と答えた。彼女は、連日の残業や休日出勤で、最近はかなり疲労感を滲ませていたのだけれど、不思議なことにその退廃した気色が色気にもなっていた。「詩織っちの旦那さんなら、大丈夫」

「鷹、いた？」私は、潤也君から双眼鏡を受け取るとさっそく上に構えて、周りを眺めた。

「今日は結構、出てるんだ。雨がやんで、その水が蒸発して、上昇気流が発生してるから」

「してるから？」

「それに乗って、高いところまで飛ぶんだよ。あいつら、効率良く飛ぶことしか考えてないから、こういうのはどんどん利用するんだ。上がれるところまで上がって、そこから目的地まで、すっと落ちてったほうが楽だろ」

「そんなことまで考えてるんだ、鳥って」

「そんなことしか考えてないんだよ」

私はぼうっと空を眺め、風の音に耳を傾け、「空って広いなあ」と下らないことを実感する。上空には、果てのない青色が広がっている。濃淡や影もなく、のっぺりとしているから、見つめていると遠近感がつかめず、足元が覚束なくなった。

深呼吸をする。

トランシーバーから声が聞こえたのはその少し後だ。独特の雑音まじりの声が、何かを言ってる。潤也君はそれを聞き取って、双眼鏡を覗きながら、「あ、こっちからも見えます」と北側の山を見ている。

白い膜のような雲の中に、黒い点を発見する。双眼鏡の照準を合わせると、鷹がいるのが見えた。

「オオタカだ。旋回上昇してる」潤也君が隣に並んだ。

双眼鏡に目を押し当てる。ゆっくりと、空を羽根で舐めるかのように、オオタカが回っていた。空気を全身で掻き回し、少しずつ上に上がっていく。私はそれを、双眼鏡でずっと追う。

「どんどん上に行くよ」首の角度がきつくなる。あっという間にオオタカが遥か上空へと昇っている。

「もっともっと高くなるはずだ」

「平気なのかな」

「そのうち、空に溶けるよ」潤也君がぼそっと言う。私にはその、溶ける、の意味合いがはっきりとは分からなくて、あのまま宇宙にまで突き抜けるのではないか、と心配した。

「本当だ。溶けた」

瞬きの間に、オオタカを見失っていた。潤也君がトランシーバーに向かって、何やら報告をはじめるのが、耳に入ってくる。

「あ」と潤也君がそこで声を上げた。

振り返ると彼はトランシーバーをすでに椅子に置き、首を曲げて、空を見上げている。

「どうしたの」

潤也君はしばらく反応しなかった。動くのをやめた。

「潤也君？」

声をかけても彼はやはり、上空に目をやったままだった。いったい何が起きたのか、もしかすると突発的な不調に陥って、身体を動かしたくても動かせないのではないか、と気が気ではなく、私はその横顔を眺める。

しばらくの間、ずっとそのままだった。彼の胸がかすかに動いているので、呼吸はしているのだ、と分かる。

私は唾を呑み、さすがに駆け寄って、身体を揺さぶろうと足を踏み出したのだけれど、そこでおもむろに、上を向いた彼の喉元がごくりと隆起した。唇が小さく動いたが、私にはそれが、「兄貴」と言ったかのようにも見えた。

「お兄さんがどうかした？」

いや何でもない。やっとのことでこちらを向いた潤也君はいつも通りの面持ちで答えた。

釈然としなかったけれど、それ以上そこにいるのも仕事の邪魔になるかと思い、私はその場を立ち去ることにした。車をバックさせる時、サイドミラーに映る潤也君はまた、空を見ていた。

18

数日後、蜜代っちと赤堀君、大前田課長と居酒屋に行った。

有害物質の調査結果はまだ、はっきりと出ていない。消費者や取引先からの問い合わせや苦情、八つ当たりや嫌味は日に日に増えている状態で、新聞や週刊誌にもその話題が出はじめていた。「解決するまでは、飲み会、宴会等は自粛するように」と社内でのお達しも出た。会社の建物から外に出る時には笑顔を見せてはならない、と注意もされた。自社製品が妊婦に影響を与えているかもしれない、という今、社員が危機感を覚えて行動しないようでは、確かに、非難されるだろう。にやにや笑ってなどいたら、大問題だ。

ただ、私たちはこっそりと近所の居酒屋に集まった。大前田課長が異動になることが決まったからだ。本来であれば、大々的に送別会が行われるはずなのだけれど、あまりに緊急であることと、大っぴらに送別会をできる状況でもないことから、じゃあ、こぢんまりと少人数で飲んじゃいましょうよ、と蜜代っちが企画をしたのだ。

「悪いね、こんな時に」大前田課長はそう言った。異動の理由ははっきりしない。この、社内が混乱している時に、どうして大前田課長がいなくならなくてはならないのか、しかも行き先がどうして、支店とは名ばかりの倉庫の在庫管理の部署なのか、蜜代っちは散々、首を傾げた。

「偉そうに、いろいろ言ってたからだろうな」大前田課長が苦笑する。家族で東京に行くのは難しく、単身赴任になるが、それはそれで一人暮らしの自由さへの期待があるよ、と口元を緩めた。

「正しいことを言って、飛ばされるなら、残るのは腐ったことばかりじゃないですか」蜜代っちが不満を口にする。上司の何人かは、この有害物質のトラブルについて、「私は聞いていなかった」「部下から連絡を受けていなかった」と白を切りはじめているらしい。「その台詞を家族の前で、胸を張って言えるのか？」と大前田課長が大声で批判する場面もあった、らしい。

「何が正しいか、なんて分からないですよ」赤堀君が言い、大前田課長もうなずいた。「テレビや新聞で報道されていることが正しいとも、誤っているとも言えないし」

「そもそもマスコミって、面白そうなことしか報道しないからね」蜜代っちが言う。

「そりゃそうですよ。ニュースって、目新しいもののことを言うんですから」

「だからさ、重要だけど地味なニュースよりも、些細だけど派手なニュースのほうが、大きく取り上げられちゃうんだ」

「かもしれないな」大前田課長が言う。

「じゃあ、うちの有害物質のことなんて、どっちかと言えば地味だから、ここで、有名アイドルが痴漢でもして捕まったら、みんな、そのニュースのほうに注目しますかね」赤堀君が顔を赤らめながら、呂律《ろれつ》の回らない口調で言うので、私たち三人はすぐに、「不謹慎だ」と叱責した。

「きっとニュースなんてそんなものだな」大前田課長が自嘲気味に、視線を下に向ける。「たとえば、明日の朝刊の一面に、人気俳優がアダルトビデオに出演していた、なんて記事が大きく載って、それで、その何頁か後に、ほんの小さな記事で、日本に向けて核ミサイルを発射実験、なんて書いてあったら、たぶん、みんなの話題は、俳優のビデオ出演のことに集中するかもしれない」

「俳優によりますね」赤堀君は真顔で言う。

それからさらに雑談を重ねていくと、大前田課長が根っからの競馬好きだということが明らかになった。

「転勤で東京に行ったら、G1を生で楽しむんだ」と嬉しそうに言う。

「どうしてそんなに競馬に夢中になれるんですか」と赤堀君が訊ねた。

「当たらないからだな」大前田課長が笑う。「パチンコだとか麻雀にはプロと呼ばれる人がいるけど、競馬にはいない。ようするに儲からないようにできてるんだ」

「よけいに嫌じゃないですか」蜜代っちが噴き出した。

「でも、最近知ったんですけど」私はそこで酔った勢いで、言葉が漏れる。「百万円とかちょっとした大金を賭けると、オッズってずいぶん下がっちゃうんですね」

「え、詩織さん、そんなに高額、賭けたことあるんですか？」

「たとえば、たとえば」

「まあ、地方競馬だと、そうかもな」大前田課長が腕を組む。「ただ、中央競馬なら、規模が違うからそうそう変動はしないけど」

課長は、競馬のことになると、口調が変わり、私たち全員はそれを新鮮に感じ、お互いに目配せをして微笑んだ。

ちょうどその時、東京で、犬養首相がテレビ局の駐車場で刺される事件が発生していた、なんて知るはずもなかった。

19

投票日当日は、晴れていた。私は特別な感慨もなく、その日を迎えた。おそらく、テレビ番組では大騒ぎになっているのだろう。各投票所に派遣されたリポーターがその光景を映し出し、日本国憲法の退屈な歴史をダイジェストで流し、過去の政治家の発言や自衛隊の扱いの変遷について説明しているのかもしれない。いや、ひょっとするとそういう放送は、例の国民投票法に引っ掛かるのだろうか。

ただ、少なくとも、国立大学の病院に放送車両が向かい、「今、犬養首相が入院している病院前と中継で結んでおります」とやっている可能性は高い。犬養首相は刺された。でも、命に別状はなかった。犯人は中年の男で、聞いたこともない団体名を名乗る彼は、もともと犬養首相の考え方を支持していたらしいが、先日のテレビでの犬養の発言に幻滅し、犯行に及んだ。遺書とも声明ともつかない文書が残っていたらしい。犬養首相のどの発言に怒ったのかは分からないままだった。

事件の反響はかなりあった。と蜜代っちが教えてくれた。首相の発言は不用意だった、と非難する者もいれば、犬養の使命感を褒《ほ》め称《たた》える声もあった。刺されたにもかかわらず軽傷だったことに対して、その強さに感心する人間もいたし、演出ではないか、と疑問を呈する者もいた。ただ、強靭《きょうじん》で不屈、恐れを知らない頼れる政治家としての印象が強まったのは確かだ。首相を刺した男はその場で、刃物を自らの首に刺し、病院に搬送されたがすでに亡くなっていた。

潤也君はそのニュースのことを、私から聞いた時、少し首を傾げて、「犬養って、今までに何回も襲われたんだろ」とぼそっと言った。

「って聞いたよ。今までは無事だったけど」

「何で今回は、無事じゃなかったんだろう」

そりゃ、と私は噴き出しそうになる。「そういうこともあるよ。そうそう、毎回、助かるわけにはいかないし」

「今までは、襲った相手はみんな、脳溢血とかで死んじゃったんだろ。島さんが言ってたじゃないか。なのに、今回は刃物で自殺って」

「そういうこともあるでしょ」だいたい、毎回、襲撃者が脳溢血で亡くなることのほうがおかしいではないか。

「こうは考えられないかなあ」潤也君の声がそこで急に、きゅっと引き締まった。「今までは、誰かが犬養のことを守っていたんだ。支持者の誰かが」

「それ誰」

私の問いかけを、彼は聞き流す。「でも、その誰かは、犬養から手を引いた。愛想を尽かしたのか、手に負えなくなったのかは分からないけど、とにかく、守ることをやめた。だから、犬養は傷を負った」

何度もまばたきをしてしまう。潤也君がどうしてそんな、曖昧な上に幼稚な憶測を喋るのか理解しかねた。え、何それ何それ、と動揺するが、気づけば潤也君のほうが驚きの表情で、こちらをまじまじと見つめていた。「どうしたの?」と訊ねてくる。

今、潤也君が喋ったように思ったが、それは幻だったのかもしれない。空耳だったのかもしれない。潤也君のきょとんとした顔つきを見ていると、そう感じた。「犬養さん、どうなるんだろうね」

　急に真剣な目つきになった潤也君は、「犬養首相はたぶん、このままではいけないと思ったんだ」と朗読するように言った。今度は間違いなく、言った。その意味が、私には分からない。潤也君自身にも分かっていないのではないか。


　投票所は近くの小学校だった。通常の選挙の時よりも遥かに賑わっていた。物珍しいイベントに参加する楽しさを感じつつ、潤也君と一緒に、校庭にある体育館に入り、葉書と交換に、投票用紙を受け取った。

　用紙を眺めた。普通の用紙に比べると、かなりぎっしりと字が詰まっていて、憲法の改正内容が列挙され、○か×を記入する欄がある。これって、まともに全部読む人っているのだろうか、と疑問に感じる。

　記入台へと進む。隣の人の手元が見えないように、とパネルで囲まれていて、そのパネルには憲法の改正内容が貼られていた。私は投票用紙に鉛筆を当て、一瞬だけ悩んだけれどすぐに、「○」と書き込んだ。

　折り畳み、投票箱の穴に押し入れる。潤也君はすでに投票を終えていて、離れた場所で待っていた。

夜、テレビのない私たちには、当然ながら国民投票の開票については関係がなく、途中経過も結果も知らないままで、そもそも開票をやっているのかどうかも分からず、いつものように、食卓に向かい合って本を読んでいた。

「そう言えば、これ、今日、届いてたよ」潤也君が葉書を渡してくれる。

大学時代の友人からの葉書だった。結婚しました、の文字と、友人とその旦那さんが教会の前に立っている写真が、あった。芋蔓《いもづる》式に、学生時代の記憶が飛び出してきた。私はその懐かしさに胸が温かくなり、「卒業アルバムを探してこよう」と椅子から立った。

アルバムや昔のスクラップブックは、押入れの高い段に保管してある。鏡台の椅子を踏み台にし、背伸びをした。一番上の段は、引っ越してきてからというものまるでいじっていないものだから、埃も溜まっている。咳き込んでしまう。

これかな、と引っ張ってみたら、全く別の、大きな茶封筒が勢い余って、落ちてきた。

すぐに椅子から降り、封筒を拾うが、その中から飛び出した通帳が見覚えのないものだったから、おや、と思った。名義は潤也君だ。封筒を引っくり返してみると、印鑑が出てきた。

「へそくり？」

通帳を開こうとした際、自分の手が、指が震えていることに気づいた。何を怖がっているのか、と我ながら不思議でならなかった。

通帳にはほとんど記入がなかった。入金の記録が数行あるだけで、綺麗なものだ。けれど、その入金額と、残高に書かれた数字を見て、ぎょっとする。頭が真っ白になった。人差し指を突き出し、金額を確認する。いちじゅうひゃくせんまんじゅうまんひゃくまん、と呟きながら、桁を数え、それを二度繰り返す。

「残高、一億二千五百二十万円」口にしても現実味がない。「うそ」と呟き、もう一回、桁を数え、「一億二千五百二十万円」と言ってみる。「也《なり》」と言い足す。

この一ヵ月の間に、入金されたものだった。会社の給料というわけではない。猛禽類の調査がこんなに儲かる仕事だったら、世の中の若者の大多数が今すぐ、双眼鏡を握って、丘に登るだろう。

どうやってこんな大金を手に入れたのか、と思うのとほぼ同時に私はまず、競馬かしら、と考えた。ほどなく、「競馬だ」と断定した。

競馬で稼いだのだ。そうとしか、考えられない。

20

「あれ、アルバムは？」居間に戻ると、当たり前のことながら、潤也君の態度に変わりはなかった。

「見つからなかったんだけど、これで遊ぼうよ」緊張を隠し、平気の素振りで、持ってきた箱を出した。押入れの扉を閉める際に、目に留まった箱だ。以前も遊んだ、ウルトラマンの消しゴムが詰まっている。

「怪獣相撲？　いいよ。コーヒーをどっちが淹れるか、決めよう」

箱の蓋を開ける。そしてあくまでも、もののついでを装い、「潤也君さ、お金あったら、何に使う？」と質問をぶつけた。

「お金？」

「物凄い大金。宝くじで当たったりしてさ」

潤也君はそこで消しゴムに向けていた目を、私のほうへと向け、しばらく無言で見つめてきた。二重瞼の冷たくも温かくも見える眼差しが鋭い。

「この間、蜜代っちが宝くじ当たったたって言うからさ。安いけど。でも、もし一等とか当たったらどうしよう、とか思っちゃって」沈黙が我慢できず、早口になる。

潤也君は黙りこくったままだ。こちらを見つめてくる。怖い、とは思わなかったが、皮膚から内臓からすべて裏返された気分にもなった。見透かされている。「どうだろうな」と彼の唇がぱっと開く。「お金の使い道なんて、思いつかないよ」

「でも、もしあったら？」現に、ある。

「たとえば、どれくらいのお金？」

「びっくりするくらいのお金」本当にびっくりした。

「それなら」と潤也君はゆったりと言葉を続ける。「それなら、前に詩織が言ってただろ。イタリアの独裁者が処刑された時の話」

「クラレッタのこと？」

「逆さに吊るされて、スカートがめくれて、で、それを直してあげた」

「すごいよね」

「そいつはそこで、興奮する群集に殺されてもおかしくはなかったと思うんだ」潤也君の声は変わらないものの、少しずつ物騒な言葉が混ざってくる。

うなずくのが精一杯だ。

「だから、その行動が正しいのかどうかは分からないんだけど、もし、俺がその場にいたら、自分のやりたいことはやりたいと思うんだよ」

「スカートを直すってこと？」

「もし、直したいな、と思ったらね。まわりの雰囲気とか、世間体を気にして、やりたいことができない自分はちょっと嫌だ。何のための人生なんだ、って思うよ。それに、兄貴は」

「お兄さん？」

「兄貴は負けなかった。逃げなかった。だから、俺も負けたくないんだよ。馬鹿でかい規模の洪水が起きた時、俺はそれでも、水に流されないで、立ち尽くす一本の木になりたいんだよ」

「しぶとい木」支離滅裂だ、と私は泣き出したい気持ちを抑え、「それと、お金がどう関係するの」と質問を重ねる。

「お金は力なんじゃないかな」潤也君の目がひときわ、大きく見開かれるようだった。「お金がたくさんあれば、自分のやりたいことができるのかもしれない。たとえば」と言ったものの、潤也君はその続きを口にしなかった。たとえば、スカートのすそを直したり、きっとそう言いたかったのだろう。

そこで私の脳裏には、競馬場で単勝馬券を買い続ける潤也君の姿が浮かんだ。十頭立てのレースを選んで、少しずつ資金を増やしていく。時間をかけて、レースを選んで、次々と当てていく。「紙を折ったら富士山に届く」が如く、所持金が増えていく。

潤也君の呼吸の音が聞こえ、はっとし、前を見た。瞬間、目の前が光る。室内であるはずの光景が、一面真っ赤な荒野に変わった。壁に囲まれていた室内が、広大に広がる、荒廃した土地になっている。壁はどこに消えた？　フローリングの床は？　家具は？　すべてが荒れ地に吸収されたかのようで、見渡す限り、赤土で覆われた地面しかない。そこに、私はぽつんと立ち、息を詰め、呆然としている。土の赤さが、灼熱の風となって、私に絡んでくるかのようだ。熱風に顔をしかめてしまう。

「詩織、何を真面目な顔をしてるんだよ」

我に返り、呼吸を取り戻す。ここは、荒野などではなく、マンションの一室だ。

「怪獣相撲、やろう」潤也君は目尻に皺を寄せ、いつもの穏やかな気配を纏《まと》う。

「うん」

足音を忍ばせ、私の背後に誰かが近づいてくるような、そんな感覚があった。もちろん、誰かがいるはずもなく、明らかに錯覚に過ぎないのだけれど、なぜか、お兄さんがやってきたのだな、と思った。いるはずがないお兄さんが息をひそめ、潤也には内緒だよ、と冗談めかし、囁いてくるかのようだ。口を寄せ、「へらへらしてるようでいて、実は鋭い。何かやるとしたら、俺じゃなくて、潤也だよ」と私に言ってくる。そして、「あいつこそが魔王かもしれない」と耳元に続ける。

テーブルの上を片付け、箱の中の消しゴムを出し、土俵代わりの箱を引っくり返した。潤也君はさっそく、消しゴムを掻き分け、「俺はまた、レッドキングだ」とその、尻尾の大きな頑丈そうな消しゴムを摘み上げた。「レッドキング、もう一個あるはずだから、詩織もそれにしていいよ」

私はそこで、ふふふ、とほくそ笑み、先ほど押入れの隅に発見した消しゴムをポケットから出した。「わたしは、これ」

「あ、ケムラー！」潤也君が驚きの声を発した。「嘘？　どこにあった？」

「落ちてた」私は言い、その大きなトカゲのような格好をした、四本足の消しゴムを土俵に置いた。「これで勝負だね」

「それはなしだよ。四本足だし、腹ばいじゃないか」

「賢いでしょ」私は笑う。四本足の人形が負けるとは思えなかった。倒れない、と言うか、すでに倒れているのだから。

ケムラーを土俵に置く。渋々、潤也君はうなずき、私たちは、人差し指で箱を叩きはじめる。とんとん、とんとん、小気味良く箱が音を立てる。二体の消しゴムが揺れながら、近づいたり離れたりするのをじっと見つめながら、私は、平気だ平気だ、と自分に言い聞かせた。先ほど垣間見た、あの、現実味溢れる広大な荒れ地が何であるのか、あの光景を前にした殺伐とした虚しい気持ちが何であるのか分からないが、潤也君と一緒であれば大丈夫だ、とそう思う。

「競馬でお金を作ってるんでしょ」私は言った。

潤也君が顔を上げる。一度、目を伏せた後で、清々しい笑みを口元に浮かべた。

「ゆっくりでいいんだ。ゆっくり少しずつ、賭けて、お金を増やしていくんだ。待つのは苦じゃない。七時間待って、鷹が一羽も出てこないことだってあるんだから」

「でも、出てきた時は、美しい」空に溶けたオオタカの姿を思い出した。

「なあ、詩織、お金で人を救うことができると思う？」

子供が発するたぐいの質問だな、と可笑しくなる。「救えることもあるだろうし、救えないこともあるんじゃないかな」

それは何も答えていないのと同じだ、と彼は噴き出した。

「でも」わたしは続ける。

「でも？」

「でも、クラレッタのスカートを直すのは、お金ではないような気がする。お金じゃなくて、勇気かも」

箱を叩く潤也君は、屈託のまるでない、初めて会った時から変わらない穏やかな微笑みを浮かべていた。「俺は、勇気すらお金で買えるんじゃないかって思うんだ」

その直後、私は自分がいるのがマンションの一室であるにもかかわらず、頭上の天井や屋根が取り払われるのを感じた。上を見ればそこには、決して手の届かない空が広がっていて、旋回するオオタカもかすかに確認できた。気を抜くと、先ほど見えた、荒れ果てた土地の光景が現われるような恐怖もあり、私は必死に、その澄み渡る空を見つめ続ける。力を抜き、手を揺らせば、その遥か遠くの青空に向かい、身体が飛ぶようにも思えた。未来は晴朗なものなのか、荒廃したものなのか。

「選択しろ」とテレビの向こうから言った、犬養首相の声が、頭に甦《よみがえ》る。

レッドキングの消しゴムがぱたりと横倒しになった。

「頼りないなあ、潤也君は」

「大丈夫。俺たちは大丈夫だ。賭けてもいいよ」

こんなに安心させられる台詞はないな、とわたしは自分の頬が緩むのが分かった。お兄さん、元気ですか？　声には出さず、訊ねた。マンションの外で、いるはずのない鳥が鳴くかのようだった。

文庫あとがき

この本は、二〇〇五年の十月に発売された単行本『魔王』を文庫化したものです。

この物語の中には、ファシズムや憲法、国民投票などが出てきますが、それらはテーマではなく、そういったことに関する特定のメッセージも含んでいません。登場するできごとやニュース、政治的な事（と見える部分）も全部、著者の乏しい知識と想像力で作られたものです。

では、どうしてわざわざ、そういった要素を物語に取り入れているのかといえば、うまくは答えられないのですが、ただ、今までに影響を受けてきた小説や音楽には、たいがい、社会や政治の事柄がよく含まれていて、そこから滲んでくる不穏さや、切迫感や青臭さがとても好きだったので、だから、自分の書くものにもそういう部分を含ませたくなってしまうのかもしれません。

猛禽類の定点調査に関しては河井大輔さんに取材させていただきました。少しの時間でしたが、空を見上げて鳥を待つ、という経験をさせていただき、とても新鮮な刺激を受けました。心より感謝しております。

単行本を発売して三年が経ちました。この、「魔王」「呼吸」という二つの物語に連なる作品（直接的な続編とは言いにくいのですが）『モダンタイムス』が、二〇〇八年の秋に発売される予定です。「呼吸」のその後について興味がある方は、そちらも読んでもらえればありがたいです。

最後に、このお話を書く際に参考にし、引用に使用した（主な）本を書いておきます。

①『ファシズム』アンリ・ミシェル著　長谷川公昭訳　白水社
②『ムッソリーニ』ロマノ・ヴルピッタ著　中央公論新社
③『戦争における「人殺し」の心理学』デーヴ・グロスマン著　安原和見訳　筑摩書房
④『宮沢賢治全集　2』筑摩書房

⑤『ツァラトゥストラはこう言った』（上）ニーチェ著　氷上英廣訳　岩波書店
⑥『対論！戦争、軍隊、この国の行方』今井一編　青木書店
⑦『「憲法九条」国民投票』今井一著　集英社

憲法に関する議論の一部は、⑥をもとにしています。

解説

斎藤美奈子

車内吊りの週刊誌広告には「衆議院解散！　衆参同時選挙へ」の文字。何年かぶりに会った友人の島は〈今まで選挙に行ったことねえ〉が〈今度は行こうと思ってんだぜ。初、だよ、初。初選挙〉と口にする。〈あの犬養《いぬかい》って面白えじゃんか〉

文庫ではじめて『魔王』を読んだあなたは、「えーっと、えっーと、この本が出たのはいつだっけ？」と、しばし、まごついたのではないだろうか。

再び本文に戻ると……。

新聞の一面には「世論調査、与党支持率低下」「失業率史上最悪を更新」等の記事が載り、〈一時期、底を打ったと言われた不景気だったが、最近は明らかにまた、悪化しはじめて〉おり、〈諦観が国中を占めはじめている〉。

そして人々は変化を望み、強いリーダーを求めている。〈諦観と溜め息の先に何がやって来るのか〉と危惧する「俺」をよそに島はいう。〈「やっぱ、ここはさ、安藤は嫌がるかもしれねえけど、犬養にびしっとやってもらわないと駄目じゃねえの」〉。連れの女性も同調する。〈「犬養ってあの犬養?」〉〈「わたし結構好きだよ。恰好いいし、しっかりしてそう。何より若いし」〉。

本書が単行本の形で出版されたのは二〇〇五年一〇月だが、「魔王」の初出は〇四年一二月、「呼吸」の初出は〇五年七月である。もう少しわかりやすくいうと、人々を熱狂の渦に巻き込んだ〇五年九月一一日のいわゆる郵政選挙で小泉自民党が「歴史的大勝」を収め、戦後はじめて与党が衆議院の三分の二以上の議席(とはもちろん改憲を可能にする議席数である)を獲得する以前に書かれた物語である。小泉の後を引き継ぎ、「戦後レジームからの脱却」を掲げた安倍内閣が、数を頼みに改憲を前提にした国民投票法を成立させた〇七年五月一四日以前の物語でもある。

にもかかわらず、『魔王』には、その後の政治状況を彷彿させる、もしくは予言しているかのように見える部分がいくつもある(それとも、政治の状況なんていうのは、いつの時代もたいして変わらないってことだろうか)。

実在の政治家とダブらないよう慎重に造形されているものの、ここに登場する野党政治家はまさに「現代の民衆が求める政治家の姿」だし、ここに描かれているのはまぎれもなく「二〇〇〇年代の日本に限りなく近い社会」である。〈説明もないのに、いいように解釈して、物分りが良く、いつの間にか、とんでもないところに誘導される。『まだ大丈夫、まだ大丈夫』って思っているうちに、とんでもないことになる。それを暗示しているんじゃないか？〉

考えすぎる傾向のある「安藤兄型」かもしれない私は、語り手のこういう懸念にいちいち「そうだそうだ」と頷きたくなるのだが、あなたはどうだろう。島みたいに〈おまえはいつだって真面目に考えすぎるんだって〉と感じるだろうか。

おっといけない。まえおきが長くなってしまった。

現実との相似を考えさせる部分も少なくないとはいえ、『魔王』はもちろん、独立したフィクション、一個のエンターテインメント小説だ。兄の視点でつづられた「魔王」と、弟を主役にその五年後を描いた「呼吸」。二つの物語がひと続きの、もしくは一対の小説であるのはいうまでもない。

学生時代から理屈っぽいと評判で、立ち往生したときには〈考えろ考えろマクガイバー〉と自分にいいきかせる安藤兄。対照的に、考えることは得意じゃないが、記憶力と直感力にすぐれ、ときに不思議な夢をみたりもする安藤弟（潤也）。政治的な動向に敏感で、テレビの政治討論番組などにも杞憂を募らせる兄。兄亡き後、テレビも新聞も排除して、大自然の中で猛禽《もうきん》類を見続ける仕事を選んだ弟。

「思索型」の兄はやがて、自分に容易ならざる能力が備わっていることに気がつき、彼がいう「腹話術」によって世の中の流れを変えようとささやかな抵抗に乗り出す。そして「直感型」の弟もまた、兄亡き後、兄とはちがったタイプの自分の能力に気がつき、それが何かの役に立つのではないかと考えはじめる。

物語の骨子だけを要約すればそんな感じになるだろうか。

しかしながら、この小説にはいくつもの謎が仕込まれている。

「魔王」の中で示される安藤兄の能力は、はたして本物の超能力なのか、それとも病からくる幻想にすぎなかったのか。あるいは「呼吸」における弟潤也は、超能力の力で得た金で何を企もうしているのか。そして彼の企みは、自らの意志によるものなのか、それとも亡き兄に操作されているのか。

残念ながら、答えははっきりとは明かされていない。が、それはさほど重要な問題ではないように思われる。この小説が特異なのは、安藤兄弟はいわば狂言回しにすぎず、彼らを取り巻く「世間」という名の魔物こそが主役のように見えることだ。

巻頭には二つのエピグラフがついている。〈「とにかく時代は変りつつある」〉というボブ・ディランの言葉と、〈「時代は少しも変らないと思う。一種の、あほらしい感じである」〉という太宰治の言葉と。

ボブ・ディランがこのように唄った一九六四年は、公民権運動やベトナム反戦運動が激化する直前の、まさに時代の変革期にあたっていた。一方、太宰治がこう書いたのは一九四六年で、「一種の、あほらしい感じ」とは、太宰が幼少時に体験した大正デモクラシーと敗戦後の戦後民主主義とは同じようなものであり、個人の生活にとってはドラマチックな転機でも何でもないという白けた気分を指している。

というような歴史的背景はあるのだけれども、相反する二つの言葉は、私たちの心中に同時に存在する二つの気分を巧みに表している。

はたして時代は変わるのか、それとも変わらないのか。

結論を先にいえば、もちろん時代は変わる、のだ。人類のン千年にわたる歴史をふりかえれば、そんなことは当然で、たかだか一〇〇年前といまを比較しても、そのちがいは歴然としている。けれどもそれは「後からふりかえれば」の話であって、変化のまっただ中にいる人間は、ことの重大性に気づかない。歴史的な変化を体感するには個々の人間はちっぽけすぎるし、太宰が述べているように、人類の歴史より、取るに足らない目先の生活のほうがはるかにドラマ性に富んでいる。

しかしながら、もしそうだとしたら、個人の人生（あるいは選択）は歴史（あるいは時代）にどうかかわり得るのだろうか。大状況（文中の言葉でいえば大きな洪水）の前で、ちっぽけな個人にできることなどあるのだろうか。

世の中を変える方法として、『魔王』が示しているのは二つの方法である。

ひとつは投票。「魔王」では国政選挙、「呼吸」では国民投票が、人々の大きな関心事になっていることに注意したい。ドラマチックでも何でもないが、個人ができる政治参加の方法とはそれしかないと、良識のある大人はいうだろう。

そしてもうひとつが超能力。超能力といっても、安藤兄弟に備わっているのはささいな力でしかない。それでも、安藤兄は「腹話術」の力でカリスマ政治家に念力を送ろうとあがき、安藤弟は「賭け事」の力に賭けてみようと考える。

特殊な能力をもった人物というのは、伊坂作品の十八番のひとつでもあって、ファンにはおなじみの図式だろう。が、ここで注意すべきは、二人があくまで「個人の力」で状況を変えようとしている点だろう。デモとか集会とかビラとか団交とか、政治というのは、集団の力に頼ることなしに実現しないはずなのだ。しかし、ひとたび集団が形成された途端、それは暴走の危険をはらむ。

スイカの種、ロックミュージシャンのライブ、放火されたアンダーソンの家、ムッソリーニを追いつめた群集。そして、カリスマ政治家・犬養を崇拝する人々。群集の恐ろしさが繰り返し描かれる『魔王』において、集団は危険のしるし。だからこそ安藤兄は孤独な戦いに身を投じ、安藤弟は妻にも黙って金を貯める。

二人に備わった特殊な能力は（もちろんそれが『魔王』という小説の最大の魅力であることは認めつつ）、ゲームの中で敵キャラを倒すために戦士に与えられたささやかな武器（アイテム）、と考えるべきではないだろうか。

『魔王』が投げかけているのは、大状況に対して個人は何ができるのか、という大風呂敷な問題だ。が、ここでいう政治とは、必ずしも、選挙がどうの、憲法がどうの、自衛隊がどうのといった個別具体的な事案を指しているわけではない。

焦点のひとつは犬養というカリスマ性を帯びた野党の党首だが、犬養の主張は現在の政治的な潮流に照らして「右」とも「左」とも言い難い、一種独特の思想である。というか、犬養から一貫した政治的な思想性は感じられない。にもかかわらず彼は、宮沢賢治の詩をプロパガンダに用いることで、大衆を煽動し、権力を奪取することに成功する。一方、犬養を崇拝する者たちは、彼が発する言葉の表層だけに感応し、アメリカ憎しの一点に集中して、すでに暴走しはじめている。

ここで描き出されているのはファシズムそのものではないが、ファシズム前夜の光景だとはいえるだろう。前夜だから、まだ小事が多発しているだけで、大事といえるほどの事件は起きていない。先行きのみえない不安だけが横溢《おういつ》しているような状態だ。が、「魔王」と「呼吸」の間に流れる五年間の間に確実に事態は進行している。「呼吸」の語り手を務める詩織は、善良な市民の代表選手のような愛すべき女性だが、何気なく投票用紙に○をつける彼女もまた、意地悪な見方をすれば、集団の暴走に知らず知らずに加担していないという保証はないのだ。

〈でたらめでもいいから、自分の考えを信じて、対決していけば〉という自分でも忘れかけていた信念を、実行に移して絶命した兄。志半ばにして倒れた兄の遺志を引き継ぐかのように、〈兄貴は負けなかった。逃げなかった。だから、俺も負けたくないんだよ。馬鹿でかい規模の洪水が起きた時、俺はそれでも、水に流されないで、立ち尽くす一本の木になりたいんだよ〉と宣言する弟。

ここは小説の中でも、とりわけ胸を打たれる場面だが、はたして私たちは心優しい潤也を信用してもいいのかどうか。潤也が模索する未来が「荒野」なのか「青空」なのかもわからないまま、余韻を残して小説は幕を閉じる。

シューベルト（詩はゲーテ）の「魔王」は、父と息子と魔王、三人の掛け合い形式の歌曲である。小学校の音楽の時間に必ず一度は聞かされる「魔王」。おどろおどろしいイントロとバリトン歌手の朗々たる歌声は子ども心にも魅力的だったけど、ドイツ語を解さない耳に、父と息子と魔王の言葉は判別がつきにくかった。

小説『魔王』もまた同様である。はたして「魔王」とはだれなのか。犬養なのか。大衆なのか。はたまた冥界からも「腹話術」を試みているようにみえる兄なのか。それとも〈へらへらしてるようでいて、実は鋭い。何かやるとしたら、俺じゃなくて、潤也だよ〉と、かつて兄をして語らしめた弟なのか。

少なくとも、これだけはいえるだろう。対照的にも見える安藤兄弟の共通点は、「大きな洪水に流されないだけ」の強さをもっていることだった。兄は政治を直視し、考えつづけることによって。弟は情報と距離を置き、小さな平和を愛しつづけることによって。方法論こそ正反対だが、「洪水に流されない」ためには、そのどちらかの方法しかないのだ。大風呂敷を広げているようにも見える『魔王』は、読者にも小さな問いを投げかける。君はどちらの方法をとるのか。孤独な戦いに耐えて洪水に流されずにいる自信があるのか、と。

新装版への解説

大森 望（文芸評論家）

デビュー長編『オーデュボンの祈り』（新潮社／二〇〇〇年十二月刊）から二十二年。いまや、伊坂幸太郎は、東野圭吾《ひがしのけいご》や宮部《みやべ》みゆきと並んで、日本のエンターテインメント小説界を代表する存在となっている。二〇二二年十二月現在、著書は小説だけでも四十冊を超え、日本国内で映画化された作品は十三タイトル。二〇二一年には『マリアビートル』がBullet Trainのタイトルで英訳されて、二〇二〇年度のストランド・マガジン批評家賞最優秀新人賞を受賞。二〇二二年には、それがブラッド・ピット主演でハリウッド映画化（邦題『ブレット・トレイン』）されるなど、海外でも注目度が急上昇しつつある。Kotaro Isakaが世界的人気作家になる日も遠くない。そのときになってあわてないように、いまのうちに過去の名作をいろいろ読んでおいたほうがいいですよ。

……という老婆心からなのかどうか、初期の代表作のひとつである『魔王』の新装版がこうして刊行されることになった。新しいカバー用のメインビジュアルを一般公募するという大胆なプロジェクトも実施され、ごらんのとおり、著者および講談社の審査を経て選ばれた「蓮村《はすむら》」氏のイラストがカバーを飾っている。また、本書に続いて、『魔王』の続編というか後日譚にあたる上下巻の大長編『モダンタイムス』、その二作と共通するテーマを扱った『ＰＫ』も、新装版が連続刊行される予定。この機会にぜひ〝世界のイサカ〟の神髄に触れてほしい。

……と、これだけ言えば、新装版解説者の使命はほぼ果たし終えたようなものだが、せっかくの機会なので、〝二〇二二年末からふりかえる『魔王』〟についてもう少し詳しく書いてみよう。

本書『魔王』は、中編二編の連作から成る。安藤兄弟の兄を主人公とする「魔王」と、弟を主人公とする「呼吸」。どちらも、オール読み切りの新しい小説誌〈エソラ〉の1号（二〇〇四年十二月）と2号（二〇〇五年七月）に掲載されたのち、二編を一冊にまとめた単行本が二〇〇五年十月に講談社から刊行された。

「魔王」の一人称主人公の〝俺〟こと安藤（兄）は、ごくふつうの会社員だが、あるとき自分が、念じた言葉を他人に言わせることができる〝腹話術〟的な特殊能力を持っていることに気づく。カリスマ的な人気を誇る（国家ファシスト党を率いたイタリアの独裁者ベニート・ムッソリーニを思わせる経歴を持つ）若手政治家・犬養の台頭に強い危機感を抱いた安藤（兄）はみずからの果たすべき役割について考えはじめる。

単行本刊行時、〈本〉二〇〇五年十一月号に寄稿された著者のエッセイ「魔王が呼吸するまで」（新潮文庫『３６５２　伊坂幸太郎エッセイ集』所収）によれば、「魔王」はもともと「百枚くらいのお話を」と依頼された作品だった。ところが、書きはじめるとどんどん筆が走り、三百枚近くまでふくらんでしまったという。最初に頭にあったのは「魔王」という題名。次に主人公が持つ特殊能力を考え、主人公が政治家と対決するという構造を決定した。その政治家の下敷きにムッソリーニを流用しようというところまで決めたら物語がひとりでに動き出し、〈ファシズム、宮沢賢治、冒険野郎マクガイバー、スイカの種並び、死神、とにかく僕の記憶に隠れていた物が次々と表に出て（中略）どんどん、繋がっていく〉ことで、ゴールまでたどりついたという。

発表後の反響の中で唯一予想外だったのは、先行作品との類似を指摘されたこと。〝将来、国の指導者になりそうな政治家に危険を感じた主人公の超能力者が、その政治家の排除を試みる〟という物語は、スティーヴン・キングが一九七九年に発表した長編小説『デッド・ゾーン』（および、デヴィッド・クローネンバーグ監督、クリストファー・ウォーケン主演で一九八三年に製作された映画版）と共通する。この小説を読んでいなかった（映画も観ていなかった）伊坂幸太郎は、〈類似した作品がある、と言われ、大きく落胆をしました〉と書いているが、だからといって「魔王」の価値が下がるかというと、そんなことはまったくない。わたし自身、発表時には、てっきり『デッド・ゾーン』の本歌取りだと思って読んだ記憶があるが、超能力で予見した世界の破滅を止めるために銃撃による暗殺を試みる『デッド・ゾーン』に対し、「魔王」は、非常に特殊な能力と皮肉な展開を用意することで、二一世紀にも通用するように伊坂幸太郎らしくアップデートした作品と受けとめた。

当時の日本では、政治家に対するテロがそれほど身近な問題として認識されていなかったからなのか、いま「魔王」を読み返してみるとずいぶん印象が違い、より生々しく、リアルに見える。

もちろんそれは、二〇二二年七月八日、選挙遊説中の元首相が、自作の銃を持って背後から近づいた犯人に狙撃され、死亡するという事件が起きたためでもある。その事件をきっかけに、犯人が恨みを抱いていたカルト的宗教団体に対する批判の嵐が吹き荒れ、悪質な寄附を規制する新たな法案が成立したことも含め、時代がますます〝伊坂幸太郎化〟しているような気がしなくもない。いまはじめて『魔王』を手にとった読者は、否応なくあの事件を想起し、伊坂幸太郎の〝予言〟に戦慄《せんりつ》するかもしれない。

もっとも、伊坂作品が予言的だと言われるのはいまにはじまったことではない。本書に収められている斎藤美奈子さんの解説は、『魔王』の初刊以後に起きた小泉《こいずみ》郵政選挙や第一次安倍《あべ》政権下の（改憲を前提にした）国民投票法の成立に触れて、〈『魔王』には、その後の政治状況を彷彿《ほうふつ》させる、もしくは予言しているかのように見える部分がいくつもある〉と書いている（そのあとに〈それとも、政治の状況なんていうのは、いつの時代もたいして変わらないってことだろうか〉とも付け加えているが）。

今回、一連の新装版の解説を書くために、仙台の著者とZoomをつないでざっくばらんに話を聞いたが、この点について著者は、「何かあるたびに『作品の中で予言してましたよね』と言われるんですよ」と語っている。そういう状況そのものが伊坂幸太郎的にも見える。

憲法改正をモチーフに選んだのは、現実的な危機感とか、社会的な使命感というよりも、作家的な嗅覚だったらしい。前出のエッセイにいわく、〈「近い将来、憲法改正の国民投票は必ず行われる」と僕は思っていたため、「その時になって、小説で描くよりも、今から先に描いておくべきではないか」と考えずにはいられなかったからです(どんな物でも先にやった者勝ちではないか、という色気もあったのかもしれません)〉。

実際、本書収録作が執筆されてから十七年あまり経って、日本の情勢はますます憲法改正に近づいている。意外と時間がかかっていると見るか、時計の針が着々と進んでいると見るか、立場によって考えかたはさまざまだが、そこに描かれた問題はいまもまだ古くなっていない。そう考えると、やはり伊坂幸太郎の作家的嗅覚がすぐれていたということか。Zoom インタビューによれば、

「憲法改正がいいことかどうかは別にして、冷戦時代に育ったせいか怖いイメージを持っちゃっているんですよね。当時、そろそろ国民投票になるのかな、不安だなあと思ったとき、なんか一個ぐらいはいいことがあるといいなあと思って。小説の中で憲法改正を書いておけば、国民投票が現実になったとき、ちょっとくらいは話題にしてもらえるんじゃないかとその時は思って(笑)。そうすれば、ただ落ち込むだけじゃなくて、少しはよかったと思えるかなあ、と」

小説の中で悪い予言をしておけば、悪いことが起こったとしても予言が的中したと

いう慰めは得られるし、逆に（予想が的中したと大喜びしている未来が想像できないから）そういう未来が訪れる確率は低くなるのではないか——というたいへんまわりくどいリスクヘッジをかける意味もあるらしい。まあ、もちろんこれは作家的ジョークというか、一種の韜晦《とうかい》だろうが、偉そうに天下国家を語りたくない（もしくは、そういう作家だと見られたくない）という姿勢は一貫している。大文字の正義よりも身近な正しさ。大きな洪水を止めるよりも、乱れたスカートの裾《すそ》を直してあげること。乾坤一擲《けんこんいってき》の大勝負よりも小さな保険。

伊坂幸太郎の若い読者のほとんどは米ソ冷戦時代を知らないだろうが、二〇二〇年代には、米中対立の激化にともない、米中新冷戦とか第二次冷戦とか言われる状況が生まれた。また、ロシアのウクライナ侵攻により、ロシアも米欧とさらに激しく対立。旧冷戦時代の東西対立にかわって、専制主義陣営vs.民主主義陣営という新たな冷戦構造が定着しつつある。いつミサイルが飛んでくるかもしれないという冷戦時代の不安がJアラートに姿を変えて復活し、伊坂幸太郎の不安が老若男女の読者に共有される時代になっている。

先ほど引用したエッセイでは、すんなり完成したように見えるが、Zoomインタビューによると、「魔王」の初稿を書き上げた直後は、ずいぶん暗い話を書いてしまったと思って自分で自分の作品にがっくりしたという。

「これ、がんばってがんばって思い込んじゃった人がただ死ぬだけの話じゃないですか。二カ月もかけてこんなに暗い話を書いてしまった……と。がっくりしていたそのとき、〝巨乳〟を思いついて、それでどうにか着地できたんです」

本編の中で、カリスマ政治家は演説の最後に、宮沢賢治の生前未発表の詩「生徒諸君に寄せる」の一節を引用する。

「諸君はこの颯爽たる／諸君の未来圏から吹いて来る／透明な清潔な風を感じないのか」

この詩はさらに、「それは一つの送られた光線であり／決せられた南の風である／諸君はこの時代に強ひられ率ゐられて／奴隷のやうに忍従することを欲するか」と続く。ちなみにわたしが個人的に好きなのは、「新しい時代のコペルニクスよ／余りに重苦しい重力の法則から／この銀河系を解き放て」というフレーズ。うーん、なるほどかっこいい。

これはもともと宮沢賢治が一九二七年に〈盛岡中学校校友会雑誌〉への寄稿を求められて書いた詩が、下書きのまま残されていたものらしい。いずれにしてもすばらしく力強い言葉だが、主人公が述懐するとおり、〈魅力的で力のある言葉は、いつだって扇動家に利用される〉。その宮沢賢治の詩の力に対抗する言葉が〝巨乳〟だという発想がすばらしい。命がけで対峙《たいじ》した敵に、はたして「巨乳大好きー!」と言わせることができるのか? これを最大のクライマックスに持ってくるところに伊坂幸太郎の天才がある。そのおかげで、ただの悲劇ではない、笑いと悲しみが一体になった絶妙のラストが生まれた。著者いわく、「笑えないときついんですよね。悲しくて、でも笑えるというのがいい」。

――とはいえ、いまならこの台詞は書けなかったのでは。

「そうなんですよ。もともと〝巨乳がどうこう〟という話が得意じゃないので、そういう価値観を肯定する使い方ではなかったんですけど、言葉そのものがいまは使いにくい気がしますね」

その意味では、二〇〇五年時点に〝ギリセー〟(ギリギリセーフ)だったおかげでこの奇跡的なラストシーンが実現したのかもしれない。

Zoomインタビューによれば、「魔王」を書いた時点では続きは考えていなかったが、〈エソラ〉の2号を出せることになったのでまた書いてほしいと依頼されたとき、「魔王」と対になるような〝何も起こらない話〟として発想したのが「呼吸」だった。動の「魔王」に対して、静の「呼吸」。

〈「魔王」の正反対の物語にしようと決めた瞬間、「『魔王』の反対語は、『人間』や『天使』ではなく、『呼吸』である」と確信しました〉〈「魔王」が直球だとしたら、「呼吸」はスローカーブにすべきだ、と〉（前出のエッセイより）

もっとも、「魔王」に出てくる超能力の〝腹話術〟に匹敵するような新たな能力を考えるのは困難だった。

「腹話術は自分ではすごく気に入ってたんですけど、それにかわるものをいろいろ考えたけど思いつかなくて。素人時代に書いていたネタを流用したんです。確率10分の1を1にする能力を持つ青年が誘拐犯と戦うみたいな小説を（日本推理サスペンス大賞の）応募原稿で書いてて。それを使うしかないなと思ってひっぱってきて。ただ、エンタメ的に使うんじゃなくて、エンタメ感のないものとカップリングしようと思って、鳥の観察の話を入れたんです。

この能力も書評で叩かれたんですよね（笑）。『競馬が無理なら競輪にすればいいじゃん』とか。ああそうかと思って、文庫にするときに言い訳を書いたんですけど（笑）」

――でも、10分の1が能力の限界だってことを検証するためには競馬じゃないといけなかったわけだから、そこは必然性がありますよね。

「そう思ってもらえるといいですけどね。とにかく、この『魔王』と『呼吸』でぼくの得意パターンができて。特殊な能力を出すのとそれを検証するのとで（起承転結の）起承を乗り切るという。それがフォーマットとして確立したので、困ったときはいつも『魔王』に立ち返る。『PK』の『密使』に出てくる時間スリもそうだし、『フーガはユーガ』とか『ペッパーズ・ゴースト』とかみんなそのパターンです（笑）」

その意味では、『魔王』は現在の伊坂幸太郎作品に直結する〝原点〟のひとつでもある。そして、安藤兄弟の思いと〝力〟は次の時代へと受け継がれ、五十年後を背景にした伊坂幸太郎史上最長の長編『モダンタイムス』に結実する。

主人公は恐妻家のシステムエンジニア、渡辺拓海《わたなべたくみ》。なんでもない仕様変更の仕事を担当したところ、同僚や上司が次々に不幸に見舞われる。どうやら彼らは、同じ三つの言葉を検索したらしい。謎を追いかけるうち、やがて拓海は、監視社会の〝システム〟の裏側に触れることになる……。

本書の次は、ぜひ『モダンタイムス』を手にとってみてほしい。

二〇二二年十二月

■初出
魔王　「エソラ」（「小説現代　特別編集」二〇〇四年十二月）第一号
呼吸　「エソラ」（「小説現代　特別編集」二〇〇五年　七月）第二号
■単行本　二〇〇五年十月小社刊
■文庫旧版　二〇〇八年九月　講談社文庫

|著者|伊坂幸太郎　1971年千葉県生まれ。東北大学法学部卒業。2000年『オーデュボンの祈り』で第5回新潮ミステリー倶楽部賞を受賞し、デビュー。'04年『アヒルと鴨のコインロッカー』で第25回吉川英治文学新人賞、「死神の精度」で第57回日本推理作家協会賞短編部門を受賞。'08年『ゴールデンスランバー』で第5回本屋大賞と第21回山本周五郎賞、'20年『逆ソクラテス』で第33回柴田錬三郎賞を受賞する。近著に『クジラアタマの王様』『ペッパーズ・ゴースト』『マイクロスパイ・アンサンブル』などがある。

魔《ま》王《おう》　新装版《しんそうばん》
伊《い》坂《さか》幸《こう》太《た》郎《ろう》

2023年1月17日第1刷発行
2024年10月21日第3刷発行

発行者――篠木和久
発行所――株式会社　講談社
東京都文京区音羽2-12-21　〒112-8001
電話　出版（03）5395-3510
　　　販売（03）5395-5817
　　　業務（03）5395-3615
Printed in Japan

講談社文庫
定価はカバーに
表示してあります

KODANSHA

デザイン―菊地信義
本文データ制作―講談社デジタル製作
印刷―――株式会社KPSプロダクツ
製本―――株式会社KPSプロダクツ

ISBN978-4-06-526946-6

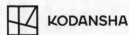

講談社文庫刊行の辞

二十一世紀の到来を目睫に望みながら、われわれはいま、人類史上かつて例を見ない巨大な転換期をむかえようとしている。

世界も、日本も、激動の予兆に対する期待とおののきを内に蔵して、未知の時代に歩み入ろうとしている。このときにあたり、創業の人野間清治の「ナショナル・エデュケイター」への志を現代に甦らせようと意図して、われわれはここに古今の文芸作品はいうまでもなく、ひろく人文・社会・自然の諸科学から東西の名著を網羅する、新しい綜合文庫の発刊を決意した。

激動の転換期はまた断絶の時代である。われわれは戦後二十五年間の出版文化のありかたへの深い反省をこめて、この断絶の時代にあえて人間的な持続を求めようとする。いたずらに浮薄な商業主義のあだ花を追い求めることなく、長期にわたって良書に生命をあたえようとつとめるところにしか、今後の出版文化の真の繁栄はあり得ないと信じるからである。

同時にわれわれはこの綜合文庫の刊行を通じて、人文・社会・自然の諸科学が、結局人間の学にほかならないことを立証しようと願っている。かつて知識とは、「汝自身を知る」ことにつきていた。現代社会の瑣末な情報の氾濫のなかから、力強い知識の源泉を掘り起し、技術文明のただなかに、生きた人間の姿を復活させること。それこそわれわれの切なる希求である。

われわれは権威に盲従せず、俗流に媚びることなく、渾然一体となって日本の「草の根」をかたちづくる若く新しい世代の人々に、心をこめてこの新しい綜合文庫をおくり届けたい。それは知識の泉であるとともに感受性のふるさとであり、もっとも有機的に組織され、社会に開かれた万人のための大学をめざしている。大方の支援と協力を衷心より切望してやまない。

一九七一年七月

野間省一